发往前线的

主　编／赵念民
副主编／李海燕　兰传斌

山东文艺出版社

图书在版编目（CIP）数据

发往前线的家书 / 赵念民主编 . -- 济南：山东文艺出版社，2020.8

ISBN 978-7-5329-6079-8

Ⅰ. ①发… Ⅱ. ①赵… Ⅲ. ①书信集—中国—当代 Ⅳ. ① I267.5

中国版本图书馆 CIP 数据核字（2020）第 068308 号

发往前线的家书

主　编　赵念民　　　副主编　李海燕　兰传斌

主管单位	山东出版传媒股份有限公司
出版发行	山东文艺出版社
社　　址	山东省济南市英雄山路 189 号
邮　　编	250002
网　　址	www.sdwypress.com
读者服务	0531-82098776（总编室）
	0531-82098775（市场营销部）
电子邮箱	sdwy@sdpress.com.cn
印　　刷	山东临沂新华印刷物流集团有限责任公司
开　　本	787 毫米 ×1092 毫米　1/16
印　　张	16.5
字　　数	350 千
版　　次	2020 年 8 月第 1 版
印　　次	2020 年 8 月第 1 次印刷
书　　号	ISBN 978-7-5329-6079-8
定　　价	168.00 元

版权专有，侵权必究。如有图书质量问题，请与出版社联系调换。

目录

001

序言

002

纸短情长（主题歌）

003

山东援助湖北医疗队队员名单

009

寸草春晖

111

执子之手

187

与子同袍

231

黄冈日记

243

武汉传真

255

大众报人战"疫"报道扫描

257

后记

序 言

赵念民

大众报业集团（大众日报社）党委副书记、总编辑

我们相信，若干年后，人们依然会用各种方式纪念这个春天，而那时，这些质朴的家书，会成为不少人漫长回忆的一个因由，那些滚烫的句子，依然会湿润双眼。

对与和平和安宁相伴成长的一茬茬人来说，无论是60后、70后或是80后、90后，这个春天足以刻骨铭心：它带给我们惶恐与焦灼，更带给我们使命与责任和由此支撑的勇敢与坚韧；一点点感动，汇聚成一场洗礼，冲刷着心灵的丘陵和沟壑，为当下和未来留下丰厚的滋养和无尽的回响。

新冠肺炎疫情，是新中国成立以来最为严重的突发公共卫生事件。在病毒肆虐、众声喧哗、人心浮动之际，在危难面前，山东12批共1775名医护人员闻令而动，逆行而上奔赴湖北，他们以勇敢、责任、专业，交出了救治患者零死亡、医护人员零感染、出院病人零返舱的答卷。我们经常说，人是需要点精神的。这种精神既体现在日常，更表现在急难险重时刻。白衣战士毅然赶赴重灾区，置身重重险境而不顾，因使命担当而愈发勇毅，表现出的职业品格和担当精神让人动容。

记者最大的荣耀，就是报道了重要事件，不仅记录和推动了历史，而且留下了自己独特的职业痕迹，成为历史不可分割的一部分。感谢几位年轻的同事，早在大年初一，山东援助湖北首批医疗队出征之际，就在思考如何以不同以往的形式，留下白衣战士的情感轨迹。他们从"烽火连三月，家书抵万金"这杜工部传诵千年的名句中获得灵感：1775名医护人员，在前线是铠甲战士，在家庭又是妻女、儿郎、父母，角色转换之间，那些自豪与揪心、舍得与不舍、小家与大我交织碰撞，激荡于胸，信笺成为这个春天最温馨、最热烈、最直白、最细腻的表达方式。"发往前线的家书"在大众日报和新媒体客户端一经推出，即在全国产生广泛影响，不少媒体迅速跟进，"家书"成为战"疫"报道中拨动心弦的新形式之一。简洁明快的文字和有别于平常的告白里，是真挚饱满的亲人之情，更是博大深沉的家国情怀，它们像树木里流淌的绿色汁液，使这个春天更加生机盎然。

将这些珍贵的家书结集出版，是为这个春天留下一份纪念。同时结集的还有两位记者发自黄冈和武汉的报道及其他部分图文报道。虽然仅仅是两个多月时间里，大众日报报端微"弥漫式"报道的一小部分，但正像一篇报道的标题，"拿笔的人一样可以上战场"，疫情当前，大众报人践行着总书记"鼓舞大众、团结大众、服务大众"的批示要求，传承着拿枪的前辈们的精神，用行动证明着对党的忠诚、对人民的忠诚、对新闻事业的忠诚。这同样是一份纪念。

纸短情长

作词：李海燕
作曲：徐子昊

1=G 4/4
♩=65

3 2 3 5 5 - 0 3 5 | 6 5 5 5 3 2 5 3 0 2 2 3 | 6 3 2 0 2 2 3 5 5 6 3 |
这个冬天， 我的城、我的国病了一场。除夕的酒尚温，你离开我，驰援疫

3 2· 2 0 3 2 | 3 5 5 5 - 6 5 3 | 2 3 6 0 2 1 2 3 2 2 2 3 5 6 5 6 |
场， 你的白衣衫， 温暖了这世间；我的短信笺，写穿了 对你的

2 1· 1 - | 3 2 3 5 5 - 0 3 5 | 6 5 5 5 3 2 5 3 0 2 3 6 - - 3 5· |
思念。 这个春天， 许下奢侈又平凡的愿望，你平安， 我

3 2· 2 0 3 2 | 3 5 5 6 5 5· 3 5 | 6 6 7 5 3 0 2 1 2 2 2 3· 6 0 2 3 |
无恙。 你有天使的担当， 战荆楚，不诉离伤；我有支撑的臂膀，守故

5 - 0 3 5 3 | 1 - - 0 3 5 ‖: 6 1̇ 3 5 6 5 6 5 | 6 1̇ 6 2 5 5 3 0 3 |
里， 静待春光。 一场 战疫,你我同扛；一封家书,纸短情长。等

6· 3 6 5 3 5 0 3 2 | 3 6 3 5 3 2 0 3 5 | 6 1̇ 3 5 6 5 6 5 |
你, 功成归故乡,明湖波暖,东湖樱芳。一场 战疫,你我同扛；一

6 1̇ 6 2 5 5 3 0 3 | 6· 3 6 5 3 5 0 3 2 | 3 6· 6· 3· 5 |
家书,纸短情长。等你, 功成归故乡,明湖波暖, 东湖

1.   2.
2 1· 1 0 3 5 :‖ 2 1· 1 - | 2 1 2 5· 5 | 3 6· 6 2 | 1 - - - | 1 - - - ‖
樱芳。 一场 樱芳。 相伴相守 地老 天荒。

山东援助湖北医疗队队员名单

第一批

张 韬　亓 玢　颜 军　任宏生　丁 敏　冀赛林　辉刘伟明　李 昊　张静静　郭丙秀　马 茜　李颖霞　陈方方
查子慧　赵新月　黄海燕　李其元　孙金林　陈金玲　刘安萍　邵姗姗　王永彬　张 鲁　许 丽　李玉珍　贾新华　郝 浩
车宪科　王世浩　李士涛　李秀明　孙宪洁　刘春利　杨汝燕　刘兆奇　沈晓晓　张 华　门雪琳　廉 蕾　刘明君　杨 雪
王继绪　王明娜　张 欣　李 娜　秦 文　潘胜奇　李 猛　孙文欣　秦 贤　徐勤勇　张 月　王 虹　朱 瑞　宋玮玮
房晓杰　刘雪凌　吕纪玲　张玉荣　姬生伟　罗 旋　李晓雪　郭 杰　万国峰　吴林林　陈 茹　杨容容　于 波　耿志英
张玉红　王 丽　张 伟　胡国鑫　苟田田　王海生　赵 萍　姜廷枢　任福磊　张学刚　刁丽娜　张 惠　宋兴浩　李赞武
王云云　魏 震　贾建军　赵 振　郭兆霞　陈 嫣　杨 晨　王祝国　高善红　张 波　程 慧　苏晓燕　岳茂奎　宋争昌
刘春蕾　尚 振　李成龙　曲 涛　李金玲　全 璟　卫方方　宋文玉　许伟伟　郑祥锋　万修花　吴 鹏　庄步辉　董艳艳
李善超　傅启凯　薛香香　王志勇　张莹欣　王 丽　李洪波　王炎义　张家栋　曲文杰　李 燕　左 凯　张盼盼　梁晓林
田龙营　郝泽蕊　刘清岳　吕桂荣　禹莉苹　崔云畑　李丹丹　崔 铭　潘秋玉　仝 雯　孟 贞　刘巧英　郝敬林　王 凯
贺 辉　刘 洋　孔冠军　孙希磊

第二批

董树山　秦安清　刘焕磊　李丕宝　武 晓　王 英　王澄强　付胜端　杨克让　李 岷　张 俏　王 萍　孙萍萍　贾克林
牛晓鹏　李鲁教　曲梦媛　王 璐　蒋胜华　田思强　陈德峰　肖 婷　王星光　杨晓丽　王雅莉　唐 坤　栾 甜　岳晓萱
周 静　甄 潇　刘莹莹　王佳欣　张冰洁　张一卓　孔 立　吕 慧　葛继文　李新鹏　付振伟　杨 光　王淑娴　辛兆红
任国琰　黄 婷　汤 鹰　陈 莉　董香君　张 岭　于振刚　时海洋　李鹏燕　宋艳萍　池瑞芬　张文利　陈贞敏　梁超超
任云霞　徐建秀　王 晶　盛东芹　张 建　王 婷　武双双　潘 磊　董加秀　陈姿宇　颜利珍　林静军　钟安桥　孙 晓
赵 蕾　张 星　王东海　邱晓庆　王少琳　孙长远　戴 静　胡 萌　庄育田　周 蕾　李 锋　徐德祥　张宗玉　林 生
刘晓伟　刘相蛟　王相海　岳天霞　谢春杰　郝学喜　韩严寒　孙晓娜　韩卫华　邢乃姣　张学鹏　樊 雷　李 军　王洪远
刘海燕　徐淑娴　曲少琴　田仁军　王海庆　丁良成　宋光超　姜曙光　乔聪聪　孔得珍　张瑞升　陈 霞　李莎莎　周 鹏
于星海　侯永良　解孝欣　张晓迪　赵 明　战 枫　刘言振　肖 静　陈 凯　吴 伟　徐文鹃　战传智　张如梅　王 静
郑 杨　邓 蓉　李太东　曹 恒　王 冰　贾文君　李冬梅　宋 淳　徐龙猛　高振清　于亚群　韩盈盈　孙晓光　林 彬
吴巨龙　李 岩　翁平亚　吴金成

第三批

左 毅　郑建新　肖 宁　曲仪庆　纪洪生　许 霞　李道卫　温 坤　于杰滨　陈红星　曹雯雯　赵京明　周维桂　王光海
陈海荣　侯云峰　马 坤　邱占军　张飞虎　王连忠　闫璿约　李敏敏　阴其玲　林 辉　邱 岩　高鸿翼　张业慧　李 健
李洪振　段 飞　张 霞　李长安　王艳艳　刘 莉　陈长静　郑 磊　刘 艳　王 鹏　王晓静　侯文凯　徐玉镇　侯亚文
张 勇　马士亚　李 喆　梁锶锶　邵传亮　朱司令　路子辉　单宝磊　石 光　郭向林　徐月斐　孙文超　宋光富　孙长安

蔡洪伟 杨越美 张 盼 董 琳 侯 君 刘 莎 亢晓玲 夏娟娟 魏肖星 常文胜 苑东欣 段前涛 唐信强 张明程
宋明浩 肖梦敏 杜忠军 张丙良 尚全伟 董海成 郑红建 李 宁 秦晓平 艾丙超 李孟倩 程怡铭 焦琳琳 李 越
苑双双 鲁 杨 张 康 邓传耀 夏鹏举 赵明东 张一奇 陈金凤 于美晶 李 民 姜洪彪 亓立超 高久肖 张宪琦
艾 聪 张 倩 钟咪雪 李春莲 范春华 秦宁宁 吴凯凯 姜 君 高 凤 李雪萍 薛友儒 贾荣斌 刘 洁 张 娜
徐 琪 于书卷 刘 峰 王小青 荣淑华 崔立梅 周 娜 李相云 冯 冰 李 钢 刘 凯

第四批

郭 芳 李林峻 李 娜 胡振珊 赵东文 李 晓 成述鹏 王春霞 杨中霞 王 松 马 腾 乔 敏 张家清 赵秀丽
滕海霞 许 军 唐晓培 郭新芳 姜 童 吕 蕊 吴海燕 孙 娜 王丽萍 苗馨友 高 雯 孟力维 宫燕玲 桑 园
王 丽 庄英慧 王 睿 王泗元 陈琳琳 王 芳 李建菊

第五批

费剑春 李 玉 菅向东 侯新国 胡 昭 钟 宁 崔先泉 孙怀斌 姜园园 张 一 韩利岩 孟繁立 孟 晓 吴剑波
乔 云 王 昊 边 圆 周 海 季 翔 李 陶 余雪源 高 帅 申玉文 郭海鹏 李 远 杨绍忠 张 凯 燕芳芳
白文武 韩康康 于鹏鹏 曹英娟 周 敏 赵 燕 秦凤萍 郑会珍 张艳艳 王 静 战玉芳 张秋洁 张长敏 孔 娟
蒲林哲 郭宏丽 王 媛 宋秀秀 战祥巧 王伟丽 郭玉莲 张蓓蓓 杨凤蕊 王 云 李雅琼 郑 婷 刘 琳 苏 梅
张雯倩 牛艳华 胡运红 张婷婷 孙雪霞 王 洋 白华羽 段元秀 徐 莉 徐亚楠 王成涛 张 翔 安 冲 胡诗诗
时晓慧 刘 佳 田 慧 路 倩 武荧荧 李 莉 张菲菲 刘 姗 宋文萍 张 璇 孙 萌 戴彦君 王香入 王天奇
刘肖雅 麻 亮 王 宁 王娅琳 李珊珊 韩倩倩 宋 健 甄玉朋 邵 晗 孙静静 岳宗甲 房 馨 崔明峰 边 阳
陈 默 李 伟 段广娟 高 静 刘俊英 胡云皓 蔡可杰 房雅婷 刘 淼 赵博文 宋 飞 李晓宁 毕荣梅 王 龙
贺 鸣 汤永阳 周晓宇 张 波 刘 字 王 猛 刘善旭 孙富龙 刘国振 张春莉 孙 勇 张 睿 王守玉 李 燕
王明堂 汪振军 米 硕 张迎迎 刘一鸣

第六批

魏峰涛 马承恩 许伟华 庄向华 来 超 王 欣 巩会平 于晓明 冯 昌 谢 坤 刘海英 赵宏兵 王 晖 孔德晓
李 爱 薛 艳 李 涛 张志强 王季华 郭家健 程 鹏 张 振 马汉宸 孙晓谛 黄来刚 危立飞 张行谦 毕志超
张亚萍 郑凤杰 李 建 董 红 曹德燕 宋才举 赵丽娟 尤慧芳 王贤华 徐照娟 程 燕 侯兴芹 刘晓卉 姚 旺
丁淑红 高 妍 马正岚 孙元婧 房金凤 吴 慧 李兴国 张 敏 闫怀蕊 李常霞 卢禹溧 翟宗华 刘 艳 仲 琪
殷树梅 曲玲慧 孙洁慧 范双双 张衍燕 刘振上 王 娟 范婷婷 宋玉玲 卢欣欣 王 莉 王姗姗 张 倩 高宗芳
杨梦茹 王长燕 杨淑朦 李 欣 时洪伟 安桂元 王攀攀 袁新杰 王翠粉 王玉灵 周小利 马思娟 陈珊珊 魏金娟
赵 俊 侯衍华 赵庆民 王 淼 马清华 张文文 刘爱玲 张 灿 苏晓晓 于 杰 吕光媛 王 剑 孙秀敏 闫雨晨
董素娜 张忠喜 陈晓琳 孙 悦 李 露 王 琰 宀莹莹 郭蕊蕊 潘利新 朱娉婷 马文玉 常 超 郭凤莉 刘琳莉

徐广薇 刘 双 吴同芳 杨新娜 王 丹 王 昕 王雯雯 吴梦梦 张 慧 邢艳蒙 刘 肖 毕舒宁 张珂馨 李恋恋
张明艺 陈晨晨 王肖宁 吴付运 辛文莹 赵 丰 吴军林 宋京伟 张 鑫 吴汉阳

第七批

牛海涛 孔心涓 于文成 徐 涛 王 强 李 国 曹艺巍 方 巍 李 堃 王诗博 王洪萍 陈 光 王志强 梁 坤
杨玉玲 郭俊杰 翁韵琦 刘明阳 崔昌星 于 涛 荆丽宏 罗从娟 李春梅 周海燕 冯 伟 柳国强 张孝田 衣选龙
唐润栋 郭永芳 张继东 张勇涛 魏丽丽 脱 淼 高祀龙 吴 倩 程 艳 许福春 任蕾娜 姚松楠 潘世香 吕宝娇
王立艳 徐彦娜 庞伟苹 张春华 孙文娟 李安娜 郭 菁 卢 亮 朱瑞刚 范学宾 张丽云 国红玉 董永珍 胡欣杰
孙姗姗 程艳勤 刘海霞 王 芳 崔伟宁 纪晓明 史 霞 王会会 吕成秀 史汶玲 王秀娟 张 倩 唐玲玉 于晓云
张 野 高 肖 吴 琼 王贝贝 牟红宇 潘 岩 娄连玉 张彬彬 孙阳阳 林 炎 王 超 李亚娜 徐 凯 王 倩
江 茜 王文荣 徐晓开 胡晓森 刘 芳 杜晓妍 朱珊珊 张泽炎 牛 梦 苏秀芹 王庆梅 李 云 张 建 王 娜
张静静 邵传锋 崔振泉 钟 政 孙瑞月 于 洋 杜延艳 付璐璐 郭明月 渠佳宁 王 上 董 燕 王金萍 曹 茜
刘 娜 王 丹 韩钰倩 张文翠 肖 佩 赵松丽 赵 晶 周小凤 宋洪艳 朱意超 赵绪彤 胡瑾阳 路怡颖 王丽娜
周苗苗 杨晗誉 张梦坤 张志航 展云涵 李铭锋 李永春 杨 杰 辛永宁 郝月琴 张明泳 咸会波 徐瑞金 王 毅
王 宁 张长禄 贾 超 吴建涛 陈立震 陆学超 胡 勇 胡海波 冷传礼 张正寿 李芳芳 孙国林 滕 翔 杜正驰
丁兆勇 张 群 刘艳丽 王庆华 高现同 马明超 李德霆 陈征远 段建平 郭 磊 位兰玲 刘翠云 孙志萍 张慧辉
朱婷婷 高坤范 姜 萍 盖玉娟 孙明华 刘沙沙 王方圆 姜 莉 鞠 瑶 宗 屹 姜 俊 赵会丽 刘怡蓝 王顺英
孟莎莎 魏 佳 林青青 许 娇 宋少武 段立美 朱倩倩 刘晓鹏 赵 蕊 朱 磊 周 雪 陈付娟 赵文超 符 丽
薛鑫鑫 方 政 祁朝辉 朱 雪 石惠姗 高 茜 李永征 王 博 陈东旭 谭雅文 陈 璇 范 蕾 徐 慧 李 昊
牛美微 常晓艳 姜朋朋 刘丽娜 肖诗慧 张 弘 左秋琳 王圣洁 耿的玉 陈琦明 于 蕾 秦 蔓 李贵兴 张 梅
韩 娟 于 晴 王雪峰 刘 超 刘冬雪 胡文婧 程秀燕 崔雅鑫 张婷婷 马 莹 蒋 敏 衣晓琳 尹艺睿 李翠艳
张 瑜 柳 杨 许 靖 兰创夏 王 赞 张元青 迟培芳 王淑贞 石 瑜 肖 干 贾文晶 王彦孜 郑彤彤 周 新
杨婷婷 赵 琦 张文佩 李霁杭 曹 瑜 臧佳佳 法晓坤 姜 晨 迟 玲 陈 菲 陈笑言 张 宇

第八批

吕涌涛 王言森 宋 超 张堃慧 张明明 吕红霞 陈富军 张红停 冯玉钰 杨子岳 孙 光 宿献周 刘 军 徐书涛
马 雪 刘 勇 孙 超 单德伟 马启然 钱玉军 许 彪 薛志刚 孙 旭 杨亚东 聂 金 胡 峰 许正义 王晓宁
贾福军 翟声平 李浩劼 周广福 于孟泉 赵 磊 王喜刚 李 静 王耀辉 王桂臣 王新玲 王从政 郭红霞 王 辉
刘彦良 邱晓明 范立雨 李凡旺 王洪图 谢 雯 李会勇 张 柱 王 陆 常振远 孙善雷 薛建峰 张 利 姜诗谦
孙 胜 孟 波 张永强 王春燕 仪庆春 吕院华 徐 超 陈 兵 张继超 曹 伟 王裕虎 张雪岷 赵晓利 刘贤宝
薛方喜 王鹏程 刘洪彬 袁铭磊 任华琳 张鲁蒙 郭华锐 尹元刚 韩 丽 郑 焱 李 强 李 博 崔宴医 许建鲁
秦学亮 闫 冉 张丕芝 张道英 李凯述 舒孟良 范 磊 闫尚和 王艳贞 张洪宾 柳华伟 李国强 孔祥训 田明广
刘鹏程 刘力新 李爱娜 史留聚 丁忠敏 肖 涛 韩海荣 周庆峰 毛瑞镜 马秀红 房广凤 王 凯 李风云 孙立群

孙茂飞　尚　剑　崔正斌　董　波　韩　磊　李延芝　赵珊珊　张明宇　刘尚静　孙英豪　张　晶　耿艳菲　刘　俊　牛　鹏
孙中芹　梁维维　朱广福　刘　秀　侯　妍　鲍传敏　乔广华　孙　权　万燕铃　许本东　李玲玲　陈　霖　张丽丽　王晓洁
李振坤　陈凯英　王小帅　史　瑶　房慧义　孙园园　张领玲　王利娜　张　彦　吕金鹏　童晓辉　李　贝　李明涛　于江波
姜　红　李知洪　刘馨霞　姜宁宁　王艳艳　魏婷婷　赵　雪　单正坤　王　娜　鞠晓霞　程军伟　赵振芹　房宪勇　焦　倩
张祚芳　臧　萍　鞠承芳　王莉娜　孙光辉　侯宛妤　王文凤　杨玫瑰　丁雪梅　赵　倩　张红梅　孙海鸥　赵　青　刘丰华
高桂花　袁　孟　王晓莹　张　锋　姚　艳　郭淑梅　骆　奇　孟庆权　寻庆美　颜丽娜　李　娜　王富森　尹　君　王本轩
尹　凤　王艳芬　吴天坤　郭燕芬　王苗苗　房恒青　李素玲　刘　霞　谢　聪　孙小娟　谢　添　田　静　雷小娟　孙玲玲
田翠翠　邹　军　丁　聪　秦晓辉　尹　霞　马珊珊　何在梅　吴明艳　王晓燕　郑秀萍　付晓玲　井　芳　李　宁　徐德晓
见申强　张　宁　邱凤蕊　高　健　黄媛媛　尹倩倩　刘艳英　王晓玉　刘玉荣　厉　静　陆道远　刘　颖　冯珊珊　刘　杰
李文博　任亚芸　侯瑞雪　陈兴胜　程　莹　高　翔　许芳芳　袁丽伟　孙晓宁　蒙端端　安　伟　王　婷　赵　婷　王　青
胡雪倩　杜新华　蒋明辉　刘立晨　张睦友　高　志　姚　飞　杜光耀　颜广芹　王汝浩　张云亚　满　艺　刘云霞　付茂亮
王　静　杨艳丽　姚　伟　范桂珍　赵　馨　吴萌萌　范雅晴　王菊香　李荣鹏　赵俊美　田荣丽　牛晓莉　宋　洁　王海霞
王　佳　杨玲玲　黄　燕　王丹丹　刘振兰　程晓冉　盛亚琪　夏　清　裴艳芬　刘佩佩　兰素萍　徐　珊　王爱平　彭诚前
王圣乾　邹崇喜　谢　清　李宏伟　杨凤雷　曹　丽　李文君　吴翠银　贾翠英

第九批

韩其政　姜相森　陈　冉　李志刚　武伟华　郝跃伟　冯建利　孟宪卿　李　慧　张金霞　郭广冉　王　川　贾洪刚　魏　斌
王利朋　韦福利　李钦浩　薛递明　王国平　王　战　陈　安　赵建厂　梅　专　侯清天　李钦栋　田永光　李志远　刘统青
范永瑞　谭镇岳　秦　英　于晓东　王洪军　李凤玲　姚　婕　苏　飞　颜　峰　杨　晓　李珊珊　鹿文文　张　会　魏丛丛
刘潇宇　李欣莹　孟龙腾　王　伟　杜　倩　薛苹苹　宋艳华　高　瞻　刘胜华　郝文珠　李　杨　苗玉苏　武　静　马慧琳
王伟伟　吕　玲　王广梅　王　君　张菁华　刘　超　李　华　房柏瑜　穆君蕊　曹俊英　赵小翠　冉骐荧　蒋雅玮　郑同莉
王建军　贾长青　刘奎芳　车明月　秦保春　孙翠红　刘丽丽　呼海燕　孙小燕　李景媛　崔乐乐　左蜀丽　齐亚男　解金枝
刘　丽　白立华　齐月坤　聂全国　谢太普　张慧芳　文姗姗　张　恒　许　檬　王金金　李淑君　李　娜　徐继瑞　杨冬霞
肖　伟　李秀会　王连森　吴光健　杨兴光　刘　雷　李仁波　苏生利　李心朋　张　鹏　王　擂　田　翠　张军利　连新宝
姬　峰　宋　军　刘山山　李　燕　王文涛　李红建　张　珂

第十批

梁　军　王　涛　翟乃亮　逯　峰　张立国　郭志军　孙殿珉　马　震　张　勇　朱啟鹏　张军桥　高增艳　季宏志　杜军伟
李　博　李　影　王作飞　张长春　颜　慧　邵明晓　黄琳琳　彭广会　高　磊　庞怀刚　安德庆　谭植华　张　波　杨玉华
王福良　马会杰　王利花　张　雷　许明良　张正良　孙振棣　李尊昌　邵珠福　马　南　李燕燕　刘　磊　董　浩　孙连美
宋家英　谭　莹　曹国娜　孙　珂　刘艳超　胡超超　杨尚武　王云文　曹海燕　单　勇　赵乐伟　景国强　刘文玉　郭　硕
韩乘权　王　倩　王微丽　张　玉　谢京晶　葛胜燕　孔荣华　苏飞雁　张　丽　刘玲芝　张美丽　李正发　吴兆婷　金雪梅
刘春艳　冯永利　王　雨　陈　振　孟　敏　褚利民　王　凤　张　蕾　于为晶　粟先芝　张　强　张莹莹　商玲燕　孟晓华

尹宏伟　赵　娜　栾义彬　董　玲　王婷婷　崔莹莹　李加伦　赵　玲　李　玲　程同贤　陈　辉　李凤玲　郑江燕　祖婷婷
王　朔　刘彭彭　崔忠会　孟凤英　张宝娟　王丽莹　李　超　王艳妮　宋晓霞　付秀华　刘洪东　王亚静　陈　珊　李学勤
李春晓　蒋荣俊　崔红红　黄晓君　李　娜　齐美丽　仝姗姗　刘冰洁　赵洪婷　李　松　杜卫娟　孙艳青　岳增勇

第十一批

彭　建　司　敏　朱美蓉　杜　庆　路　平　王学亮　姚建明　曾冬生　张　凡　陈　晨　郑德玉　颜廷爽　郑中斌　李凤林
李　伟　王了一　王文绪　毛玉丽　马　燕　段单单　冯晓彤　杨晓涵　李　丽　刘名赫　薛　静　费婵婵　季汉超　窦宝志
张　爽　李　艳　吴　磊　杨雪丽　薛　莹　刘海霞　范建平　林　娟　陈子国　黄晨曦　马文浩　孙晓磊　王　芳　张珊珊
张晓旭　刘春玉　于晓燕　耿金华　李俊成　王　鑫　王　凯　邢宪华　于　莉　高　迎　张　玥　王　衡　陈仁友　吴书志
肖作奎　刘晓冬　于连龙　刘文杰　苏冠民　段　曦　王　东　宋富成　王延东　孔凡明　韩　超　李　忠　张荣强　杨国梁
董月晗　董婷婷　王　娟　刘维超　宋吉男

第十二批

贾青顺　盛颖敏　马颖霞　朱运锋　徐向明　杜嘉慧　张守文　李雅慧　王军强　田建华　张道福　刘　锋　杨　华　白亚虎
刘　芳　马　磊　张　凯　燕　涛　王　良　姚文明　孟凡刚　王俊凯　许海港　刘同滨　钟晓栋　田路军　张应刚　杜　鹃
姚　霈　徐　钊　葛　静　宋　静　张　光　高金霞　王立恒　高西旺　高晓磊　谢淑慧　狄珊珊　路泽东　黄艳敏　王　彤
马苓云　李春江　齐有功　洪　鑫　田虹平　张　坤　刘　慧　贾晓明　李鲁欣　赵冲同　孙　超　闫海燕　王艳丽　赵　昕
李欣茹　张梅梅　彭亚兰　宋　玲　陈　斌　张明生　王　洁　朱骞骞　吉宝健　王慧玲　郑　鹏　王　欣　吕　连　夏侯艳红
赵　莹　徐文丽　赵衍宝　王　楠　黄树旺　唐婷婷　孙　倩　周灵芝　高　静　吴学敏　常英霞　翟秀娟　杨成杰　孙建萍
李向向　宋佳隽　宋建伟　张凤伟　郭美祥　端木鲁健　李明慧　王　芬　杨宝琦　吴卫志　索小英　钱均凤　王怀帅
卢静海　王国星　周仪竟　张治凯　许小军　魏康平　韩　彬　陈　博　陶昌明　刘宪军　李　妍　王立坤　邱国正　徐　成
闫　丽　王　芹　李爱丽　李　霞　韩慧慧　张　静　房　英　朱敬凤　王伟伟　张雪青　赵青青　李　彬　刘媛媛　吴涛涛
王　建　李文智　史小平　杨晓宇　钟婷婷　王顺静　侯雪飞　陈海强　鞠雪梅　范露梅　李海玲　刘东芳　徐焕焕　张宗芳
刘丛蕾　杨小燕　宋玉芳　张燕霞　张永敬　许文文　盖殿芳　刘淑云　马成燕　张　悦　高　莹　高增峰　文友建　杨晓梅
伊　鑫　刘　鳃　柏庆宁　霍振云　段姗姗　褚文环　于友祥　王文静　王国钰　刘　岩　李秀萍　邹　丽　李升美　李　涵
王生灵　王　艳　刘敬玲　李升芹　刘　娟　侯一凡　黄　翔　刘冰冰　张铭伟

注：自 2020 年 1 月 25 日首批山东援助湖北医疗队出发，山东共派出 12 批医疗队驰援武汉、黄冈，此名单源自 3 月 11 日人民日报官方微信发布的《齐心"鲁"力！1775 位山东援鄂医务人员全名单》。还有许许多多战斗在省内战"疫"一线的勇士们，一并向他们致敬！

给爸爸的一封信

亲爱的爸爸：

您好！

好久没见到您了，快想sǐ您了。妈妈说您dài着山东医疗队去黄gǎng打病dú，sǐ病人了。我为你jiāo ào。你要是想我了，就看看我的照片，huò者给我打电话。

爸爸，真的太想你了，昨天梦见你回家了，抱着我，我好开心地笑呀笑呀，一下子笑xǐng了。原来是zuò梦，我想哭，但是我rěn住了。因为我知道你是在做一件很zhòng要的工作，我是男子汉，我会坚qiáng的。

爸爸你要多吃fàn（注y）身体，好好工作。我会好好学习，听妈妈的话，你早点完成rèn务早回家。

zuì后tíxǐng您，别忘了吃 jiàng压yào。

爱你的儿子秦地沅

2020.2.13

篇一

寸草春晖

没有从天而降的英雄，只有挺身而出的凡人

父子感人通信共战疫情

人物档案

儿子：郭海鹏

山东大学齐鲁医院重症医学科副主任医师、山东省第五批援鄂医疗队队员

父亲

2月7日，山东省第五批援鄂医疗队队员、山东大学齐鲁医院重症医学科副主任医师郭海鹏出发前收到父亲的长篇微信，字里行间流露出父亲的慈爱与大义。他在给父亲的回信中感谢了父亲对自己的理解和支持，感恩父母、妻子对家庭的付出。这个五代从医的家庭在国家危难之时的选择与担当，令人敬佩和动容。有这样一批批医务工作者前赴后继支援湖北疫情一线，一定能打赢这场疫情阻击战！

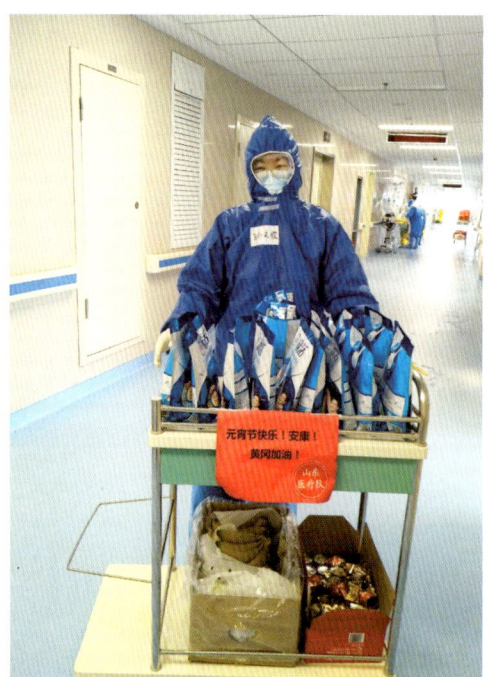

2月8日，黄冈大别山区域医疗中心隔离病房，山东医疗队队员、青岛市市立医院感染性疾病科护士长孙文欣在为患者送节日礼物。（曲文杰、王凯报道）

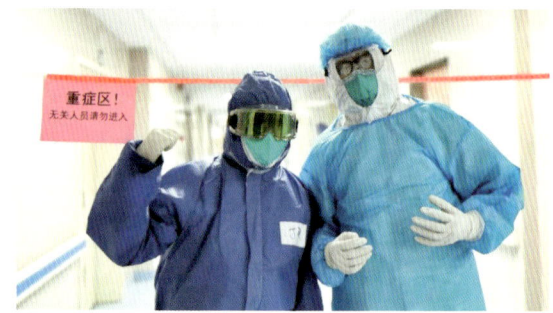

大别山区域医疗中心南楼四层山东医疗队病房，为防止交叉感染，医护人员在重症救治、普通救治区域间扯起了警戒线。图为2月17日，山东省立医院重症医学科护士长丁敏和队友在病房。（孙文欣、王凯报道）

父亲给郭海鹏的信

海鹏：

收到你今早（2月7日）10点集合奔赴湖北的信息后我忐忑不安！瘟神病害笼江城，华夏九州魂魄惊。疫情现已夺走数百人的生命，数万人受害。疫情还在蔓延，现在你去武汉就如同战争年代奔赴前线。你是独生子，爸妈身体不好，现在你明知山有虎，偏向虎山行，我怎能不担心？但是你是医生，是国家培养出来的博士、博士后，你是齐鲁医院ICU年轻的医学专家。国家有难，匹夫有责，武汉的同胞们正在忍受煎熬，越是艰险越向前，"世上没有从天而降的英雄，只有挺身而出的凡人"。爸妈都支持你成为一名"逆行者"！

赴武汉后，在这没有硝烟的战场上，除邪治患救苍生。你要更细心，多关心每一位患者。你多付出一些劳动、多献出一点爱，就有可能从死神手中多夺回一条生命，多挽救一个家庭。同时你要做好自我防护，保护好自己。这场疫情阻击战牵动着全国人民的心，全世界都在注视着我们，我期待你传来胜利的消息！你的一双儿女也期盼你平安归来！

海鹏加油！武汉加油！

父亲
2020年2月7日

郭海鹏给父亲的回信

爸：

我们已经登机！没敢给妈打电话，我怕自己和妈都控制不住情绪。

作为独子，这么多年来"医"路狂奔，又留学哈佛三年，错过了姥爷出丧，错过了母亲的手术，错过了儿子的出生，错过了女儿的成长……感谢您、母亲和玉倩对家庭的付出，跪谢您对我的理解和支持！

国难当前，理应挺身而出。

我们家族五代从医，父亲您作为一名医者悬壶济世三十余载。今感恩于父亲的教诲，感慨于父亲的文笔，感动于父亲的慈爱，感叹于父亲的大义！我会照顾好自己，孩儿叩拜。

儿子：郭海鹏
2020年2月7日

谢谢你的理解，待归来与你共战高考

齐鲁医院李颖霞写给女儿的信

人物档案

写信人——妈妈：李颖霞
山东大学齐鲁医院主管护师、山东省首批援助湖北医疗队队员

收信人——女儿：刘阳格

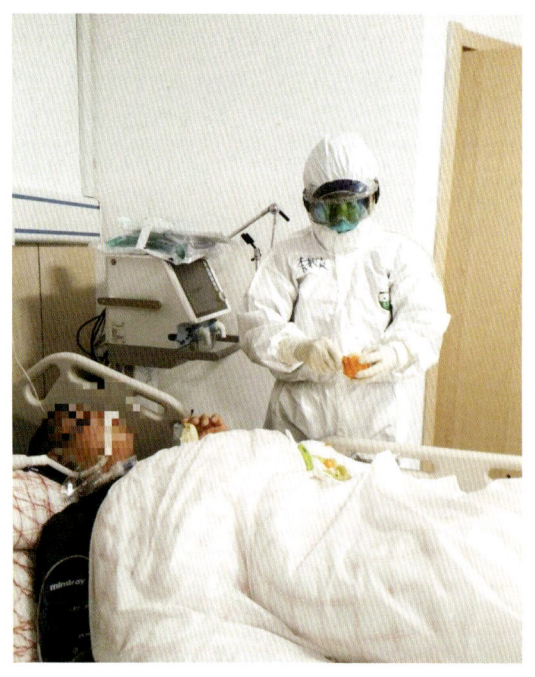

"妈妈，你知道现在是什么时候吗？我还有四个月就高考了！你走了我怎么办？我高考重要还是你去武汉重要？你报名前就不能征求一下我的意见吗？"这是山东省首批援助湖北医疗队队员、山东大学齐鲁医院主管护师李颖霞18岁的女儿刘阳格，在得知李颖霞报名参加援助湖北医疗队时的反应。

几天后，刘阳格在和妈妈的微信互动中，终于彻底理解了妈妈，支持她的决定，并希望她认真工作。刘阳格说："新闻上看到护理病人的妈妈，十分自豪，视频里看到妈妈被口罩勒红的脸庞，又十分心疼。"她最喜欢的城市是武汉，想报考的大学是武汉大学。

李颖霞欣慰于女儿的理解，并鼓励她在这个特殊的时期继续努力："你是最棒的！我相信你能够很快调整好自己，投入复习备考当中去！"

寸草春晖

亲爱的女儿：

　　今天，你给我发了一张照片，身上穿着我的衣服，说："看看，全是你的衣服！"平时，你偶尔也会穿上我的衣服，我便会逗你说："干吗穿我的衣服？是不是觉得穿上我的衣服就像我抱着你一样！"没想到今天，你全身上下都是我平时穿的衣服！

　　妈妈看到这张照片，瞬间泪流满面。

　　你知道吗？接到医院报名支援湖北的通知以后，我其实是有片刻犹豫的，为什么呢？那是因为我的宝贝女儿就是我最大的软肋！那一天是年三十，1月24日，也是你18岁的生日，距离你参加高考还有134天。这几个月是你人生中最最关键的时期！

　　报名还是不报名？我很难抉择，但是只犹豫了五分钟的时间，我就在报名接龙里写下了我的名字。这是国家最需要我们的时候，责无旁贷。你知道以后，意料中的难以接受！你哭着对我说："妈妈，你知道现在是什么时候吗？我还有四个月就高考了！你走了我怎么办？我高考重要还是你去武汉重要？你报名前就不能征求一下我的意见吗？"我无法回答，唯有紧紧地拥抱着你，安抚着你……我忘不了你擦完眼泪，生气地把纸巾扔到地上的动作。

　　孩子，我说不出什么家国情怀的豪言壮语，自认为思想觉悟也还没达到那样的高度，但是，我是一名医务人员，我是一名护士！现在正需要重症与呼吸专业的医务工作者，而我恰恰具备条件，关键时刻就该挺身而出，特别是在这样一个特殊时期！我绝不后悔！

　　妈妈之所以能在这个时候离开你去支援一线，也是因为我对你有十足的把握！我信任你，你是个非常优秀的孩子，从小懂事、自立、要强，学习成绩一直名列前茅。妈妈一直以你为骄傲！我相信，妈妈在与不在，你同样优秀！

　　果然，你最终理解了我，并对我说："妈妈你放心去吧！我没事了！"

　　从确定名单到通知出发，不到二十个小时，期间你反复问我：有通知了吗？什么时候走？也没心思好好学习，不停地刷着新闻，关注着疫区的信息。临走前，你还是哭了，在房间里不肯出来送我。你知道吗？转身的那一刻，妈妈也不能自已地哭了……

　　我亲爱的孩子，谢谢你！你是最棒的！就当我们是分赴不同的战场，一起努力战斗吧，我相信你能够很快调整好自己，投入复习备考当中去！

　　妈妈爱你！妈妈一定会平安归来！

爱你的妈妈
2020年1月28日

休息了三个小时,又继续工作

火神山建设者隔离期间写给女儿的一封家书

人物档案

写信人——父亲:林涛

火神山医院建设者、中建三局集团有限公司(山东)济南山能智城项目安全负责人

收信人——女儿:蓓蓓

2019年年底新型冠状病毒肺炎牵动着每个中国人的心,危急时刻,中建三局作为在鄂央企承接了建设武汉火神山、雷神山医院任务。林涛,85后,负责火神山医院项目施工现场周围道路疏通工作。自火神山项目开工以来,累计协调车辆3万多辆,工人入场防疫测温检查5万次,安全教育交底2万人……这是一封林涛写给女儿的信,让我们一起走进平凡英雄的世界。

火神山现场党员突击队正在铺设HDPE膜。(王世翔摄)

亲爱的女儿蓓蓓：

你好！

经过几天的考虑，我还是觉得要把这件事情告诉你。首先爸爸想对你说一声"对不起"，今年没能陪你和爷爷奶奶一起在家里过除夕。并且，爸爸还向你隐瞒了一件事情，那就是爸爸去建设武汉火神山医院了。相信你也在电视上看到了，武汉的疫情非常严重，爸爸工作的企业承担了建设火神山医院的任务。为了不让你担心，爸爸只好骗你说这几天要去公司帮忙。目前爸爸在武汉自行隔离了一段时间，身体很健康，没有感染，相信我们很快就能团聚了。

爸爸听说，在建设武汉火神山医院的这段时间里，你一直都在家里帮助妈妈消毒、打扫卫生，做得非常棒。你已经不再是以前那个爱哭鼻子、爱闹腾的小蓓蓓了，你已经长大了。爸爸在一线建设时，每当困了、累了的时候，一想起你，浑身又充满了力量。

蓓蓓你知道吗，爸爸现在回忆起在火神山医院工作的场景，依旧热血澎湃。腊月二十九晚上，得知公司要建设火神山医院，顿时一种使命感、责任感油然而生。作为一名武汉人，一名工程建设者，当养育我们的城市遭受疫情，当父老乡亲们蒙受病毒折磨陷入困境之中，我应当挺身而出，贡献自己的力量。虽然自己也有被感染的风险，但是爸爸还是毅然报名参加，希望以最快的时间赶到现场，成为众多逆行者中的一员。

除夕当天一早，爸爸就来到了施工现场，眼前场景震撼人心：数百台挖掘机、数千工程建设者集结到位，已经热火朝天地投入工作。在场大部分建设者都互不认识，但是大家信念坚定，彼此都心照不宣，目的只有一个——早日完成医院的建设。

经过统筹安排，爸爸首先被安排到物资转运小组，由于前期现场物资非常紧张，我同另外两名叔叔从公司往现场不断卸运物资，一直到第二天的早上6点，期间一刻没有休息。随后又接到通知，转战至道路疏通组，负责施工现场道路、场外知音湖大道沿线近5公里的交通疏导以及现场所有人员的安全防护、防疫工作。由于项目建设是24小时不间断施工，来往的车辆非常多，起初人手不够，但就算再累，爸爸和叔叔们都没有休息的想法。直到大年初一晚上爸爸被强制换下来，休息了3个小时，又继续工作。

在火神山项目"战斗"的这段时间，爸爸仿佛也成了一个特别爱哭鼻子的小朋友。有一次爸爸给同事送饭，有位拉着施工材料等待进入现场的货车司机问爸爸附近哪里可以买到吃的。他说自己还没有吃饭，一直不敢下车，害怕耽误现场施工进度，随身带的面包也早已经吃完了。爸爸立即把自己的饭菜拿给了他们，并把妈妈准备的一些点心全送给了他们。

由于交通管制，从住的位置到施工现场要步行很长一段距离。附近有一位伯伯看到了这种情况，他开始每天早上6点到晚上9点，开着自己的三轮摩托，往返岗卡与施工现场，无偿接送我们。我每次给同事送饭的时候也给他带一份，他都要不停地感谢我们。他说："我是武汉人，我想为武汉做点什么，其他的我也不会。"就这样，每天我都在被这些事情感动着，在爸爸眼里，他们都是英雄，都是最伟大的逆行者。

爸爸在火神山建设医院的日子是短暂的，或许这只是我人生中一个很小的片段，但这些难忘的日子将成为我一生最宝贵的财富。当灾难真正来临的时候，我们只有挺身而出，才能战胜它。爸爸不奢望你以后飞黄腾达，爸爸只希望你能够做一个有家国情怀、不畏艰险、勇于奉献、团结友爱的好孩子。

少年强则国强，你现在已经10岁了，爸爸不知道你以后的职业规划是什么，但是爸爸有几个小建议供你参考。希望你可以成为一名军人，保家卫国；可以成为一名医生，救死扶伤；可以成为一名教师，培养更多品格高尚的青年！

一个不称职的爸爸
林涛
2020年2月16日

待春暖花开，听爸爸讲黄冈的故事

8岁男孩与"战地"父亲千里传家书

人物档案

写信人——父亲：秦安清

山东省卫健委工作人员、山东省援助湖北医疗队队员

收信人——儿子：秦茂源

山东省实验小学二年级学生

鲁鄂心连心，千里两地书。这是两封充满爱与力量的家信，除了带给人感动，还给人以鼓舞和信心。

"爸爸，昨天梦见你回家了，抱着我，我好开心地笑呀笑呀，一下子笑醒了。原来是做梦，我想哭，但我忍住了。因为我知道你是在做一件很重要的工作。我是男子汉，我会坚强的……"这是济南市历下区一个8岁的孩子秦茂源在信中写给爸爸秦安清的话。秦安清是山东省卫健委一名工作人员、山东省援助湖北医疗队队员。

"爸爸去黄冈打病毒，治病救人了，大约要一个半月到两个半月才能回来。"

说起爸爸,秦茂源眼睛里闪烁着满满的思念。和爸爸一样,秦茂源的妈妈于娜也是一名医务工作者,在省立三院工作。丈夫带队出征武汉时,她也在岗位上加班加点忙工作,以至于错过了丈夫打来的两次告别电话。之后的十几天里,由于忙于抗疫前线工作,秦安清很少能抽出时间和家人联系,收到家人的微信留言,回复一般要等到凌晨了。

在见不到爸爸的日子里,小男子汉秦茂源慢慢学会了理解和担当。他在家看书学习,还主动帮妈妈和姥姥做起了家务。懂事的他不再把牵挂和思念挂在嘴边,而是拿起纸笔,把心里的话全部汇聚成了一封给爸爸的信。

写信格式刚刚学会,很多字还只能用拼音替代,有些稚嫩的语言里却满含着孩子对爸爸的爱。那一刻,身在济南的秦茂源并不知道,远在黄冈的爸爸,在微信上收到信件的照片后,按捺不住内心的感动,连夜给他写去了回信。

吾儿茂源:

来信收悉。我亦无时无刻不在思念着你们,目前战"疫"一线战况激烈但捷报频传,胜利指日可待,勿念。

收信倍感欣慰,你能主动关心家人、关心时事,展现了一个小小男子汉该有的温情和担当。这也是爸爸在一线安心战斗的不竭源泉。

在战"疫"一线,所有队员都在履职尽责。爸爸是你的爸爸,同时也是国家的一名公职人员,当国家有需要的时候,原谅我不能很好地在家呵护你。这是爸爸的责任。在一线,有无数像爸爸一样远离家乡、远离亲人的叔叔阿姨在并肩战斗。他们身披白色战袍,化身白衣战士,选择勇敢逆行,在看不见硝烟的战场上与看不见的"敌人"做英勇斗争,竭尽全力挽救病人生命。用习爷爷的话说,这是在与时间赛跑、与病魔较量。

为了更好地参加战斗,有的阿姨剃光了漂亮的长发,有的亲人离世却不能返回,只能向着家的方向三鞠躬,然后擦干眼泪继续战斗……有太多太多的不容易,然而不管多难都义不容辞,这就是责任和担当。我们一起听一听他们决定投身医疗事业时的铮铮誓言——"健康所系，性命相托。当我步入神圣医学学府的时刻，谨庄严宣誓：我志愿献身医学，热爱祖国，忠于人民，恪守医德，尊师守纪，刻苦钻研，孜孜不倦，精益求精，全面发展。我决心竭尽全力除人类之病痛，助健康之完美，维护医术的圣洁和荣誉，救死扶伤，不辞艰辛，执着追求，为祖国医药卫生事业的发展和人类身心健康奋斗终生。"现在全国上下，有无数的医护人员前赴后继地赶赴一线，用实际行动践行他们的誓言。这就是对责任和使命最好的诠释。

与他们一样，每个人都有每个人的责任，每个人在不同的人生阶段有不同的责任。作为小学生，你现在的责任就是要好好学习、茁壮成长，成为建设祖国的有用人才。爸爸希望你也能尽好自己的责任，做好自己，刻苦学习，同时力所能及地照顾好妈妈。

在战"疫"一线，爸爸无时无刻不被感动着：医护叔叔阿姨们抛家舍业、不畏艰难的同时，一车车的物资、一笔笔的资金，从全国、全世界源源不断汇到一线。有的人买遍全球，不惜花费巨资将医用物资运回国内一线，不图名不图利；有的人驱车一千多公里，冒着被病毒感染的风险，吃着泡面、不眠不休，毅然决然地运送物资；有的人自己舍不得吃穿，却捐出全部积蓄支援抗"疫"……这样的例子还有很多很多。当你听到"黄冈加油、武汉加油、中国加油"的时候，当你听到"只要你用，只要我有，我都给你"的时候，相信你也跟爸爸一样动容和感慨，感慨这是一个不可战胜的国家、这是一个无比强大的民族，因为所有的中华儿女都深刻地理解"一方有难，八方支援"的内涵。这是我们中华民族的传统美德，也是每个中华儿女内心深处对团结、互助的最好解释。爸爸也希望你能够理解这句话的含义，主动团结同学、互帮互助，做一个乐于助人的好学生。

在战"疫"一线，每个人都不曾缺席。14亿中国人都在为抗"疫"的最终胜利默默付出：警察叔叔站岗执勤、守护平安；志愿者们爱心服务、帮人所难，而普通民众服从指挥、听从安排、自我隔离、阻断传染，就是在参与这场战"疫"，就是对国家、对社会最大的贡献。这一点，爸爸尤为欣慰。这段时间，妈妈说你很乖巧，不仅主动听姥姥、姥爷、妈妈的话，不吵着出去玩，而且还能在家主动学习。可以说，虽然在不同的"战场"，你其实也是在跟爸爸并肩作战，希望你能继续做好自己，继续做一个乖巧懂事的好孩子、热爱学习的好学生。

前方有太多太多的故事，等战"疫"胜利，等春暖花开，等我们可以肆意地享受祖国安宁带给我们的岁月静好之时，再听爸爸给你讲"过去的故事"。

静候。

爸爸

希望成为像您一样勇于担当的人

写给山东大学齐鲁医院急诊外科张娜的家书

人物档案

收信人——妈妈：张娜
山东大学齐鲁医院急诊外科医护人员

写信人——儿子：李俊彦

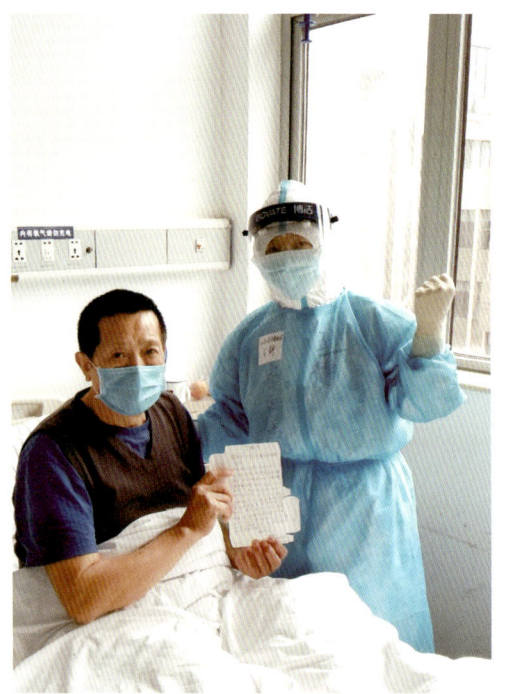

2月27日，武汉大学人民医院东院区18病区11床患者展示他写在药盒纸上的感谢信，感谢山东医疗队队员。（卢鹏、谢静报道）

"我为您的举动给您一个大大的赞，并以您为荣！我也是一名医学生，将来也会成为一名医护人员。看到您，仿佛看到了未来的自己。看到您义无反顾的背影，我也更加坚定了，为自己所选择的这条医学道路无怨无悔。"2月12日，是山东大学齐鲁医院急诊外科张娜的生日，张娜的儿子和丈夫分别写信提前祝她生日快乐，这是她过得最有意义最难忘的一个生日。因10日上夜班，11日张娜才看到老公和儿子发来的家信，她表示："希望我们大家在保护好自己的同时，不辱使命，做一名合格的齐鲁人，平安来，平安回！"

寸草春晖

亲爱的老妈：

　　疫情暴发，一向事事慎重考虑、小心翼翼的您，这次却挺身而出，丝毫没有犹豫，瞒着家人毅然报名加入了山东省支援湖北医疗队。

　　直到出发前一晚，您才告知了我们这个消息。爸爸和奶奶沉默许久，但我为您的举动给您一个大大的赞，并以您为荣。在敬佩您的同时既紧张又担心，因为我也是一名医学生，将来也会成为一名医护人员。看到您，仿佛看到了未来的自己。看到您义无反顾的背影，我也更加坚定了，为自己所选择的这条医学道路无怨无悔。记得当初填报志愿与同学讨论时提起，同学们也纷纷咋舌，不理解我为什么想选择这个职业。其实我早就了解到医学道路的艰辛与坎坷，明白选择医学之后不会那么一帆风顺。但是我有一位您这样的母亲，您是一名医护人员，我从小耳濡目染，了解到这个职业伟大的同时，也知道一身白衣所赋予的责任与使命。您的行动足以证明这一点，我的敬佩之情油然而生。生而为国，我之所以果断选择医学专业，就是希望能成为一名像您一样勇于担当的人。我无所畏惧于我的选择。

　　2月12日是您的生日，虽然无法全家相聚为您庆祝，但我想您一定不会后悔。生日每年都过，但国家需要、能够义无反顾投入其中，这样的时刻更加珍贵。我想，这个生日，一定因为您的无私奉献而更加有意义、更加难忘、更能铭记一生。

　　妈妈，祝您生日快乐！一定要做好自我防护，好好吃饭，多喝水，保存体力，才能救治更多的病人。期待你们齐心协力、全力以赴打赢这场战"疫"，平安归来。

您的儿子李俊彦
2020年2月10日

爸爸妈妈以你为傲

写给山东大学齐鲁医院李姗的家书

人物档案

收信人——女儿：李姗

山东大学齐鲁医院援助湖北医疗队队员

写信人——爸爸、妈妈

"你要肩负起医者的使命和责任，继续砥砺前行。争取早日打赢这场不能输的'战疫'。"山东大学齐鲁医院援助湖北医疗队队员李姗的父母和弟弟给她写了一封信鼓励她，信中，爸爸妈妈说，期待她和她的同事们平安凯旋，在家里等着他们治愈最后一名患者！

2月11日下午，济南遥墙机场，山东省第九批援助湖北医疗队出征。（卢鹏摄）

亲爱的女儿：

从你大年初二离开家已有半个月之久，我们都很想你。在得知你成为援鄂医疗队的一员时，爸爸妈妈在家里坐立不安，心里五味杂陈：既对你充满了担心，同时也为你自豪。家里的亲戚朋友都打来电话关心询问。你是兄弟姊妹们的榜样，是家族的骄傲。我们知道你很辛苦，为了节省一套防护服，很长时间不能上厕所，不能喝水。你们走得很匆忙，晚上下了通知，第二天就要出发，就像一场说走就走的旅行一样，而这场旅行还有生命危险。你要肩负起医者的使命和责任，继续砥砺前行，争取早日打赢这场不能输的"战疫"。

新型冠状病毒肺炎来势汹汹，在所有人严阵以待抗击病毒的同时，作为医务工作者，你们毅然决然地冲在疫情阻击的第一线，用信念、坚韧和精益求精的专业技术铸就生命与健康的"护城墙"。

哪有什么岁月静好，只是有人替你负重前行。一封封请战书，一句句"我报名"，一个个红手印，正是有了白衣天使的"硬核"阻击，才凝聚起打赢疫情阻击战的磅礴力量。

你们是挡在鬼门关的神将，把多年的医学知识编织成盔甲，炼成一把利剑，插向那些把病人带向地狱的病魔。你们也是温柔的白衣天使，勇敢化作你们的翅膀，知识变成你们神奇的魔法，你们就是病人的"止痛药"。你还是我们家庭的骄傲，教我们生活中的各种防护知识。

疫情让人们在空间上保持距离，却让人们在心灵上贴得更紧。希望你和你的同事们精诚合作，救治好患者，保护好自己。期待你们平安凯旋。全国人民齐心协力，万众一心，一定能取得胜利，共同拥抱美好的明天。

最后由衷祝愿你和你的同事们平平安安归来，爸爸妈妈在家里等着你们治愈最后一名患者！

爸爸、妈妈
2020 年 2 月 11 日

相逢且欲醉春归

山一大二附院阴其玲一家三口的两地书

人物档案

妻子：阴其玲
山东援助湖北医疗队队员、山东第一医科大学第二附属医院呼吸科护士长

丈夫：陈绘兵

儿子：陈丹奇

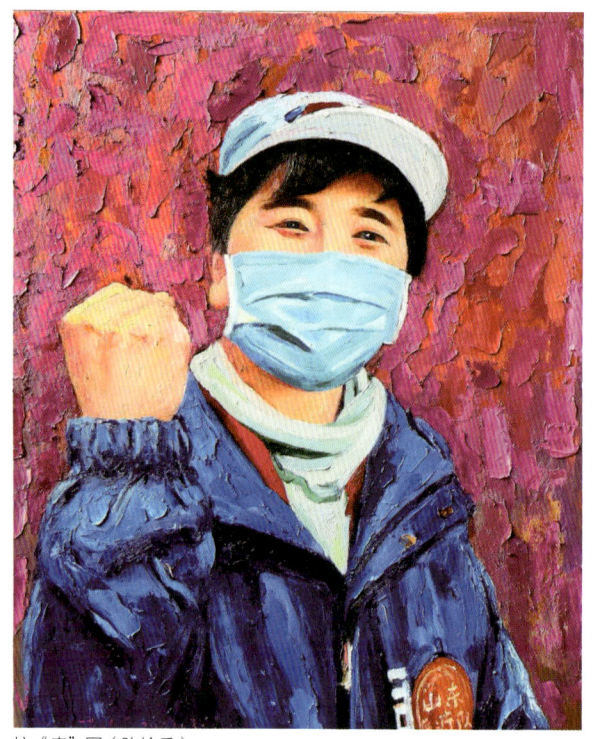

抗"疫"图（陈绘兵）

"网络化信息时代，生活平静且普通，原本以为与写信渐行渐远了，可这场突如其来的疫情，却赋予了家书特别的内涵和价值。你的战地日记'武汉家书'、儿子写给你的信以及你的回复，在朋友圈中疯传，好评如潮，让我不能无动于衷和袖手旁观了，用这种形式把想说的话写给你听，与你沟通和交流，愿我的诉说和分享能舒缓你在前线的疲惫和孤独。"这是陈绘兵写给妻子的战"疫"家书，妻子阴其玲是山东援助湖北医疗队队员、山东第一医科大学第二附属医院呼吸科护士长。继儿子和妻子两地家书往来后，丈夫也拿起笔，三口之家隔空互诉衷肠，写就家书里的"我们仨"。盼平安归来，三人重聚。

老妈：

　　不知道你在武汉过得到底好不好，这两天天气冷了，泰安还下了雪，虽然之前你在跟我们视频的时候说住处有小太阳（电暖气）并不冷，但出门的时候还是多加点衣服吧。这是我第一次给你写信，之前我们朝夕相处的时候彼此没什么话，可当你真的去了很远的地方，我却真的想和你面对面聊聊了。

　　在你离开家的这段时间里，我和老爸轮流做饭，我也帮他打扫卫生，买买东西。这两天我们爷俩感慨，幸亏没有在年后回老家，而今年年前是我第一次开车带你们回老家。小时候，每个寒假回老家过年都是我最盼望的事，而你因为工作的原因有时不能和我们一起回家过年，我之前从没觉得有什么不对，每到过年时我就和老爸高高兴兴回去。直到高中时有一次咱们吵架，你对我说我们爷俩没有良心，每次过年都抛下你，那时我才发觉我之前做得不对——我从来没有想过你一个人的孤单。说实话，这件事我直到现在还是内疚的，所以我想再次地向你道歉，对不起，老妈。

　　记得在你出发前往武汉的那天，看你坐上大巴准备出发时我想要掉眼泪，但走近了和你说话给你加油的时候终究没有哭出来。在大巴车开远之后，我抱着别人送你的花站在原地，说实话，我是麻木的，也许因为我们经历了太多次这样的离别了吧！从小到大，无论是节假日还是周末，你总是不能像大多数人一样痛痛快快地休息。在我心中早已认定，老妈的工作便是时时刻刻准备着。

　　在你和我爸打电话时，我听到你说想家了。很多人都说你是英雄，但我在视频里却看见了你的疲惫。我从小总听你讲病人的事，其中也有些不讲道理胡搅蛮缠的人，我听了总会火冒三丈，可你却会分析他们因为生病心情不好，可以理解。我嫌你过分宽容，所以在离别的时候我在心里对你说：老妈，有的人不值得我们拯救，可你为什么那么坚定呢？我突然想到你送我的第一本童话书，扉页上有你写的一句话，希望我做一个对社会有用的人。

　　老妈，之前我和老爸可能因为你的工作说过很多气话，但我想告诉你，老爸用他的方式接受了你，而我用我的方式接受了你。我和老爸整天在家忙忙活活，我们各自在努力，又一起记挂着你。今天家里的那束花干枯了，可是不知怎么的，我却觉得它拥有了另一种美。老妈，一定要照顾好自己，我们等你回来。

　　祝平安归来！

儿子陈丹奇
2020年2月17日于泰安家中

写给儿子的话

儿子：

来武汉有些日子了，想我了吗？这也是我第一次给你写信。或许妈妈能力有限，把精力放在工作上太多，忽略了你和爸爸。虽然也没看到自己把工作做得有多好，但每次看到感受到你们对我的不满，我其实是很内疚的。我知道，你们还是一次又一次地原谅了我，就像你说的，你们用自己的方式接受了我。

你小时候身高总是比别人家的小朋友矮那么5厘米，我每个月都给你量身高，很是担心呢！断了奶把你送回姥姥家，11个月的你看到我竟然叫"阿姨"，让我好难过！我不在你身边的日子，你刚会说话，对姥姥说"姥姥就当妈妈吧"！那时的妈妈好狠心哪！记得你上幼儿园时喜欢讲故事，即兴发挥讲半个小时还停不下来。我发现这个小朋友很厉害呀！有点小高兴。还记得几岁的你去校门口买早餐，让你张阿姨碰到了，很是数落了我一顿呢！更记得你带着小朋友们去操场挖土坑点火烤土豆的场景，现在你刘阿姨对此事还念念不忘呢！最好笑的是有一次你兴冲冲地从外面回来，我不经意地说了一句："买雪糕吃了是吧？"你一双吃惊的大眼睛看着我："你咋知道的？""你是我生的，你做啥我都知道。"吓得你再也不敢撒谎了。哈哈！逗你玩的。最让我感动的是你去西安参加夏令营，9岁的你会发短信给我：妈妈我到了，这个城市很美！小小年纪的你竟然想着给我买一个手镯，那是妈妈收到的最珍贵的礼物。

或许是在你上初中的时候吧，突然有一天我发现我的儿子长大了，有自己的思想了。然后我们的"战争"也开始了！我们对彼此不满意，互相有指责，有伤害。其实在心里，就像一直很欣赏你爸爸一样，我也很欣赏你——你这个文艺青年！尤其是你斩钉截铁地要考中戏、考北电的时候，当你第一次落榜对我和爸爸说"我就是要考北电！考中戏！"的时候，我和爸爸虽然心里没底，忐忑不安，但也义无反顾地支持了你。其实我们在心里紧张得要死，但也佩服你的勇敢和执着。我们不敢想的事情，你敢去争取。

前天从病房里出来，我的脸色因为缺氧很差。你肖姐的心率到了130次/分，明程哥哥也头痛欲裂。有个年轻的医生问我，这么大年纪了谁派你来的？我说没有人派我来，是我自己想来的。

这段日子，躺在酒店的床上睡不着的时候，穿着防护服憋得难受的时候，有个声音总在问自己："为什么来武汉？"和所有人的答案都一样——我想来！我想拥有这份人生经历。

就像同济医院护理部主任说的，这段经历我的前半生没有，后半生也不一定会有。作为一个呼吸专业的护士，发生与呼吸有关的疫情时如果没有参与，我会抱憾终生。虽然我的力量很弱小，但星星之火可以燎原，我尽力就好。其实还有一个很自私的原因，那就是因为你。我们无数次在课本上读到，革命前辈抛头颅、洒热血，让我们拥有今天的幸福生活，我们的五星红旗是由无数革命前辈的鲜血染红的，年轻的你会感同身受吗？当你看到有些在你看来不合理不公平的现象而义愤填膺的时候，当你遭受痛苦挫折的时候，当你心理不平衡的时候，你那些愤青的表现深深刻在我的脑海里，大多数时候我都无能为力。今天，你也会和所有在一线的医护人员的孩子们一样，感受这个国家的力量，感受我们党的伟大号召力：一声令下，千万的军人、医护人员、公安干警，涌向了抗"疫"第一线。你感受到了千千万万普通人战胜这个巨大困难时所付出的努力。如果没有你的亲人参加这场战"疫"，你只是通过看电视新闻了解这些，带给你的震撼恐怕是不一样的吧！

　　妈妈是幸运的。当我想来的时候有机会能够来到这里，还有很多叔叔阿姨也和妈妈一样想来武汉，但却没来。他们比妈妈还要优秀和努力。在这里妈妈认识了很多优秀的人，他们想办法，制定流程，遵照指南，理清思路，准确评估病人的现状，拿出切实可行的方案，救病人于水火之中。和优秀的人在一起，你会发现你还不够优秀和努力。

　　妈妈特别喜欢李兰娟院士说的那段话，把它郑重送给你：这次疫情过后，希望国家给年轻一代树立正确的人生导向，把高薪留给德才兼备的人！少年强则国强！为祖国的未来培养栋梁之材！希望全社会能够形成一个共识：教育我们的孩子崇尚科学，尊重科学，树立健康观念，生物安全意识，多科普健康知识，多一些忧患意识！

　　这就是我来武汉后对你的期望！因为就像毛主席说的那样：世界是我们的，也是你们的，但归根结底是你们的！

　　儿子，我来武汉只是做了我能做的，没有多大的贡献。如果我的参与能够给你一些启发与感触，对你的成长有一些激励，给你的人生能够添一点色彩的话，那是我莫大的欣慰！妈妈知道，你是一个努力的孩子，一直都知道自己想要什么，一直都在努力！你一定会实现你的梦想。还记得去年母亲节你对我说过的话吗？希望有一天上帝能够握着你的手写出一部像《红楼梦》一样伟大的作品！爸爸和妈妈期待着你走向更遥远的诗和远方！

妈妈
2020 年 2 月 21 日于武汉

相逢且欲醉春归

至爱其玲：

　　你好吗？好久未见。

　　今天已经是你驰援武汉的第二十三天了。

　　网络化信息时代，生活平静且普通，原本以为与写信渐行渐远了，可这场突如其来的疫情，却赋予了家书特别的内涵和价值。你的战地日记"武汉家书"、儿子写给你的信以及你的回复，在朋友圈中疯传，好评如潮，让我不能无动于衷和袖手旁观了，用这种形式把想说的话写给你听，与你沟通和交流，愿我的诉说和分享能舒缓你在前线的疲惫和孤独。

　　在人们传统而久远的记忆里，几乎都是妻子送丈夫上战场，去英勇杀敌，保家卫国，可这次却是我和儿子送你去抗"疫"前线，不舍和不忍难以言表。护送你们医疗队出发的车开动的那一刻，儿子强忍着没有哭出声来，我的眼泪也是在眼眶里转了一圈又一圈。那一刻，感受和体验到了《目送》里面的所有深情。

　　此时此刻，夜已深了，万籁俱寂，辗转反侧，无法入眠。思前想后，反复揣摩和判断你当初挺身而出向险而行的初衷与过程，感动和钦佩油然而生。

　　从你在请战书上郑重地按下手印的那一刻起，我就预料到了接下来有可能发生的一切。彼此相伴了大半辈子，我明了你的心思。

　　按照年龄，你或许确实不太适合动此念想，但明知不可为却为之，真的需要勇气和担当。抛家舍子，冲锋陷阵，不是仅凭豪言壮语和热情冲动就能做到，所以我们一直是为你捏把汗：陌生的环境和工作流程，无比严格的防护要求，特别是四分之一的患者都需要的"密集护理"，这一切你都吃得消吗？

　　你始终是一个有目标和追求的人，这些年来你一直在非常用心地努力，背后的艰辛和苦楚只有你自己最清楚。我看在眼里，疼在心里，虽然有时候也说些刻薄和狠毒的话抱怨指责你，但我确是性急所致，没有恶意，但愿你能包容并谅解。

　　记得那时候儿子刚升初中，你就撇下我和孩子到北京协和医院进修，义无反顾。你们医院争创三甲，你住在科里，好多天不回家，没白没黑，心甘情愿。亲戚朋友甚至素不相识的人联系求医问药，你都一视同仁，设身处地，感同身受。所有这一切都为你的初心和选择做了最好的注解。所以那天上午你急匆匆地打电话说可能随时要出发去湖北的时候，我并没有太意外。只是当院领导说你是这次选派的医疗队员中的"大姐大"时，我不由得在自豪之余多了一份酸楚、苦涩和悲壮。

寸草春晖

不是每个人都有机会去实现自己的承诺和梦想,但你却很幸运。在最危急的关头,在最危险的战场上,能够用自己的专业技能出一把力,尽一份心,理直气壮,无怨无悔!你不是很欣赏"赠人玫瑰,手留余香"那句话吗?今天你做到了。你无意成为什么英雄,这一点,我心知肚明,也无须解释。记得伽利略说过:一个理性的国家不需要英雄,每个人做好本分工作,都是英雄。其实我也觉得,我们每个人都是命运共同体,善待别人,就是在善待自己;帮助别人,也是在帮助自己。你说对吗?更为幸运的是,你在前线亲身体验和见证了举国上下的众志成城,见证了可歌可泣的大爱情怀。这些或许将是你此生最珍贵最美好的记忆。

其玲,你离开家之后,儿子懂事长大了很多。他平时严格遵守规定,不外出不聚众,在家认真努力地按照自己的规划刻苦用功,还能主动做些力所能及的家务:烧水、拖地,有时候也会亲自下厨,小露一手。和你一样,儿子也是一个有想法和目标的人,他知道自己想要什么。你不在家的这些日子里,他对这个家格外用心,积极地和我一起规划和料理日常的生活,主动外出到超市购买生活必需品,购买了储物架、果汁机等,尽力把缺少了你的这个家收拾整理得和原来一样。他变得格外安静,没有那么多看不惯和任性,帮我在电脑上处理单位工作上的一些繁杂事务,尽可能地减轻我的工作压力。为了有益于我进行艺术创作,他在网上专门购买了ipad,不厌其烦地下载安装各种程序软件,让我格外舒心和感动。

儿子这些天来的成长和变化,究其原因,源于你精神的感召和引领。身教优于言教,你用实际行动传递出来的正能量,对改变孩子固有的世界观、人生观、价值观等起到了潜移默化的积极影响。说到此,不由想起了《最美》那首歌:"你在我眼里是最美。"这也说出了我的心里话,因为确实"你的美无声无息,不知不觉让我追随"。

你驰援武汉后,我蜗居在家,终于决定拿起久违的画笔,和你一起参与抗"疫"。将近一年了,因为颈椎和腰椎间盘频繁出状况,我已很少去工作室,可当下,全国打响了疫情防控的人民战争,大疫面前每个人就都成了战士!我一直觉得,告别了往日的忙乱和喧嚣,心不再那么浮躁,其实也是件好事,我也必须行动起来!艺术家尽管拥有独立的个性,可他并不是不问世事的高人,国难当头,匹夫有责,用艺术的力量进行创作,画出对抗"疫"英雄的深情礼赞,画出对战胜疫情的坚定信念,让优秀艺术作品发挥鼓舞人、感染人、激励人的作用,是艺术创作的初心和价值,是现代艺术家的职责,也是文化艺术的力量所在。

我心里一直很清楚,如果不是你亲自去了一线,我要创作和表达的愿望或许没有那么强烈,我的情感也许没有那么炽烈。是你的前行壮举,让我的传达和表现更加真切、鲜活和接地气,拥有着触手可及的温度,因为我的创作中有些素材来自你在武汉的"现场报道"。如若你没去武汉,对于这每天发生的一切,我充其量只是一个旁观者;但你已经战斗在了这场阻击战的前沿，我的心情和动力就完全不一样了。这里面有你的功劳。

这些日子，我时刻提醒着自己的"战士"角色，克服重重困难，数易其稿，通宵达旦，一步一步有条不紊地往前推进这幅在我个人艺术生涯中空前的油画主题创作。这幅107.3cm×100cm暂名为《抗"疫"图》的创作，以现实主义的创作手法，截取正在发生的战"疫"过程中感天动地、震撼人心的瞬间，在塑造英雄和所有奋斗者的形象中着力体现精神性，以独特的方式记录、见证、参与历史，同时表达敬佩和礼赞的由衷情感。另外，还要告诉你的是，这幅巨作里面也有你的"光辉形象"，你也应该很期待吧！

我捧着这颗诚挚滚烫的心，把这幅巨作献给与病毒抗争的城市，献给像你一样大爱无疆的那278支医疗队里32395名白衣天使，献给众志成城战无不胜的中国。这是我与你一起共克时艰的具体行动。基于此，我说，你不是一个人在战斗！这话没毛病吧。

其玲，情长纸短，万语千言，难以尽述。记得那天你发信息说："队里发了草莓，没有吃的欲望，满身都是消毒液味儿，84片，酒精，臭氧，我都无菌了。"我鼓励你："做好防护，安心工作，让我们百炼成钢，去抵御和抗击生活中和生命里不期而至的各种灾难和不幸。"在艰难困苦中我们建立起了牢不可破的信任和默契。我们彼此都有很重要的事情要去做，心心相印，自然能产生出排山倒海无坚不摧的力量。你说是吗？时下，我们欣慰地看到，在全国人民的共同努力下，打赢疫情阻击战的曙光已经出现，盼望你继续拼搏坚持，冲破黎明前的黑暗，力争早日看到人们健康平安、自由欢畅、安居乐业的笑脸。

一切过往的生活在未来都会找到回应。一个人，只要生命在延续，就会为以往的过失付出代价，为以往的努力收获果实，不管你有意还是无意。今天我们终于用惨痛的代价换来这份切肤之痛，但愿经此一疫，更多人能真正醒来。

从你奔赴湖北以后，我们就一直被无所不在的温暖和无微不至的关怀包围着。山一大二附院的院领导和工会的工作人员，每个礼拜都来给我们送一次蔬菜、水果以及各种生活用品；和咱同住一座楼的刘海燕医生，从2月2日你离开泰安起，就一直问寒问暖，关心着我们的生活；还有许许多多的亲戚朋友、同事同学、学生，以各种方式表达问候和祝福，让我们受宠若惊，感恩不尽。还有你们医院宣传科和老师他们的及时报道，让关心你的人第一时间得到你的动态和消息。在此我想和你一起，向他们表示真诚的感谢！

记得有一个学生，在给我的信中这样说过：人要走到很远很远的地方，才能够知道近在身边的道理。正如与你暂别之后，我才明白我们在一起的那些日子是多么值得珍惜。我们作为夫妻，过着平平淡淡柴米油盐的日子，尽管没有深情的告白，也没有诚挚的诺言，但在顺其自然中我们却成了彼此的唯一，在遇到困难的时候，携手同心，一起作战。其玲，我的至爱，余生漫漫，我愿与你风雨中携手，平淡中偕老。

等你来，等天亮，等我们都脱离恐惧和思念——一切都会好起来的。

盼你平安归来，三人重聚。灯火可亲，咱们再倾心畅谈，却话江城抗"疫"时。

冬已尽，春可期。惠风和畅，鸟语花香，愿春风为你捎去安康！

陈绘兵

2020 年 2 月 24 日夜于泰安家中

至爱其玲：

今天是你的节日，特别时期，没有鲜花和浪漫面赠，只有问候和祝福遥寄。祝愿我的女神节日快乐！

众所周知，国际妇女节是你们创造历史的见证，无论是一百一十一年前美国女工团的示威，还是古希腊莉西斯特拉塔为阻止战争所领导的斗争，你们都用行动赢得了自由、平等，以及关注和尊重。而此时此刻，来自全国四面八方数以万计的白衣天使，正用壮美的逆行谱写着碧血丹心、大爱无疆的乐章。这同样是在书写历史，同样可歌可泣！或许你们不认为自己是天使，但无疑你们都拥有一颗天使的心。尽管厚厚的防护服下人们认不出你们是谁，但心里都清楚你们是为了谁！你是这个英雄的群体中的一员，我和儿子以你为荣，为你自豪！

其玲，今天是你驰援湖北的第三十六天，你在武汉疫线战斗的日日夜夜，是你今生今世弥足珍贵的经历和财富，而我和儿子在家分分秒秒的叮咛与寄望，将是你坚毅持守、慷慨趋赴的支撑和动力。你在家书中说你在武汉挺好的，我要告诉你：我和儿子在家也挺好的。

期盼你全力以赴，安心工作！

同力协契，攻必克，战必胜，祈愿你和你的战友们以坚强的意志和不获全胜不轻言成功的执着与豪迈，尽快打赢这场没有硝烟的战争。

其玲，我说过，你不是一个人在战斗，以艺抗"疫"的我，不舍昼夜，精心绘制了这幅你出征时的油画肖像，作为你的节日礼物。特别的爱给特别的你！以此为你加油！

春已至，花正开！再次祝你节日快乐！

陈绘兵

2020 年 3 月 8 日于泰安家中

饮食即使不合口也要多吃点

写给威海市立医院 ICU 护士全璟的家书

人物档案

收信人——儿子：全璟
威海市立医院 ICU 护士

写信人——妈妈：段昊

"医护人员在这种时刻，就相当于去上战场，虽然怕，但不能怕。"大年初一晚上，威海市立医院 ICU 护士全璟乘着前往集结地的动车，踏上了"逆行"之路。儿行千里母担忧！在妈妈给他写的这封家书中，处处体现着一位母亲对孩子的关心、爱护。妈妈说，南方气候潮湿阴冷，掌握好穿衣厚薄，千万别感冒！饮食即使不合口也要多吃点，保持身体免疫力。在房间里也要适当活动筋骨，自己健康才能更好地为患者服务！

全璟：

　　你随山东医疗队出征湖北黄冈已经19天了，现在还好吗？我们都很牵挂你。妈妈心里有些话还是写出来感觉能舒坦些。

　　初一下午，你爸刚进家门没几分钟，突然间你说院里来电话，得去武汉，我跟你爸都懵了！当时疫情不是那么大范围扩散，我们感觉不到如今这样的严峻性。不过，我们多少知道去一线代表着什么。

　　儿子，你在ICU工作了几年，表现也很优秀。"非典"时你还小，我们是经历过的，也在电视上看过当时北京小汤山医院以及各地医护工作人员的艰辛和危险的工作场面。

　　不过我跟你爸还能说什么呢？时间紧迫，情况不允许磨蹭，我只能赶紧配合你收拾行李。你爸也愣了，在旁边提醒这个提醒那个；你奶奶也从屋里出来，但也只能在旁边唠叨着。直到把你送到医院集结的地方，开车回来后，我跟你爸才开始彼此安慰。还能说什么呢？儿子大了，有担当了，有责任心了。我们为你骄傲，但不管你多大，也还是父母的牵挂！你的决定，我跟你爸还有你奶奶从来都没有埋怨过。只希望你注意安全，保护好自己，全心全力用心工作！

　　南方气候潮湿阴冷，掌握好穿衣厚薄，千万别感冒！饮食即使不合口也要多吃点，保持身体免疫力。在房间里也要适当活动筋骨，自己健康才能更好地为患者服务！

　　不多说了，家里我们都很好，你什么也不要担心，我们一家都配合着不出门。你爸和奶奶现在也看新闻了，一直关注着疫情和湖北的情况。

　　儿子，今天是你的生日，在此祝你生日快乐！同时希望你和队友们早日平平安安地胜利归来！

　　爱你！

妈妈
2020年2月12日

我在方舱医院执行任务，请您原谅我不能回咸宁老家

一封来自山东援鄂医疗队队员未邮寄的家书

人物档案

写信人——曹伟

莒县人民医院内科主治医师、山东省援助湖北医疗队队员

收信人——父母

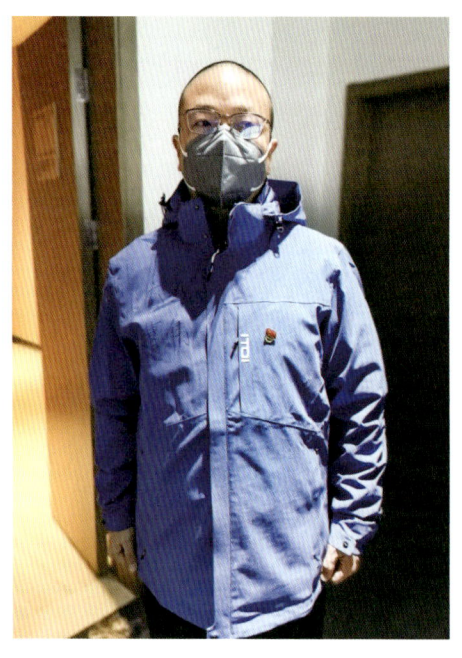

曹伟是莒县人民医院内科主治医师，山东省援助湖北医疗队队员，在武汉市汉阳方舱医院执行救治任务。他的老家是湖北咸宁，离武汉只有30分钟的车程，他却只能止步于此。深夜无眠，写下了一封不能邮寄的家书。

寸草春晖

爸爸、妈妈：

今天给姐姐打电话，得知姐姐想趁买菜的时候去看望爸爸妈妈，但被小区工作人员拦在门外。姐姐默默地流着眼泪走了，一步一回头地走了……深夜回想起这种场景，自己眼泪也止不住，"男儿有泪不轻弹"，这一刻泪水却如同决堤一般……

亲爱的爸爸妈妈，你们知道吗，儿子回来了，就在离你们很近很近的武汉。平常到了武汉就感觉到了家，平常短短30分钟的动车，现在却只能止步于此……儿子不孝，在这种时候不能陪伴在您二老左右，只能在这里更加努力地工作，为抗击病毒尽一份心，为早日战胜疫情出一份力……我是一名医生，看到那么多医疗战线的同仁为家乡请命请战，怎么可能无动于衷？如今我终于也来到武汉，来到抗击病毒的一线，这样我就能用自己微薄的力量给家乡做一点贡献……

儿子此刻不能回来，只能在武汉，在这个离你们更近的地方，每天日出的时候，向着咸宁故乡的方向挥挥手，跟您二老道一声平安……爸爸、妈妈，我一定会努力工作，尽自己全部所能，贡献最大的力量，为早一天战胜病毒而努力。也希望能早一天获得疫情防控战的最后胜利，那时，我一定回来看您二老……

思来想去，您二老毕竟年龄都大了，我还是别告诉你们我回来了吧。如果你们不知道我回来的讯息，以为我一直在山东平安平静地生活，那样你们会更安心吧……无论如何，我们医疗战线的同仁们必将战胜病毒，彻底取得疫情防控战的最终胜利。那时候，我就回家跟你们相聚，就当是刚从山东回来……到那时，我会对你们说一声：爸爸、妈妈，我爱你们！

不孝子敬上
2020年2月16日于武汉

我今天不过生日了，等您回来一起

写给山大二院王永彬的家书

人物档案

收信人——爸爸：王永彬
山东大学第二医院呼吸内科副主任医师、山东省援助湖北医疗队队员

写信人——儿子：王梓名

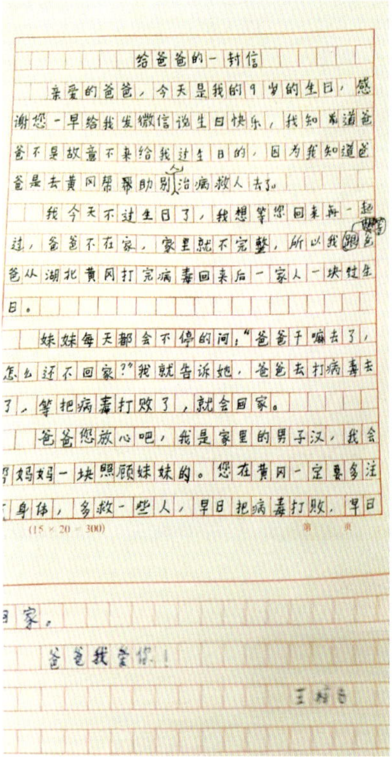

黄冈在哪儿？从爸爸坐飞机的那刻起，"黄冈"就成了这个9岁孩子说得最多的地方。这是一封特别的信，是儿子在9岁生日这天给山东大学第二医院呼吸内科副主任医师王永彬的家书。他从大年初一开始，已经在黄冈大别山区域医疗中心奋战了整整21天。

正月十九是儿子的9岁生日，没有爸爸的陪伴，孩子执意等他回来再过生日，他很感谢儿子的理解。王永彬把信件拍成照片，发到了朋友圈，提醒自己不能食言，要早日打败病魔，早日回家。

亲爱的爸爸:

今天是我9岁的生日,感谢您一早给我发微信说生日快乐。我知道爸爸不是故意不来给我过生日的,因为我知道您是去黄冈帮忙治病救人去了。

我今天不过生日了,我想等您回来再一起过——爸爸不在家,家里好像不完整了,所以我跟妈妈说,我想等您从湖北黄冈打完病毒回来后,一家人一块儿给我过生日。

妹妹每天都会不停地问:爸爸干吗去了,怎么还不回家?我就告诉她:爸爸打病毒去了,等把病毒打败了,就会回家。

爸爸您放心吧,我是家里的男子汉,我会帮妈妈一块照顾妹妹的。您在黄冈一定要多注意身体,多救一些人,早点把病毒打败,早日回家。

爸爸,我爱您!

王梓名

2020年2月12日

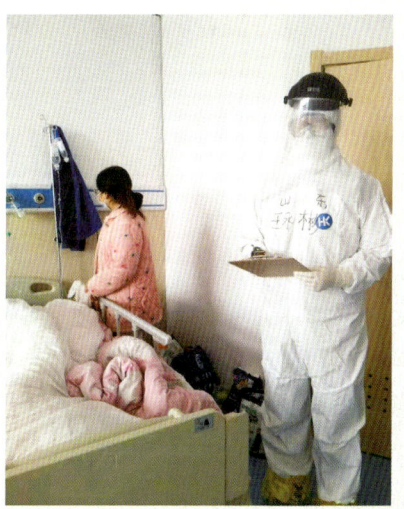

您以我为荣，我也以您为荣

山东大学齐鲁医院戴彦君来信致母亲

人物档案

写信人——女儿：戴彦君
山东大学齐鲁医院第四批援助湖北医疗队队员

收信人——妈妈

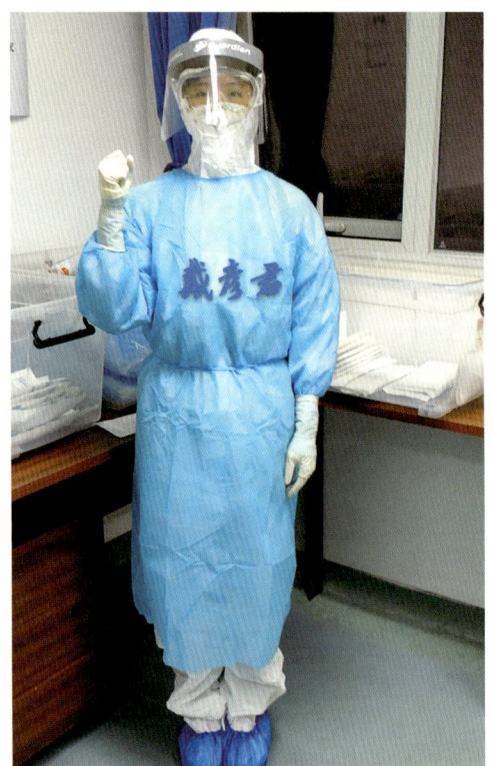

2月14日，山东大学齐鲁医院第四批援助湖北医疗队队员戴彦君给妈妈写了一封信，向妈妈报平安，感谢她的爱与支持。这场疫情让她充分认识到了坚韧、担当和母爱的伟大。来自全国各地的医疗支援队和武汉的同仁们全身心地投入这场"战疫"，争取尽快战胜疫情、医好患者，不辜负全国人民的支持与信任。

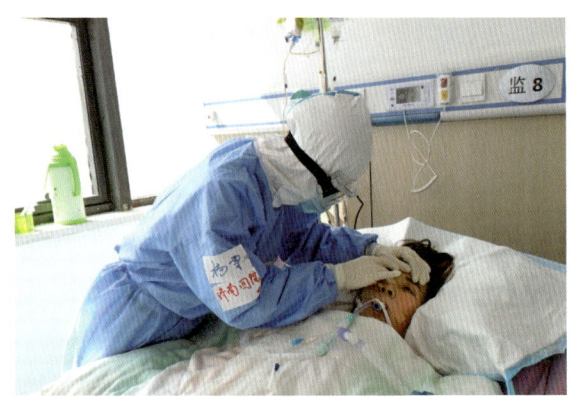

2月18日，大别山区域医疗中心南楼四层隔离病房重症监护室，山东医疗队队员、济南第四人民医院重症医学科护士杨雪在为病人做基础护理。重症救治已成为提高治愈率、降低病死率的关键环节。（苏晓燕、王凯报道）

亲爱的妈妈：

您好！

俗话说"儿行千里母担忧"，何况女儿身处疫情最前线的武汉，肯定更让您担忧了。但我想告诉您，我很好。

回想疫情刚暴发时，我们医护人员都很担心，毕竟当年亲身经历过"非典"，只能默默地为武汉的同仁们和患者加油、祈祷。随着疫情的加重，上级准备派医疗队支援武汉时，我和同事们毫不犹豫地递交了申请书。这个时候，不仅是需要我们医护人员担负救死扶伤的责任，更需要我们为大局着想、服从安排。

然而，我却不知道该怎么跟您说。虽然我知道您肯定顾全大局，也会支持我去的，但肯定少不了牵挂和担忧。所以，当我试着跟您说某某同事、同学申请去支援武汉，入选山东省支援湖北医疗队踏上征程时，您肯定明白了我的心思，预料到了我的行为。您认真地说："国家有难，冲锋陷阵是义不容辞的责任。相信你能够胜任你想做的事情。"这让我很感动。

确定入选时，我没直接告诉您，只是想让您少担心一天是一天。我选择在家庭群里说我已经申请去武汉支援了。您马上打电话来再三跟我确认，我说只是申请了。您沉重又欣慰地说："嗯，肯定要申请，这是咱的觉悟和责任，但，到时候也得多防护好。"那一瞬间，我哽咽了。

当晚九点半，接到通知第二天出发时，我和弟弟说了，并嘱咐他先不告诉您了，让您再安心睡一晚。但母女连心，在我收拾行李时，您接连打了好几个电话，跟我确认："没说什么时候出发吧？"我只是笑着说没有。

出发时我们举行了隆重的出征仪式，大巴车行驶在去机场的路上时，交警同志和部分行人也是一路敬礼。这些赞许、期待的目光，让我们感到责任在肩：一定要打赢这场"战疫"，不能辜负国家和人民的重托。我匆匆给您打了个电话，说我在去机场的路上，要去武汉了。您瞬间哭了，嘱咐我一定要听组织的话，服从安排，好好照顾自己。我忍着泪水说会的，怕控制不了情绪，更让您担心害怕，我匆匆挂了电话，希望您能理解。

到武汉后，您怕耽误我的时间，每天在家庭群里对我唠叨。当我说我在抖音上发了去武汉支援的视频，一下子有五万多粉丝，看着那么多人支持和鼓励很开心时，您和爸爸还有弟弟，马上去下载了抖音，看遍了我全部的内容还逐个点赞。有了你们的关注和支持，我更充满斗志了，更能全身心地投入到工作中去。

妈妈，这些天，您一直关心着我的衣食住行，提醒我按时吃饭，哪怕饮食不习惯也得多吃点，保持体力。我跟您说回头组织上会去咱们家慰问送物资时，您的第一反应是非常感激

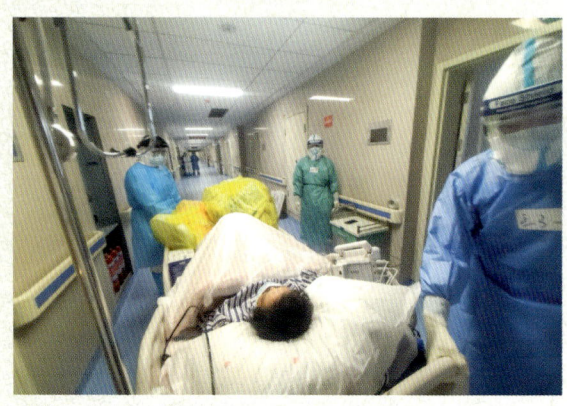

2月24日，随着大别山区域医疗中心病人量持续减少，山东医疗队（第一批）南楼四层病房关闭，全体医护人员撤离异地安置轮休，现有32名住院患者全部转至七层山东医疗队（第二批）的病区继续接受治疗。图为重症患者在紧急转运中。（全璟、王凯报道）

组织上的关心，但物资不能要，要转赠给更需要帮助的人。您不仅是这样说的，更是这样做的。这一次，不仅您以我为荣，我也以您为荣。

这里的患者，大多数是姥姥那么大年纪的。他们与家人分开，独自在这里治疗，生活不能自理，遭受着疾病的折磨，内心恐惧。他们和您一样渴望早日见到自己的子女，也担心着身处疫区的其他家人的安危。他们需要更多帮助和安慰，希望我和同事们能为他们做更多的事情，用我们滚烫的心、无限的爱去为他们服务。愿我们的努力能让全国人民早日舒畅呼吸，妈妈和我都要坚定信心等待胜利的黎明。

妈妈，我想对您说，请您放心。您在新闻上、视频上也能看得出来，全国人民都在物质、精神上给我们提供源源不断的保障和鼓励。我们衣食无忧，也会做好防护，您放心就好了，照顾好自己和家人，不要让我们担心哦。

最后，也是最重要的一件事。妈妈，我想对您说，疫情无情人有情，团结一心必成功！这场疫情让我充分认识到了坚韧、担当和母爱的伟大。我们这些来自全国各地的医疗支援队和武汉的同仁们肯定全身心地投入这场"战疫"，争取尽快战胜疫情、医好患者，不辜负人民的支持与信任。等着我们凯旋哈！

2020年2月14日，这个美好的日子，爱您到永远。

您可爱又强大的女儿戴彦君
2020年2月14日于武汉大学人民医院东院区

妈妈现在是孙悟空,要去打败病毒这个妖怪

阳信县人民医院护师王佳致家人

人物档案

写信人——妈妈:王佳
阳信县人民医院护师

收信人——女儿、父母

2月9日到达武汉后,王佳一直战斗在方舱医院。2月15日她给孩子写了第一封家书,3月6日又给日日思念的父母写了信。这是她三十几年来第一次给父母写信,她说:"谁曾想,这年头信息如此发达,我竟也给你们写上信了。"

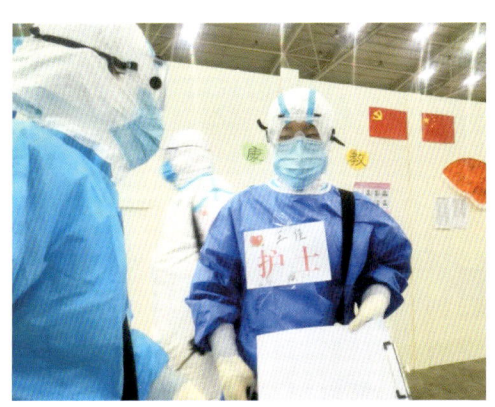

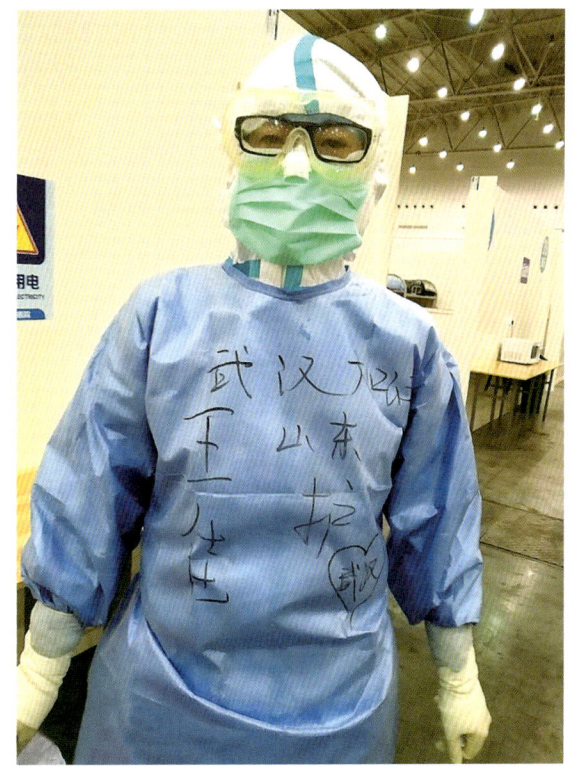

宝贝：

　　现在是晚上八点，以往每天这个时候，妈妈会帮助你洗漱，然后去床上读绘本故事，看你安然入睡。而此刻，妈妈坐在武汉长江大桥对面的临时宿舍里，想你。尽管咱俩刚刚结束了视频通话，神经比较大条的妈妈，竟突然也有些多愁善感。这是妈妈第一次离开你超过一星期，看着你懵懂的小脸在视频那头还有些疑惑，问我："妈妈，你是在班上吗，怎么还不回来，你在干什么呢？"我笑了笑，想起了那天我出发去武汉临走时跟你说过的话。

　　新冠肺炎疫情已经笼罩了我们的整个春节，可能你还不知道什么是新冠肺炎，也不理解什么是病毒。你只知道，妈妈从年三十到现在一直在上班，最近更是家也不回，也不能及时开视频了，开了视频也是说两句话就又要去忙。宝贝，也许你长大了才能理解妈妈。妈妈接到通知赶赴武汉一线的时候，因为时间紧，没来得及跟你解释，你问我去干什么？我告诉你，妈妈现在是孙悟空，要去打败病毒这个妖怪，跟你说完我就要翻个筋斗云去一个叫武汉的地方了。你点点头，眼里含着眼泪，跟我说："妈妈，你一定要打败妖怪。"说完你就被爸爸抱走了，一瞬间，妈妈的不舍和眼泪也涌上心头。但是，我毅然跟着队伍来了，因为我答应你了，要打败妖怪，因为被妖怪缠身的病人需要妈妈。今天，你又问我，妈妈，你说的妖怪厉害不厉害，还没打败吗？我告诉你，妖怪有些厉害，所以有很多小朋友的爸爸妈妈们都变成孙悟空赶过来帮妈妈打败他们呢！你开心得在床上跳来跳去，拍手说，那太好了，妈妈，那你们快点打败妖怪，回来我给你读故事！

　　挂了视频通话，我望着天空中飘舞的雪花——此刻武汉寒风凛冽，但我们的内心却是火热的。妈妈相信，没有一个春天不会到来，也没有一个冬天不会过去，虽然现在武汉的街上没有繁华，但这里有源源不断的关爱及物资，更有大批的救援队来支援。妈妈也告诉你，我们团结的力量是多么强大，因为妈妈的背后不光有你和爸爸的支持，还有祖国的强大后盾。相信妈妈和其他变身为孙悟空的叔叔阿姨们，春天很快会到来。到那个时候，我会带你出门踏青赏花，详细给你讲讲我们如何打败妖怪的故事，好吗？

　　妈妈想你！

2月15日夜

亲爱的爸爸妈妈：

　　见信如面。不能想象，这是我三十几年来第一次给你们写信。因为平时离家近，家里做什么好菜，老妈总是第一时间给我打电话让我回家吃，田里收获了什么新鲜东西，我也是第

寸草春晖

　　一个占鲜的。谁曾想，这年头信息如此发达，我竟也给你们写上信了。你们这不善言辞的大女儿还有点不好意思呢。

　　这是我大学毕业近十年来第一次这么长时间没回家。平时工作再忙，但晚上下班也能去家里打个照面。这次我来到了武汉，长这么大，也是第一次出了山东省，还是在抗击疫情的一线。我知道你们担心我，因为我知道在你们心里，闺女从小就是身体瘦小体弱多病的，你们应该比谁都担心，怕我这小身板吃不消。但是我也告诉你们，我很好，这么多年的工作早就让我在无形中锻炼了身体，虽然是瘦点，但现在不是小时候了，我会照顾好自己的。

　　本来我们年前就排好班次，我也能安排上几天轮休，跟妹妹也商量好过年的计划，好好在家带孩子们陪你们玩玩。可是谁曾想，今年一场疫情打破了所有计划，我也来到了武汉。我走的时候，妈妈的鼻炎又犯了吧，总是不停地打喷嚏。以往这时候，我知道妈妈会给我打电话问我怎么吃药，吃什么药比较有效果。但这次，妈妈只告诉我没事，家里都好着呢，自己也好着呢，出门戴上口罩了，不用担心，多往家里打个电话报个平安就行，最主要的是多给子茉打个电话……说的都是些暖心的话。我知道妈妈是这一辈子都替我操心的人，是想不让您操心都难的人。我知道了，我会的。

　　爸爸一年也就过年这几天在家，今年可是把您憋在家里了吧，因为我妈的腿今年不舒服，您也学会做饭和料理家务了吧？这段时间您就好好陪陪妈妈吧。平时没有空跟我聊天的您，也学会了微信视频和打字，怕耽误我工作，会给我留言了。我一般出了方舱能看到您的留言，给您打回去视频，您总是嘱咐我，要我注意防护，注意身体，还要注重团队合作……我知道了爸爸，我知道保护好自己，请你们放心。

　　儿行千里母担忧，父母在家女儿也担心，你们千万不要大意，做好防护。我知道春天来了，咱们那里农忙也就到了。年纪一天天增长，你俩身体也不是很好，地里的活一定要悠着点儿干，平时要多炒些蔬菜，吃饭不要一直将就。你们的健康是我最大的心愿。待我回来，我一定好好陪陪你们，咱们还去看梨花节，也好好吃顿除夕夜欠下的团圆饭。

　　祝你们身体健康，万事胜意！

爱你们的女儿：王佳
2020 年 3 月 6 日

你们共同战"疫",这个家我来守护

一名高中生致信父母

人物档案

收信人——父母
济南市传染病医院医护人员

写信人——女儿李楚涵
山东师范大学附属中学 2018 级 32 班

　　受疫情影响,在刚刚过去的春节假期,很多人和家人待在一起的时间更长了。但由于父母都在参加疫情防治工作,山东师范大学附属中学 2018 级 32 班的高中生李楚涵甚至连除夕都没和父母吃上一顿团圆饭。不过,李楚涵并没有不解和伤心。她给父母写信表示:爸爸妈妈,请你们放心,你们救治病人,我会照顾姥爷,守护家。

寸草春晖

2020年的春节比以往来得更早一些，虽然没有明说，但是期末考试前的通话中，妈妈还是神神秘秘地暗示我：爸爸将结束在非洲布基纳法索医疗队的援助工作，回济南和我们团聚了！爸爸去非洲一年多，经常冒着各种危险在帐篷医院中救治当地的群众，是我心目中的英雄。每每想到这些，心中就充满了期待。爸爸去非洲的这一年，同在传染病医院工作的妈妈承担了太多的重任，除了要完成皮肤病门诊护士长的职责，还要承担艾滋病防疫工作。爸爸援非期间，我亲爱的姥姥重病去世，姥爷两次心梗，而我要面临高考，学习紧张，压力巨大。和父母团聚在一起，哪怕吃一顿火锅、看一场电影，都是幸福。因此，对于这个春节，我有我小小的憧憬与盼望。

放寒假的时候，终于盼来了短暂的团聚，但是很快，突发的新冠肺炎疫情在全国肆虐了。爸爸妈妈眉头紧锁，忧心忡忡。济南的防控形势日趋严峻。春节正是举国上下阖家团圆的日子，却遭遇疫情肆虐。他们所在的济南市传染病医院是新型冠状病毒肺炎患者收治定点医院，需要大量医务人员工作在疫情防治第一线。爸爸作为一名有着多年传染病工作经验、抗击过非典、禽流感、甲型流感的党员，这个时候更要发挥先锋战士的作用，尽到一个医务工作者治病救人的应有职责。他毅然放弃休假，主动请战，到一线参加战斗，负责医院发热门诊工作。爸爸不能陪着我了，还好妈妈在家。但是很快，我就在妈妈书桌上发现了妈妈申请第二梯队的请战书。说实话，我忍不住了，眼泪夺眶而出。人家是全家团聚，我家是爸爸妈妈双双逆行。妈妈用抱歉的语气说：“要不你去陪姥爷吧，你也能照顾自己了，爸爸妈妈要去救治病人了……"

然后两人决绝地返回医院，没有年三十，没有年初二，更没有鲜花，没有火锅。我的心中充满了失望，但是还是不能阻止他们前行的步伐。

当传染病医院第一批治愈的新冠肺炎患者出院时，爸爸兴奋地给我发来消息。我终于在新闻中看到了我的爸爸妈妈，穿着隔离衣，戴着护目镜、口罩，能看到他们的疲惫，也能体会到他们喜悦的心情。他们放弃了和家人的团聚，去守护济南人民的健康，我为他们骄傲！

爸爸妈妈，请你们放心，你们救治病人，我会照顾姥爷，守护家，好好学习。以后，我会成为像你们那样的人。

宁可尿湿裤子也要喝水

写给菏泽医专附属医院手术室护师房柏瑜的家书

人物档案

收信人——女儿：房柏瑜
菏泽医专附属医院手术室护师

写信人——母亲：李桂兰
菏泽市郓城县双桥镇卫生院医生

妈妈致刚奔赴前线女儿的一封信

房柏瑜，妈妈的宝贝女儿。2月10号中午，我接到你的电话："妈妈，告诉你个好消息，刚接到通知，我被院领导选拔成为第一批出征支援湖北的队员，太荣幸了。不要告诉正在为弟弟辅导功课的爸爸，不要告诉奶奶及所有亲人，多一位亲人知道就多一份担心。我相信他们一定支持我。挂了，好，我赶快收拾东西了。"孩子，当时我握着手机，感受到了你时间的紧迫性，心里真是百感交集。眼泪一涌而出，激动的泪水，骄傲的泪水，心疼的泪水，还有……我慢慢地调整了情绪，马上意识到，又一次验证了孩子的忠心、细心、善心和苦心。是的，你是一名共产党员，在国家有难需要你的时候，你就应该挺胸而出。你是一个责任心强、敢于担当的好孩子，好妈妈为你高兴、为你自豪！

妈妈答应你出征前线的事情，不告诉其他任何亲人，好妈妈自己能承担一切，一切。但唯独妈妈不能参加你的出征仪式……好心疼……

1992年出生的菏泽医专附属医院手术室护师房柏瑜是山东省菏泽市郓城人，父亲是当地小学校长，母亲是基层卫生院的一名医生。2014年3月，应聘至菏泽医专附属医院工作。懂事、乖巧的她一直是妈妈的骄傲。在这封妈妈写给她的家书中，有着妈妈的担心、关心、期许……妈妈说，作为出征团队中年龄最小的一员，精力应该最旺盛，希望她在照顾好自己的同时，还要照顾好团队里的老师和战友们！

2020年1月25日晚，济南中心医院，医护人员向参加山东首批医疗队的三名同事沈晓晓、刘兆奇、张华拥抱告别。（卢鹏报道）

寸草春晖

妈妈的宝贝女儿柏瑜：

2月10日中午，我接到你的电话："妈妈，告诉你个好消息，刚接到通知，我被院领导选拔为第一批出征支援湖北的队员，太荣幸了！不要告诉正在为弟弟辅导功课的爸爸，不要告诉奶奶及其他亲人，多一位亲人知道，就多一分担心。我相信他们一定支持我。挂了，妈，我赶快收拾东西了。"孩子，当时我握着手机，感受到了你时间的紧迫，心里面真是五味杂陈。眼泪一涌而出，这是激动的泪水，骄傲的泪水，心疼的泪水……我慢慢地调整了情绪，是的，你是一名共产党员，在国家有难需要你的时候，你就应该挺身而出。你是一个责任心强、敢于担当的好孩子，妈妈为你高兴，为你自豪！

妈妈答应你，出征前线的事情，不告诉其他亲人，妈妈自己能承担一切。但妈妈不能参加你的出征仪式……好心酸。放心吧，孩子，家里有妈，一切安好。

孩子，到前线后，可能还会遇到你预料不到的困难，但有老师在，有同事在，有团队在，我相信所有的困难你都能克服。妈妈为了保护家人，为了坚守职责，也一直在班上，下班也没回家，有事与你爸电话联系。一切放心，望你安心投入战斗。

孩子，我感谢你从小到大遇到的每位老师，感谢菏泽医专附属医院的各位领导，是他们为我们培养了好女儿！孩子，我知道你是这次出征团队中年龄最小的一个，那你的精力应该最旺盛。你应该在照顾好自己的同时，照顾好你的老师和战友们！圆满完成党和国家交给你的任务。

孩子，此时已经是13日凌晨了，我辗转反侧没能入睡，提笔给你说几句话。此时此刻，也许你在接受培训，也许你在休息，无论如何，我明天再发给你，你有空再读，不必回复，待精力允许时给妈报个平安就行。最后叮咛你，孩子，宁可尿湿裤子也要多喝水，绝不能憋尿。妈妈祝你早日平安凯旋，到时候与你奶奶、姥姥、叔叔、姑姑、哥哥及所有亲人们共同分享你胜利的喜悦！

爸妈的心肝宝贝，在最后，你要记住，妈妈时时刻刻陪伴着你，为你加油！为武汉加油！为中国加油！不能辜负大家寄予你的厚望，好好珍惜这次成长的机会吧！

你的妈妈桂兰
2020年2月13日凌晨

我也很想把你搂在怀中，但狠狠心拒绝了你

汶上县人民医院王冉冉写给儿子的信

人物档案

写信人——母亲：王冉冉

汶上县人民医院医护人员

收信人——儿子

　　新冠肺炎疫情发生以来，汶上县人民医院的王冉冉一直坚守在一线，一个多月只见到孩子一次，却无法相拥。三八节前，她给儿子写了一封信："虽然我也很想把你搂在怀中，但还是狠狠心拒绝了你，因为担心身上有病毒。"此刻还有许许多多像王冉冉一样战斗在一线的女性医护人员，向她们道一声：辛苦了！

亲爱的儿子：

你好！这是妈妈第一次给你写信。在通讯这么方便的年代，妈妈知道有很多方式能够向你表达思念，但是我怕听见你的声音，更害怕你听到妈妈的哽咽，所以妈妈选择用写信这种古老的方式。

不知不觉中妈妈已经在一线坚守了一个多月的时间，这一个多月里，妈妈只远远见到你一次，那还是妈妈即将赶往下一个医院时，匆匆忙忙见了你一面。你已经是十几岁的少年，在你逐渐长大后，已经很少粘着妈妈，很少再像小时候那样依偎着妈妈撒娇了，可是那晚，你急切地想要抱一抱我，虽然我也很想把你搂在怀中，但还是狠狠心拒绝了你，因为担心身上有病毒，不敢让你靠得太近。远远地和你说几句话，妈妈就匆忙赶赴了一线。途中不断想到你担心的眼神和隐忍泪水的眼睛，一向坚强的我，也在你看不到的地方流下了眼泪……

也许现在的你，还不懂得"健康所系，性命相托"的含义。但是你已经知道，有身患重病的人等待妈妈去治疗，你已经明白这是妈妈的责任，并且义不容辞。

在抗击疫情的日子里，每一个城市里都有着像妈妈一样战斗的叔叔阿姨，他们每一个人都很坚强。在与病毒抗争的过程中，有些叔叔阿姨倒下了，有的累了睡着了却再也没有醒来。我们都被防护面罩压得呼吸不畅，耳朵被口罩勒破，的确非常难熬，但是最艰难的时刻，也就是离成功最近的时刻！

孩子，妈妈想要告诉你，我们的祖国正在遭受着病毒的侵袭。因为这场病毒，工厂不能开工，学校不能开课，员工无法正常工作。明明到了烟花三月，我们却不能尽情享受春光。很多人被感染，承受着折磨，他们的亲人也痛苦难过。这个时候，保卫人民的健康是每一个人义不容辞的责任，作为医护工作者，更应该勇往直前！为了这数以万计的家庭，为了我们的祖国，每一个平凡的人都在做着不平凡的努力。祖国需要我们众志成城，祖国需要我们团结起来！中国就是一个家，现在有家人生病了，我们要帮助他们！

妈妈深深知道每一个身患新冠肺炎的患者所承受的痛苦和折磨，而我的愿望就是消除这种病痛和折磨。对不起，儿子，我们短暂的别离，是为了千家万户的欢声笑语。妈妈不是什么英雄，做不到完全勇敢无畏，而是出于义务、责任和决心。救死扶伤是每一个医护工作者的使命，只有真正的使命感才能让人无惧向前！

你从小就是一个善良懂事的孩子，自从妈妈参与到一线工作以后，你从来没有抱怨过，总是用自己的方式默默支持着妈妈。妈妈想要告诉你，儿子，你也是战"疫"小战士，因为你支持妈妈工作，接受和妈妈短暂的分离，妈妈才能心无旁骛地工作。你在用自己的能力为

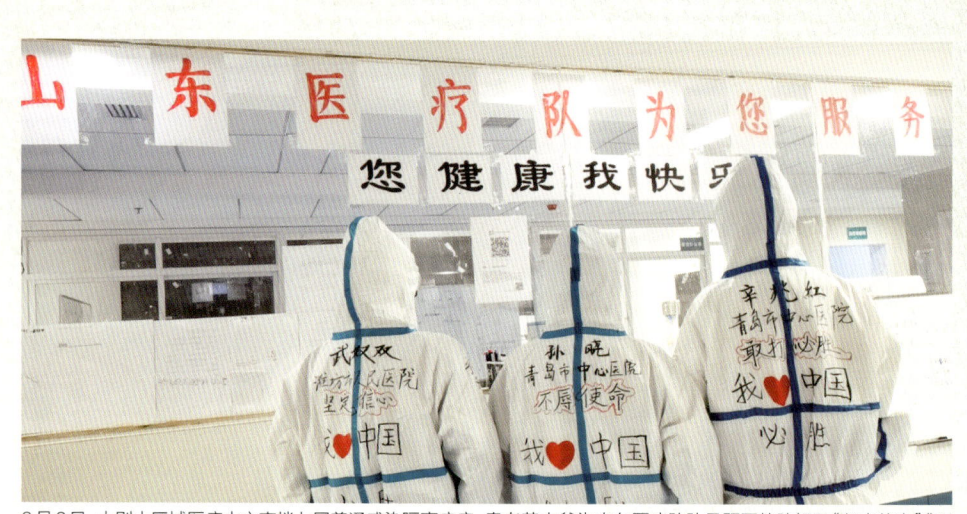

3月2日，大别山区域医疗中心南楼七层普通感染隔离病房，患者黄大爷为山东医疗队队员题写的队标及"坚定信心""不辱使命""敢打胜仗"等字句。（王凯报道）

抗击疫情做着贡献！妈妈为有你这么懂事的孩子感到骄傲！

　　儿子，妈妈想要告诉你，没有一个冬天不会过去，没有一个春天不会到来！现在我们用暂时的分别，去换来长久的陪伴。我们可以渡过难关，一起迎来春暖花开。妈妈胜利归来时，一定给你一个紧紧的拥抱！

王冉冉

2020 年 3 月 7 日

望妻安，盼君归

一家三口济南—黄冈 4000 余字"两地书"

人物档案

于书卷
山东大学齐鲁医院援鄂医疗队队员

女儿、丈夫

湖北疫情牵动着无数医务工作者的心，一批批逆行者抱着必胜的信心，义无反顾地踏上征途，开始了他们的"战斗"。他们在战斗，但不是独自在战斗。在他们的身后，家人在时刻关注着、惦记着，为他们解后顾之忧。

山东大学齐鲁医院援鄂医疗队队员于书卷 2 月 1 日下午接到援鄂通知，第二天就要出发前往湖北。从接到通知的那一刻起，于书卷的家中掀起不小的波澜，懂事的女儿为妈妈整理行装。女儿为远在湖北的妈妈写了两封家书，给了妈妈无尽的力量，她在回信中说，要做女儿心中的战士。于书卷的爱人也对她全力支持："真正把你送到疫情一线还是放心不下，当然最终还是尊重你的选择，没有大家怎么有小家？抗'疫'的战场需要你。"这些来自家人的书信温暖着于书卷的心，也更加坚定了她战胜疫情的信心。

做一盏平凡灯火
女儿写给妈妈于书卷的第一封信

每一份人间烟火气中的平凡，铸就了世间众生的非凡。

临近春节，突发疫情，最开始并没有引起太多的关注，但当那数字翻倍增长，折线图坡度越来越陡，粉红色通知单张贴到大街小巷，"新型冠状病毒"持续霸占热搜……我们才明白——这是一场硬仗！每个人与之息息相关，而不是仅仅做一个旁观者！

下午四点半，妈妈急急推门回家，深呼一口气，向我们宣布："医院派我去支援湖北。"一句话仿佛瞬间拉近了我们与疫情之间的距离——妈妈即将成为众多逆行者中的一员。

通知下得急，第二天上午就要出发，可是具体去哪还不知道。全家上阵各种忙活，生怕什么东西准备得不周到。想到这个平日陪我一同学习、共同成长的人即将奔赴疫情前线，竟觉得有些不真实。或许平凡和伟大之间从来没有万里之遥，伟大出自平凡，平凡造就伟大。

一晚上，妈妈的手机都在嗡嗡地响个不停，各种通知紧急下发。从前，好像亦是如此，无数个日夜与我一同伏案学习，发表论文，各地进修……看惯了她忙碌的身影，非凡，就一点一点萌发在这平凡之躯上。

与浩浩荡荡的春运人流相背，与万家灯火其乐融融的氛围相违。有这样一群人，逆着人流前行，他们不辞辛劳，从全国各地去往武汉，抗击疫情，病毒无情，但人间有情。

妈妈整装待发，拎着箱子出门时，给了我一个大大的拥抱，说："我们要各自努力，尽力做好自己的本职工作。"平常沉默寡言的爷爷也起身说了句："小于，注意安全啊！一定要照顾好自己啊！"妈妈笑着点头，坚定地走出门，奔赴属于她的战场！

我们都是平凡的人，何不就去做一盏平凡灯火，尽力去做好分内之事。万物浩大深远，皆始于渺小；世间凡人非凡，终源于平凡。

我们期盼着，在不久的将来，可以摘下口罩，看那樱花盛放。

想写你的名字

女儿写给妈妈于书卷的第二封信

> 人类因病毒而脆弱，又因爱变得坚不可摧。
>
> ——题记

想写你的名字，却又不知由哪一笔写起。

你的名字，是"戈"，是最强有力的武器。团圆时刻，一声号召，成千上万的工人放弃团聚，奔赴建筑工地；医务人员坚守岗位，随时待命；各地无名英雄捐款捐物，海外华侨和留学生四处征集口罩、物资，支援祖国……疫情突然，但每个人都有足够的意志力和决心，各司其职，战胜疫情！

你的名字，是"止"，是阻止一切侵害国家安全利益的行为，是奋斗抵抗，从未止步。一张张前线"战士"的照片传到网上——那是疲惫的黑眼圈，是一道道深深的压痕，但也有送患者痊愈出院时发自内心的笑容。各地捐赠的物资、支援前线的医务人员源源不断地输送到武汉。的确，病毒无情，在人间肆虐，但人间有情，我们有信心使它止步。

你的名字，是"氵"，是全国乃至全世界人民众志成城，一心抗疫。"三"代表的是多，象征着全国人民多方调配，星夜驰援，勇敢逆行，多措并举，全面助力疫情防控阻击战。"中建二局保证不窝工，保证质量，保证速度！""我上！""我去支援武汉！"……一声声有力的保证创造了十天建成火神山医院、举国医务人员支援武汉的奇迹，展现了"中国速度""中国精神"。

你的名字，是"又"，代表着战胜疫情，重返安宁。我们万众一心，永不言败，所有人尽好自己的职责，全力以赴，绝不退缩，共克时艰，共渡难关。这个"冬天"有点漫长，但是"春天"总会到来，我们总能等到摘下口罩看樱花的那一天。

你的名字，是"戈"，是"止"，是"氵"，是"又"，是"武汉"，是战士们出征前在请愿书上一笔一画写下的字。

我想写你的名字，以"中国速度"为笔，以"中国精神"为墨，写在如画江山之上，邀君共赏！

我要做女儿心中的战士
于书卷给女儿的回信

2001年参加工作以来，我就和"呼吸"有了不解之缘，经历了2003年的非典，2009年的甲型H1N1流感，2013年的H7N9，一路走来，我积累了丰富的防护救治经验。

2020年，大年三十接到报名支援武汉的电话，我特别激动，虽然爱人有些反对，但在我耐心的劝导下，爱人还是很支持我。因第一批、第二批名额有限，我没能如愿率先加入抗击疫情的一线队伍中。前方一线同事们的一举一动时刻牵动着我的心，我竟然失眠了——"我要去前线，去前线和同事们一起战斗"，这种声音时刻在我脑中萦绕。我再次跟领导沟通，表达了我想去前线的想法。

2020年2月1日下午4点，护士长通知我，山东大学齐鲁医院又要派一批医疗队支援武汉，我毫不犹豫地说："我去！"就这样我很荣幸地加入了第三批援鄂医疗队。我又高兴，又有点担心，毕竟这次疫情很严峻，最放心不下的还是我的女儿。她今年中考，这也是她人生中第一个重要的考试。我不能陪在她的身边，终究有点不忍。接到通知后，我心怀忐忑地回到家，把这个消息告诉了女儿。她不但没有反对，还特别支持我。我很欣慰：女儿长大了。女儿陪我准备各种生活物品，唯恐我落了什么。她还手把手地教我用手机备忘录记录重要事情，提醒我多休息，多喝水，做好个人防护。这一次我在她眼里倒像个"孩子"，她却像个"大姐姐"。有你，妈妈好幸福！

你的第二封信妈妈也收到了，我要做你心中的战士。病毒无情，在人间肆虐，但人间有情，我们有信心使它止步。孩子，等妈妈回家陪你一起画祖国大好河山！

你永远不会独行——致奋战在抗"疫"第一线的爱人
丈夫写给于书卷的第一封信

2020年注定是一个不平凡的年份，在本该是阖家团圆的春节暴发了新冠肺炎疫情。疫情暴发赶上了春运，给全国人民带来了很大的威胁。除夕那天，我们得知湖北需要来自全国各地的专业医护人员快速驰援，你作为呼吸内科专业资深人士，确实是责无旁贷，你也非常积极地请战。其实对此我的内心是非常矛盾的，一方面非常支持你到抗击疫情的第一线，因为那里最需要你；另一方面也非常担心，因为一直以来在我眼中你都是一个长不大的孩子，虽然我们已经有一双儿女。为人女，为人妻，为人母，你所扮演的各种角色都很出色。可真把你送到疫情一线，我还是放心不下。当然，最终我还是尊重你的选择——没有大家怎有小家？抗"疫"战场需要你。

虽然你一早就报名请战，但当2月1日你突然和我说接到通知第二天就要出发时，我还是没做好准备，总感觉有些不真实：我们家真出了一位最美逆行者。我们唯有默默为你打点行装，恨不得把全部家当都给你装进行李箱带到湖北去，只盼望你在抗"疫"一线平安顺遂。第二天我也没有到机场送你，因为不知道该如何面对这次别离。

庆幸的是，我们山东医疗队前期的准备工作非常完备，从物资到出行，再到湖北当地的食宿安排，都尽可能做到最好。这也让我放心不少。今天是你正式进入危重病房的第一个班，上午九点到下午三点，这期间心里挂念又不敢给你发微信，终于等到下班联系上，心里的一块石头才落地。即使做了充分的准备，看到你发回来的穿着防护服的照片，护目镜后的汗水还是让我心疼不已。你们的努力不仅给患者专业的治疗，同时也给患者以信心和勇气，我们大家齐心，一定可以战胜疫情。

新冠肺炎疫情虽来势汹汹，但在国家领导人的全力调度下，全国人民团结一心，集全国之力对抗疫情，胜利一定就在前方不远处。家里的事你不用担心，有爸妈，有我，一切都好。你在前方一定多保重身体，有了好的身体才能更好地救治病人。

最后送给你一首歌，我们共勉，你永远不会独行！

You'll Never Walk Alone

When you walk through a storm

Hold your head up high

And don't be afraid of the dark

At the end of the storm, there is a golden sky

And the sweet silver song of a lark

Walk on through the wind

Walk on through the rain

Though your dreams be tossed and blown

Walk on, walk on, with hope in your heart

And you'll never walk alone

You'll never walk alone

来自万米高空的叮咛

山东大学齐鲁医院秦凤萍给儿子的信

人物档案

写信人——妈妈：秦凤萍
山东大学齐鲁医院援鄂医疗队队员

收信人——儿子

"妈妈是一名普通的护士，虽然做不了什么惊天动地的大事，但妈妈想用平时最普通的工作态度给你做一个表率。今天，我不过是换个地方上班而已，妈妈自信具备适应环境的能力。放心吧，孩子。今天的机长说了，一定接我们回家。让我们一起努力，一起进步！"山东大学齐鲁医院的秦凤萍在飞往武汉的飞机上给儿子写下一封家书。

亲爱的儿子：

2020年的这个春节因一场突如其来的疫情而注定成为一个不平常的节日。为了挽救更多人的生命，全国人民众志成城，医护人员必须冲锋在前，我也有幸成为齐鲁医院第四批援鄂医疗队队员之一。2月6日夜里十点接到通知，第二天下午就出发。我告诉你们马上要走的消息，问你们什么想法，你们都很淡定："去吧，你不是早就报名了嘛，又不是你一个人去，保护好自己，好好干活就行，不用担心家里的事。"2月7日下午，望着车窗外送行的亲人和同事，心中略有伤感却很坦然，没有后顾之忧，没有丝毫害怕和后悔。

警车开道，直达遥墙国际机场，简短的送行仪式后，我们登上了山航SC9001包机。

机舱里传来机长的话："我是本次航班的机长……送你们去战场，也一定接你们回家！"听到这话，我突然想起了正在上海就读民航飞行技术专业的儿子。虽然告知你们我去武汉的消息时，你们都表现得很淡定，但我作为母亲再清楚不过，你们是怕我有压力。翻出手机里儿子在模拟机上学习的照片看了又看，突然好想给你写几句话。

亲爱的孩子，既然你选择了蓝天，首先要具备正确的人生观、价值观，同时一定要具备过硬的飞行技术。所以，我希望你踏踏实实学好基础知识；既然你有当机长的梦想，就一定要具备飞行技术、管理能力、身心素质和职业道德，具备"敬畏生命，敬畏职责，敬畏规章"的能力。而认真的态度才是决定成功的基石，在重大事情和重大决策上才能果断、准确、有力。妈妈是一名普通的护士，虽然做不了什么惊天动地的大事，但妈妈想用平时最普通的工作态度给你做一个表率。今天，我不过是换个地方上班而已，妈妈自信具备适应环境的能力。放心吧，孩子，今天的机长说了，一定接我们回家。让我们一起努力，一起进步！

我更深深理解了您的爱和责任

女儿写给妈妈的家书

人物档案

收信人——妈妈：韩严寒

山东能源枣矿集团中心医院重症监护室护士长、山东省援助湖北第二批医疗队队员

写信人——女儿：鲍天姮

亲爱的妈妈：

　　见字如面。原本计划年后回家团聚，还未动身就收到你要前往湖北支援疫区的消息。一瞬间，心里满满都是担心。每日里的新闻，网络上的消息，全部都在讲述着这次疫情的严重性。每天看到感染人数的增加，心里总是隐隐不安。你要前往的地方，也定是情况严重的疫区，你会安全吗？你能够得到好的保护吗？

　　一开始我无法理解，那么危险的地方，为何您要申请前去支援。可是，当我看到您的请战书后，我就明白了，您作为一名医务工作者，一直都以救死扶伤为己任，面对这次灾情，面对众多需要帮助的患者，您必定会义无反顾冲在前面。就像您在其中写的：用毕生所学为国家和人民做出贡献。

　　自孩童时，就知妈妈有个好听的名字——"白衣天使"。如今，在这严峻时刻，我更深深理解了您的爱和责任。妈妈，前途纵使万般艰险，女儿定在后方鼎力支持。请不要担心我，您一定要好好保护自己！期待您凯旋的那天！

您的女儿

我要拿出90后党员的担当来，到最艰苦的地方去

东营区人民医院陈霖写给父母的家书

人物档案

写信人——儿子：陈霖

东营市东营区人民医院医护人员、山东援助湖北医疗队队员

收信人——父亲：陈洪军 母亲：于化芹

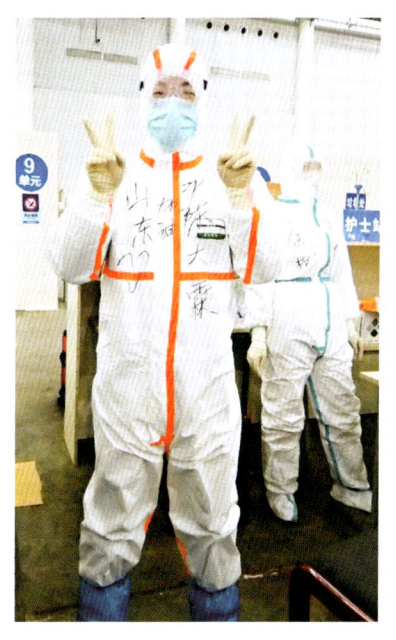

"我从正月初一离开家返回岗位，到现在已经一个多月了，好想好想你们。你们大年初二就返回了工作岗位，疫情发生以来一直坚守在疫情防控工作的第一线，也要保重好身体，我在这里也挺好，你们放心吧。"这是90后的医护人员陈霖在武汉写给父母的一封家书。第一个报名参加医疗队，毫不犹豫剃了寸头，穿上纸尿裤，在防护服上画一个笑脸，闲下来的时候教患者们跳跳舞。这些细节让我们看到了不一样的90后医护人员在前线的担当和作为，这背后离不开父母的坚定支持，一家三口两地战"疫"，共叙一段佳话。

爸、妈：

　　我现在在武汉市汉阳方舱医院，一切都好，请勿挂念！

　　新冠肺炎疫情发生以来，我作为一名医护人员时刻关注着湖北。正月初四，我正在值班，得知医院要组织医疗队支援湖北，也征求了你们的意见，便第一个报了名。当时没多想，我是科室年龄最小的，没有结婚，没有对象，没有负担。国家需要我，我就上，我要拿出90后党员的担当来，到最艰苦的地方去，既能救治患者，还能磨炼自己。我愿意，我要去武汉支援。

　　2月9日上午召开紧急会议，下午就去湖北，也来不及和你们见上一面，只打了一个电话给你们。当时你们嘱咐我千万要小心，做好防护，注意安全。你们还说："儿子，爸妈坚决支持你，我们为你骄傲，加油！"你们的话我都记在心里。

　　我们山东省第八批援助湖北医疗队数百名队员共同赴武汉，到达武汉的第二天，我就毫不犹豫剃了寸头，照片在微信上给你们发过。寸头虽然没那么好看，但可以减少污染、节约时间，让我更好地投入疫情防控阻击战中。经过扎实的培训，进舱必须一层帽子，一层口罩，两层鞋套，两层手套。里面穿一套贴身衣服，外穿一层防护服，戴一个护目镜，进出舱还要严格消毒，这样才能工作。

　　我从正月初一离开家返回工作岗位，到现在已经一个多月了，好想好想你们。你们大年初二也返回了工作岗位，一直坚守在疫情防控工作的第一线，也要保重好身体。我在这里也挺好，你们放心吧。

　　今天晚上我要再一次进方舱医院了，心情还是非常激动。这次工作从晚上9点到第二天早上6点，中途不能喝水不能吃饭不能上厕所，我们都穿上纸尿裤，进入穿衣区，旁边的老师帮助我们仔仔细细穿好每一件衣服，并嘱咐我们穿衣要紧密，不能使皮肤暴露，要做好防护。进去之前，我们都会在衣服上写上自己的名字。我让工作人员给我画了一个笑脸，向患者表达：要开开心心过好每一天，我们一定会渡过难关。我在巡视病房时，一个阿姨过来对我说："小伙子山东的吧，年龄不大吧，感谢山东人民，感谢你们，你们都是好样的！"虽然话很简单，但是温暖了我的心。闲下来的时候，我还会教患者们跳跳舞，希望可以给大家带来欢乐。

　　早上出舱，可能是时间久的原因，手发肿发白，身上都湿透了，但是感觉不累，因为有我们队员互相加油打气。我相信我们会战胜这一场没有硝烟的战争。

　　爸、妈，因为南北差异，起初饭菜不合大家胃口。当地志愿者们就想尽办法，换着花样

做饭,还准备了各种各样的生活用品。现在我们吃得特别好,生活上的保障十分完备。因为我年龄小的缘故吧,大家都挺照顾我,爸妈你们放心吧!

爸、妈,你们战斗在疫情阻击战最危险的前线,我作为你们的儿子更不能落后,要发挥好一名党员的带头作用,这也是我的责任。请你们放心吧!我一定不会辜负你们的。加油!加油!

想你们的儿子:陈霖

2020 年 2 月 26 日

66岁的娘写给前线38岁女儿的一封家书

潍坊医学院附属医院主管护师范春华与母亲的家书故事

人物档案

收信人——女儿：范春华

潍坊医学院附属医院主管护师、山东省第三批援鄂医疗队队员

写信人：母亲

记忆中母亲上次给我写信，还是20年前我在济南求学的时候。那时候我18岁，第一次离开家乡去到外地。那时候家里还没有固定电话，更没有现在的手机微信。那时候我和家里的联系就是靠一封封的信件，我给母亲写一封信，寄走；母亲收到后，给我回信，寄来……爱和思念、牵挂和叮嘱就在一封封的信里传递。那时候母亲40多岁，为了供我和弟弟读书，她到处打工挣钱，家里、地里、工厂里、哪儿的活都做，仿佛有用不完的力气。

20年后我已经38岁，成了一个年富力强的中年人，成了一个9岁男孩的母亲，而我的母亲也已经成了一位66岁的老人。2003年非典的时候，我刚毕业没多久，觉得自己出不上力很遗憾；而现在，我已经是一个有着18年工作经验的资深护士了，既然国家需要我们，我就要去前线做点职责所在的事情。

作为山东省第三批援助湖北医疗队的一名队员，我们来到武汉工作已经一个多月了。我们山东省第三批医疗队一共130个战友，工作在武汉同济医院中法新城院区C7西病区，守护着病区里的白天黑夜。我们见证了中法新城院区的十二时辰，从新冠肺炎手里夺回一个又一个同胞的生命，送别一批又一批的同胞治愈出院，虽苦犹荣。

在武汉的日子里，我最牵挂的人就是儿子和母亲。儿子还好，休息的时候都会抽空用微信视频一下。而独居的母亲不会用智能手机，更没有微信，我和母亲

寸草春晖

……的联系只能通过电话。母亲怕打扰我休息,从来不敢主动给我打电话,都是等我打给她。

我们来到武汉一个多月了,昨天母亲电话里给我念了一封信,这是我出征前夜母亲写给我的。电话里母亲哭了,我也流泪了。我的母亲是个地地道道的农村妇女,连小学都没有毕业……这封饱含着母亲深情的信,我会用一生珍藏。

女儿春华:

得知你去支援武汉的消息,可别说,我的心情真是不安成什么样子。因为在电视上看到了被传染的人数天天增长,全国多个省份都已有被传染的病人,其中有的人从未去过湖北武汉。从我记事起,六十多年来,这次的疫病比以往任何一次都严重。这个疫情给国家和人民带来巨大的灾难和挑战,直接威胁到人民的生命安全。我也很害怕,怕得流泪。

可是在灾难来时,总得有一批人站出来,不畏生死,不畏艰难,战斗在第一线,与时间赛跑,抢救生命垂危的人,把他们从病魔手中拉回来。这就是大爱。孩子,我知道,你是个懂得感恩的人。

在国家危难之时,你能勇敢地站出来,和其他的医务人员一起加入救援武汉的队伍中。孩子你是好样的,娘为你加油。希望你和同事们互相团结、互相帮助,克服语言和生活上的困难,也好好照顾好自己。等你们战胜疫情,早日回来,娘在家等你报平安的电话,等你的好消息,等你胜利平安回家。孩子加油!武汉加油!我在家很好,不要挂念,放心工作。

娘

2月1日

看到了妈妈在方舱医院唱《沂蒙山小调》

儿子写给北大医疗鲁中医院的妈妈唐晓培

人物档案

收信人——妈妈：唐晓培
北大医疗鲁中医院血液风湿科护士长、山东省援助湖北医疗队队员

写信人——儿子：闫涵
淄博市临淄区金茵小学四年级一班学生

"妈妈，今天我看到了你在方舱医院唱歌的视频，一曲《沂蒙山小调》把气氛一下子调动了起来，患者们都在高兴地给你鼓掌。老妈，你可真是医院里的开心果！我为你感到无比骄傲和自豪。"这是四年级的闫涵写给妈妈的一封信，妈妈唐晓培随北大医疗鲁中医院第二批援助湖北医疗队赴武汉救援。

亲爱的妈妈：

你好！你在武汉已经待了15天了，我很想你。记得那天晚上，我在姥姥家正准备吃晚餐，突然接到爸爸的电话，说你明天就要去援助武汉了，要接我赶紧回家。当时我还不太想回去，最后想了想必须要回去，因为这是让我既担心又骄傲的一件大事。

你出发后，我从新闻中看到，你和同事们刚到武汉，就马上投入了工作中。你们穿着厚重的防护服，在几乎令人窒息的工作环境中长时间工作，不吃不喝，还不能尿尿，我十分感动和心疼！我发现人在疫情中有时是渺小的，就连专业防护意识很强的医务工作者也有被感染的，但人的勇气是巨大的。你不畏艰难，迎难而上，是真正的"白衣天使"。

亲爱的妈妈，让我敬佩的还有你剪掉了留了十几年的长发。我想，当你要剪掉你那长长的头发时，一定非常心疼，非常恋恋不舍吧？但是你不是一个人，因为还有非常多的医务工作者，也剪掉了长发，甚至还有人理成了光头。我坚信，只要大家同舟共济，一定能战胜病魔，取得这场战斗的胜利。

妈妈，今天我看到了你在方舱医院唱歌的视频，一曲《沂蒙山小调》把气氛一下子调动了起来，患者们都在高兴地给你鼓掌。老妈，你可真是医院里的开心果！我为你感到无比骄傲和自豪。

妈妈，你真是太棒了！我要向你学习，一定要好好锻炼身体，好好学习，争取长大以后接过你们的接力棒，也当一名"白衣天使"。

妈妈，你不在家的这几天，我一直在努力学习，认真上网课，数学作业还被老师评为优秀作业，当成范本。妈妈，你舍小家顾大家的精神非常值得我敬佩。你在一线英勇战斗，挽救生命，我们在后方为你鼓劲打气，你们是世界上最可爱的一群人——"白衣战士"。

妈妈，我和弟弟都很好，我们也很听爷爷奶奶的话，你就放心吧。你把工作做好了，就是对我们最大的鼓舞。

祝：身体健康！工作顺利！早日凯旋！

永远爱您的儿子闫涵

2020年2月20日

五百字家书道尽后方亲人肺腑之言

写给山一大一附院邓传耀的信

人物档案

收信人——妹妹：邓传耀

山东第一医科大学第一附属医院、山东省援助湖北医疗队队员

写信人——姐姐：邓飞

    这封仅有五百字的家书，诉说了山东第一医科大学第一附属医院邓传耀的亲属对她的牵挂思念，也道尽了无数后方亲人对支援湖北医护人员的肺腑之言。邓传耀所在的山一大一附院医疗队到湖北后，被分配在武汉同济中法新城院区。2月4日，接到命令后，邓传耀主动请缨，作为第一批队员于当晚21点正式进入重症监护病房开展工作。其他来自全国各地的医务工作者也如她一样，共同战斗在疫情防控的最前沿。这封家书，是对所有医务工作者的鼓劲与安慰，凝聚了打赢疫情防控阻击战的家乡力量。

亲爱的小妹：

你知道吗？看到朋友圈的一句"出发"，我才知道你已经去了武汉。我知道你怕家人担心，怕我们唠叨，才会"先斩后奏"。其实，国家有难，匹夫有责，作为一名医护人员，这是你的职责，我们支持你。

小妹，请你一定要做好防护，也要休息好。只有自己的抵抗力强大了，才能更好地去救治病人。

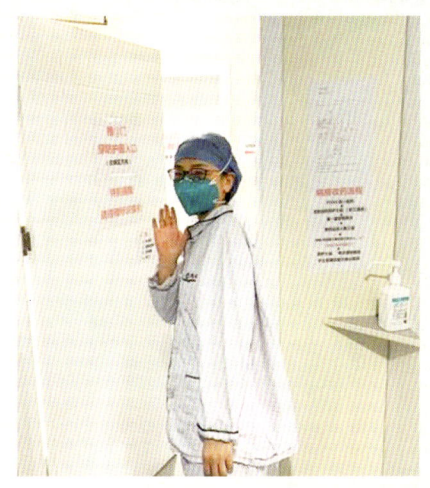

家里一切安好，你不要担心，医院同事也给我们很多照顾，我们会保护好自己的。小妹，医院的同事们等着你们胜利归来，与他们并肩作战呢，加油啊！

小妹，亲人们不给你打电话，不是不关心你，是怕打扰你工作，打扰你休息。亲人们在默默支持你，你知道吗？

只有你们医护人员平安健康凯旋，我们的心才能踏实。小妹，你的小外甥女想对你说："姨，我们爱你，你是我们的大英雄，我们在家等你胜利归来。"

这一次我深深感受到了医护人员的伟大。医护人员是可爱的，可敬的，是伟大的英雄。我相信，有着全国医护的大举支援和全国人民的大力支持，中国一定能打赢这场战役。

愿全国的医护人员都平安、健康！

你的大姐：邓飞

2020 年 2 月 17 日

和你视频时，
爸爸把咱一家三口视频的图像截图了

山大齐鲁医院护师王天奇的父亲写给在一线的女儿

人物档案

收信人——女儿：王天奇

山东大学齐鲁医院手足外科护师、山东省第四批援鄂医疗队队员

写信人——父亲

"家里的亲人和朋友知道你去武汉的消息后，都打来电话，了解你的情况，让你一定要做好防护，保护好自己。你九十岁高龄的姥爷也打来电话关心你，让我们鼓励你把工作干好、完成好。""今天和你视频时，爸爸把咱一家三口视频的图像截下来了。爸爸觉得这样像是你在我们身边一样。虽然每天都能和你视频，但更希望你和前线的医务工作者能早日回到家乡，站在亲人的面前……"山东大学齐鲁医院第四批援鄂医疗队队员、手足外科护师王天奇的父亲给女儿写了一封家书，感谢所有为这次疫情服务的工作者。

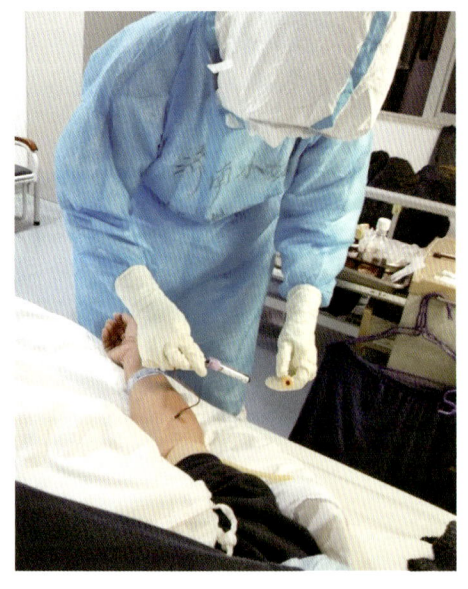

亲爱的女儿：

今日还好吗？你驰援武汉已经整整二十天了，不知道时间过得是快还是慢？快吧，到现在你还没回来；慢吧，一晃二十天过去了，有时感觉你去武汉抗"疫"好长时间了。

我们每天看中央和湖北台的早新闻，也知道了疫情的严重性和危害性。家里的亲人和朋友知道你去武汉的消息后，都打来电话，了解你的情况，让你一定要做好防护，保护好自己。你九十岁高龄的姥爷也打来电话关心你，让我们鼓励你把工作干好、完成好。我们转告老人家，你一切都很好，让老人家放心，不用挂念。这些天，我们很是担心和牵挂，每天都看关于武汉新型冠状肺炎的报道，这几天电视台也频频播出你们在武汉工作的新闻。你的妈妈看到这些就抹泪，不看吧，又挂念，看了就激动。唉，真是儿行千里母担忧啊！

这个非常时期，又不能到处走，响应国家号召，在家待着，不外出，不给国家添麻烦。这几天疫情也稳定些了，院里派了党支部、科里的领导和护士长来家里慰问，还带着慰问品，每周社会护航爱心公益联盟都给送来新鲜的蔬菜等。感谢社会、医院、科领导和护士长们的关心。你就安心工作，不用挂念家里。

一方有难，八方支援。这次武汉发生了新型冠状病毒肺炎疫情，武汉的医院急需医护人员，国家需要你，武汉人民需要你。你作为一名白衣天使，响应国家和院里的号召，前往没有硝烟的战场，我们全力支持你，为你自豪。国家、医院培养了你，这次去武汉抗"疫"，是你的责任，是你的任务，也是对你自己的一次挑战，对你工作的一次考验。在工作中一定要严格要求自己，每项工作都要认真完成好，要把工作做得更细、更实、更好，还要尽职、尽责、尽心。在这场没有硝烟的战役中，看不见摸不到的敌人，危险更大，防不胜防，这就需要你大胆而又细心地做好每一项防护措施，保护好自己，才能去帮助需要帮助的人。

不想让你当什么英雄，更不想让你当什么网红，只要求你把自己的本职工作做好，只要人平安就好。要再对你说一次，保护好自己，做好一切防护，完成任务，战胜疫情，早日凯旋。

今天和你视频时，爸爸把咱一家三口视频的图像截下来了。爸爸觉得这样像是你在我们身边一样。虽然每天都能和你视频，但更希望你和前线的医务工作者能早日回到家乡，站在亲人的面前。到那时候，再对你们说一声：辛苦了！感谢所有为这次疫情服务的工作者！谢谢你们！

爸爸
2月20日于济南家中

等儿子长大，我们一起去看你曾经战斗过的城

致山一大一附院李越的家书

人物档案

收信人——丈夫：李越
山东第一医科大学第一附属医院护师、山东省援助湖北医疗队队员

写信人——妻子：李铭宇

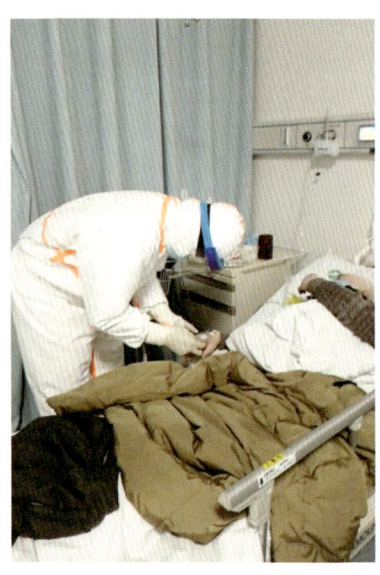

亲爱的越哥：

见字如晤，今天是你去武汉的第16天，时间过得真快，转眼间你都在离我847公里外的地方这么久了，这好像是我们在一起之后相隔最远的一次。我也慢慢适应了自己带着儿子生活的日子，再也不是那个有困难只会求助于你的新手妈妈了。等你回来以后，你可一定要好好犒劳一下我。

回想起2月1日你给我打电话说你要去武汉了，那一刻我大脑空白。我忘了你的职责，忘了你的任务，看着两个月大的孩子，哭着问你，能不能不去？什么时候才能回来？当你坚定地告诉我不能的时候，我才反应过来作为一名医护人员的责任。我也是一名护士，如果换成我，肯定也会义无反顾地冲上去。我明白：一线需要你，那些生病的人需要你！

出发的前一天晚上，你下了夜班凌晨五点到家，可我没想到第二天早上一早你就接到了出发的命令，那一瞬间眼泪直接掉下来了。我哭着告诉你，你一定要做好防护，我和儿子还等你回家呢。我知道你心里同样很难过，就在出门的那一刻，你看见襁褓中的儿子，终于还是忍不住哭了。我们都有太多不舍，可是前线总是要有逆行者。看着你坚定的眼神，我为你感到骄傲和自豪，我也相信我的越哥肯定会平安归来！

你到了武汉这么多天，每天都会和我视频。你告诉我一切安好，每天都能吃饱，也有足够的休息时间，让我放心，经过前期的培训你也已经慢慢适应了那边的生活。虽然条件艰苦，工作繁忙，还要穿着厚重的防护服，不能喝水也不能上厕所，但看着病人从呼吸机到高流量再到低流量直到出院，心里有一种荣誉感和自豪感……是啊，哪有什么白衣天使，只不过是一群孩子换了一身衣服，学着前辈的样子，治病救人，和死神抢人！这是我们医务工作者义不容辞的责任和担当，你是我的英雄！

今年的情人节也是我们领证一周年的日子，本来说好一起好好庆祝，这次你失约了。不过我始终坚信阴霾会散去，灿烂的阳光终会铺满大地。新的一年已有厚厚一沓崭新的希望握在手中，等着一切都过去，我们再好好庆祝。

家里一切都好，医院的领导每周都会来慰问，孟护士长也会经常给我发信息关心我，真的很感谢他们对咱们家的关心和帮助。你一定要安心地工作，去救治更多的病人，他们的家人还在等他们回家，希望他们和家人早日团聚！我也会等你凯旋。你是我和儿子的英雄，等他长大了，我们一起带他去看看这座他爸爸曾经战斗过的城！

你的铭宇
2020年2月16日

妈妈你最棒

阳信县人民医院王艳贞与儿子的两地家书

人物档案

母亲：王艳贞
阳信县人民医院医生

儿子：张王宸

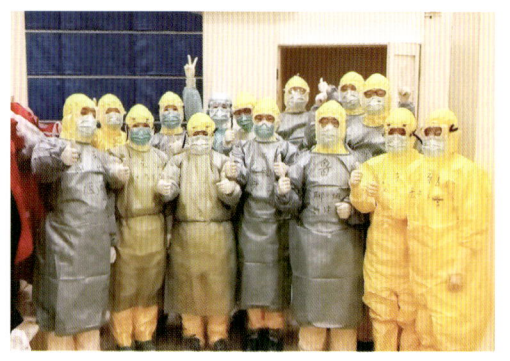

给妈妈的一封信

亲爱的妈妈：

　　我想你了，你去武汉已经好几天了，还没回来，你什么时候回来啊？妈妈，你说去打病毒，病毒打完了吗？你自己要保护好自己啊！多吃饭，多喝水，跟你和我说的一样。相信你一定能打败病毒，因为你在我心中一直是最棒的！我在家很听话的，爸爸也快去上班了，也得打病毒。我很听奶奶的话，每天按时听课，下午写作业，晚上看同心战"疫"。我每顿都吃很多饭，你也要吃很多饭。妈妈，我想你了，你一定要早点回来啊！

儿子：张王宸

给儿子的回信

亲爱的宝贝儿：

你睡了吗？妈妈想你了。

你写给妈妈的信妈妈收到了。瞬间感觉我的儿子长大了，懂事了。有时候你是个大男孩，啥事都大大咧咧的，啥也不在乎，每次视频都和妈妈说不了几分钟就跑去玩了。有时候你又像个细腻的小女孩，晚上睡觉的时候搂着妈妈的脖子亲了又亲，说妈妈我想你了。还记得妈妈来武汉前的那天晚上吗？那天是元宵节，我下夜班，你哭闹着非得要跟奶奶睡。我说妈妈明天可能要进隔离病房，你可能很长时间都看不见妈妈。你带着哭腔说："妈妈，你能不去隔离病房吗？我每天都想见着你。"凌晨4点多，你还在熟睡，妈妈便接到要出发去武汉的通知。匆匆收拾了下行李，连奶奶给妈妈炖的排骨（你能想象妈妈现在流口水的样子吗？好丢人哦！）都没来得及吃，就出发去济南遥墙机场了。对！就是你成天嚷嚷着要去坐飞机的那个地方。

这就是妈妈坐在飞机上拍的天上的圆月（妈妈手机像素不大好，回家让爸爸再给妈妈买个好点儿的，你说好不好？）。因为走得匆忙，都没来得及跟你好好告个别，貌似这几天你刚反应过来妈妈需要很长时间才能回家。你用橡皮泥捏了一个丫形，我问这是啥，你说这是抗体。"是不是身体里面有了抗体就不怕病毒了？"我说："对呀，抗体可以打败病毒。"你说："妈妈，我希望武汉的病人身上都有抗体，你就可以早点儿回家啦！"

儿子，你还能认出照片中的妈妈吗？这是妈妈头顶武汉的月亮准备去打病毒啦！那天武汉下了很大的雪，你告诉妈妈说家里也下了很大的雪。不过等妈妈凌晨去上班的时候月亮都出来了，你说是不是我的运气很好啊？

这是全副武装好的妈妈，这些伯伯、叔叔和阿姨，他们和妈妈一起去打病毒。我们是一个特别有爱的大家庭，就像你爱妈妈，妈妈爱你一样。放心吧，妈妈会棒棒的，宝贝儿也要棒棒的！妈妈会好好吃饭，不挑食，多吃肉，你也是，不挑食，多吃青菜。你是男子汉，和奶奶在家要照顾好奶奶，帮奶奶干家务，少让奶奶操心，好不好？

妈妈答应你，很快就会打败病毒，胜利回家！你可得答应妈妈，到时候和妈妈一起睡哦！不许耍赖啊！晚安，宝贝儿！

想你的妈妈
2020年2月16日夜
于武汉汉阳方舱医院

待到黄冈战胜日，厚德至善美名扬

滨州市人民医院董浩与父亲的"两地书"

人物档案

父亲：董明远

滨州市人民医院麻醉科主任

儿子：董浩

滨州市人民医院消化内科住院医师、山东省第十批援助湖北医疗队队员

2003年，滨州市人民医院麻醉科主任董明远赴坦桑尼亚，进行了为期两年的医疗援助。那时，他的儿子董浩还是13岁的五年级小学生。

17年后，13岁的小男孩长大了。"苟利国家生死以，岂因祸福避趋之"，他像爸爸一样勇敢，疫情面前他选择逆行而上。作为山东省第十批援鄂医疗队队员，董浩在黄冈给父亲写下了生命中的"第四封信"。

父亲董明远也写了一封家书，寄给前线的儿子，一声声嘱托里浸透两代医生的国家使命。

亲爱的爸爸，您好！

  当您收到这封信时，证明我在黄冈一切安好。写信是我们父子俩很少有的沟通方式，在我记忆里，这是我给您写的第四封信。第一次是在小学期间，语文老师刚开始教我写字；第二封是2003年您去坦桑尼亚，我给您写了一封告别信；第三封是我踏上医学之路时，向您写的一封保证信，同时也是我医学之路开始的见证。而现在这一封信，特殊之处是我现在处

于黄冈，也是湖北疫情比较严重的地区，在战斗一线，向您报一声平安。

从接到通知到离开滨州，只有半天的时间，您没有时间对我进行太多的嘱咐。从到达黄冈到现在，我们经历了培训，经历了各种艰难的考验，马上就要进入团风县医院。在休息时，无数的记忆片段进入我的脑海，我的信就从这里开始吧！

2003年，我依稀记得在卫生局的旧楼内，热烈欢送援助坦桑尼亚医疗队队员的条幅映入我的眼帘。领导、同事、朋友、同学都在和您进行亲切的交流，您的脸上洋溢着自豪的微笑。我胆怯地站在妈妈的身后，想多和您说句话，只是没有插嘴的机会，只能过来拉住您的手臂，希望时间可以慢一点，再慢一点。欢送会结束之后，你们一行人前往北京国际机场，一种莫名的失落感涌上心头，可是我知道无论如何你也不会留下来。车窗慢慢落下，妈妈抑制不住自己的情绪，号啕大哭起来。这时，倔强的泪水在您眼中打转，我连忙擦拭她的泪水。我安慰妈妈说放心吧，爸爸一定会回来的，我会照顾您。那时懵懂的我，不知道您将要面对怎样的困难。

2004年的暑假，经过一年的盼望，我们终于迎来了探亲假。经过十几个小时的长途跋涉，我们途经亚洲、非洲多个国家，来到坦桑尼亚首都达累斯萨拉姆。可是我看到了其他家庭的爸爸，唯独没有等到您，失落之情，难以言表。队长将我们叫上车，我才知道您工作的地方，离首都很远很远。在德国淘汰的第四代火车上，摇摇晃晃，一天一夜才能到达。漫长等待后，火车终于停了下来，这时我看到了您向我们招手，我终于按捺不住自己的心情，冲了上去，抱住您的手臂，仿佛这一刻，永远不要分离。那里居住条件非常差，为了让我们能够住得舒服些，您和队员们一起盖房子，殊不知奶奶家的房子早已陈旧不堪，随时有坍塌的风险，您却不能回家帮忙。这种心情谁又能够懂得？

在非洲期间，我们去超市、菜市场、医院，遇到的坦桑人民对着我们微笑，高声打招呼，这样的场面深深地震撼着我。他们面对疾病，首先想到的就是中国医生，因为中国医生水平高，态度好，在他们的心中地位十分崇高。非洲疟疾、艾滋病横行，作为医生，面对的情况会更加危险。20世纪70年代初，齐鲁医院医师伉俪因病殉职，他们的儿子为了完成父母未完成的事业，再次申请去坦桑尼亚。他们的父母就埋在那里的中国专家公墓。作为麻醉科医师，您每天需要面对太多的手术，言语不通，环境恶劣，您总是能沉稳面对，以乐观的精神鼓励自己。这时我才意识到您所从事的行业是悬壶济世，治病救人，这是何等的高尚，何等的伟大！因此我立志成为一名医师。

我还记得高考结束之后，您一声不发地默默等着我，我好像也并不着急去与您相见。考完之后，您问我想学什么专业，我开玩笑地说，只要不学医就好。此时，您心中肯定非常矛盾，既希望我能继承您的衣钵，又不想我承担作为医生的危险。最后我被河北医科大学临床医学专业录取时，我们全家相拥，可惜没有人为我们拍照，留下这一精彩的瞬间。这段记忆深深地镌刻在我脑海中。

在三年住院医师规范化培训期间及工作中，我总是努力刻苦地工作，认真完成每项临床任务。利用下班时间，我开始进行实验研究，翻译文献，学习专业知识。因为我不想顶着医二代的光圈，希望大家把我作为一个普普通通的住院医师看待，而不是谁谁谁的孩子，所以我要付出更多。夜深人静之时，我面向窗外，总是在回想我哪里做得不好，哪里需要改进。我特别感谢我的导师滨州市人民医院金世禄教授、滨医附院刘成霞教授对我的帮助。研究生期间，我发表文章九篇，获得国家奖学金、山东省优秀毕业生、一等学业奖学金等荣誉。我想证明我可以成为一名优秀的医生。以前我以您为荣，现在您会以我为荣。

正值新型冠状病毒肺炎疫情肆虐，全国各地医务工作者参与援助湖北医疗队，相继奔赴最危险的疫情战场。疫情的变化牵动着每一个中国人的心，全国医务工作者不顾个人安危，挺身而出，以自己的血肉之躯铸造科学防控的铜墙铁壁。身为年轻一代医务工作者，正值国家用人之际，我没有向您说明，就主动申请加入援助湖北医疗队，就是怕您担心。疫情虽然可怕，但是我们医务工作者必须冲向前线，舍小家顾大家。我相信您会理解我的决定。

您曾经作为援助坦桑尼亚医疗队的队员，用自己的行动诠释国与家的定义。您的爱国情怀深深鼓励着我，不畏艰辛、甘于奉献的精神深深震撼着我，您踏实勤恳、认真负责的精神永远影响着我。无数像您一样的中国人，在非洲大陆上无私奉献，为中非友谊建起了一座桥梁，谱写中非友谊的新篇章。而我现在作为山东省第十批援助湖北医疗队的队员，必将全力为病人解除痛苦，早日战胜疫情！现在我们已经入住黄冈市团风县，政府后勤保障很好，为我们解决一切困难，不久我们就要上战场了。请您和妈妈放心，我定当谨记父辈的嘱托，尽吾所能，努力拼搏，不辱使命，顺利完成任务，为战胜疫情做出自己的贡献。

爸！这封信以一首援非赞歌改编的诗结尾，我们滨州再见！

金春千里送医忙，鲁鄂情谊似海洋。

疫情面前救扶伤，大医精诚走四方。

待到黄冈战胜日，厚德至善美名扬。

儿董浩

2020 年 2 月 17 日

董浩吾儿：

见信如晤。

今得汝之家信，尔而立之年，已有为国为民情怀，主动请缨参加山东省第十批援助湖北医疗队，含泪别离山东，千里远赴湖北，实属不易。为父者深感欣慰。忆当年，吾远赴非洲援助，转眼已十七载，当年孩童已然为医。昔日非洲大陆多疾患，医到病除四方去。坦桑之行颇艰苦，披荆斩棘何为惧？今儿奔赴疫情地，毅然决然医者续。盼儿旗开得胜时，父子滨州再相聚。

为父从医三十余载，现特以医之长者身份嘱汝等后起之秀。一为慎之，吾等施药救人，定要慎而又慎，中西结合方见奇效。凡药者皆有正反两极，用之需考虑肾功。中药为国之精华，汝用之需监测肝功，以防肝损，考虑周全，权衡利弊，切莫因个人主观意念造成患方之所失。二为深之，医者需将症状体征辅助检查与患方之心理相结合，具体问题具体分析，如遇变化万要深思熟虑，勿将精力置于病理生理表浅改变之上，深入分析方得始终。三要思之，所谓思乃思患方之所想，知患方之所虑。新冠病毒之害已远超疾病本身，置于患方角度出发方可理解他人之感受，患方之恐惧难以言表，多倾听多沟通，亦有助于其恢复。四要虑之，疾病非不治之症，用药合理恢复更快，然需虑重中之重病例。患方虽暂时无妨，但随时会加重，如何识别急危重症汝定要掌握。每日观察必不可少，辅助检查更不能缺，良医品性具备时乃成大器。

吾等年老不免多言。神州大地万物复苏之季，竟遇病灾，今儿以一己之专长，驰援湖北，乃为父之傲，家族之幸。父母为儿之坚强后盾，湖北与山东气候殊异，盼儿前方保重身体，尽自己所能，早日战胜疫情！望谨记教诲在心，不忘父母之念。

以此信为儿壮行！

父董明远

待团圆时一定照张全家福

从泰安到湖北，跨越千里的母子书

人物档案

妈妈：武伟华

山东第一医科大学第二附属医院呼吸与危重症医学专业主治医师、山东省援助湖北医疗队队员

女儿：公润玘

山东第一医科大学第二附属医院呼吸与危重症医学专业主治医师武伟华，放弃了赴美进修的机会，主动请缨奔赴湖北战"疫"前线。到达湖北后，女儿公润玘给她写了一封家书，信中说："这是一场没有硝烟的战争。你被派往湖北，知道消息的时候，我心里很难受，悄悄地躲在被窝里哭。你说，这是你的使命，虽然你也很舍不得我们，但是必须勇敢前往。家是最小国，国是千万家……妈妈，虽然我非常舍不得，但是现在我把你借出去，帮助更多需要你的人！请你答应我，一定保护好自己，平安回来！"

武伟华忙碌之余，将思念化作文字，一封跨越千里的长信从前线寄来："我相信所有的别离都是为了更好地重逢，目前的这段路可能有些难走，但你我都会受用终生！""我想告诉你的不是妈妈有多么辛苦，我想让你学会一个词，那就是'担当'！无论以后你干什么工作，希望你能有责任心，有足够的勇气，当然也必须有足够的底气，而且一定要团结协作。"

家是最小国，国是千万家！
—— 献给我最亲爱的妈妈

今年的寒假是我上小学之后的第一个假期，说实话，成为小学生的我还有点小期待。

假期一开始的时候似乎很普通，虽然在很多人看来又那么不普通，因为我家的除夕是在医院里过的，而我们的年夜饭只是简单的一桶方便面……

我的妈妈是一名医生，这就意味着我的春节和别人家的有所不同。我已记不清这是我们家在医院里过的第几个除夕夜。爸爸说，只要是一家人在一起，哪里都是家。妈妈说，只要一家人团圆、健康平安就是幸福圆满。虽然我不太懂，但我知道有爸爸妈妈的陪伴就是家，我们的心在一起，我就是最幸福的！

但是这个年过得越来越沉重，因为新冠肺炎开始流行。普通小朋友待在家里没法出去玩，而我的体会可能会更多。

因为疫情，妈妈大年初一下午就被调到了医院的发热门诊。妈妈说这是泰城的西大门，一定要好好守护它。但是妈妈陪伴我的时间变少了，很多时候都是从医院里拖着疲惫的身体回来，多的是满脸的憔悴和脸上深深的勒痕……我很心疼妈妈，她的工作既辛苦又危险。因为担心可能会影响我们，她甚至很久都没有好好地抱抱我，亲亲我。

这是一场没有硝烟的战争。妈妈的同事，很多我熟悉的叔叔、阿姨也都奔赴武汉战场。现在，我的妈妈也被派往武汉支援。知道消息的时候，其实我心里很难受，我悄悄地躲在被窝里哭。妈妈说，这是她的使命和担当，虽然她也很舍不得和我们分开，但是必须勇敢前往。家是最小国，国是千万家！

妈妈，虽然我非常舍不得，但是现在我把你借出去，帮助更多需要你的人！请你答应我，一定保护好自己！我在家里乖乖听话，好好学习，不用担心！

所有的白衣战士们，一定要好好保重，打败疫魔，平安回家！

妈妈，我在家等着你，等你平安归来，我们一家人再一起去看山花烂漫！

女儿 公润玘
2020 年 2 月 16 日于山东泰安

妈妈给女儿的回信

亲亲圮宝：

  信已收到，一切安好！

  不觉来湖北已经十多天了，印象里，这是自你出生以来咱们分别比较长的时间。本来对于这一次的离别其实已经有个预期，但是没想到是以这种方式。如果不是这场疫情，此时的我正在大洋彼岸——美国进修，而那里此刻却是白天。

  这算是妈妈第一次正式给你写信，作为一年级的小学生，可能很多字你还不认识，拜托爸爸慢慢给你读；有很多的道理你不懂，别急，等妈妈回家细细给你讲。

  记得曾经和你一起读过一首小诗，说每个孩子都是降落人间的天使，出生前在天上挑妈妈。你把头深深地埋进我怀里，仰起脸来时眼睛里泛着泪光："挑妈妈之前，我肯定起得特别特别早，又挑得特别特别仔细，所以才做了你的孩子！"我的孩子，你可知道，能成为你的妈妈，我才是最最幸运的那一个！"妈妈"这个称谓，除了让我有了沉甸甸的责任感以外，带给我的更多的是幸福、温暖和力量。自从有了你，我既多了软肋，又有了最坚硬的铠甲。对你，我有多么舍得与不舍，舍得为你付出一切，包括生命；不舍得让你受一点点的委屈，即便知道人生有些苦必须得吃，有些路必须得走。

  我们之间的关系，除了母女以外，更多的时候是闺密、朋友和同学……喜欢和你一起成长，共同进步；最美好的属于我们俩的时光是睡觉前舒服地躺在被窝里，一起分享彼此白天发生的有意思的事，聊一聊各自的小心思。好的关系，一定是互相成就的！于是，你居然能告诉别人支气管哮喘是一种异质性疾病，我发现了我的汉语拼音有些发音一直不标准。你知道心肺复苏的标准动作，而我也一直在苦恼和你练舞蹈时胯老是压不下。你能迅速在一张胸片上找到大致的解剖结构，我也基本上能在你的古筝上扒拉出一首《小鸭子》。你喜欢历史和地理，喜欢旅游，喜欢美食。你知道吗，妈妈来的地方就是书中的荆楚之地，这里有黄鹤楼、神农架、武当山、长江三峡……这里是屈原、李时珍、孟浩然等众多历史名人的故乡，这里既有浪漫的樱花，又有好吃的热干面、周黑鸭……等疫情过去了，我们一定一起来赏赏美景，尝尝美食，当然还有可能会顺便给你带回去几套黄冈试卷。

  我的孩子，我从未想过把自己未完成的梦想强加在你的身上，对于你的成长，我很愧疚。我付出的所谓心血似乎都很随意，但你却把自己变成了我们喜欢的模样，也希望这是你自己喜欢的样子。你总是那么善解人意、乐观开朗，从不介意妈妈的笨手笨脚、粗心大意。别人家的妈妈能把女孩的头发扎成一件艺术品，而我只会给你绑松松的马尾辫。别人家的妈妈把孩子打扮得像个小公主，我给你穿的是最简单的校服和运动装，甚至有一次晚上放学回家才发现校服的袖口破了一个大洞，而你还安慰我说这是最时髦的穿法。别人家的妈妈厨艺精湛，你却常常跟着我吃工作餐，最喜欢的是西红柿炒鸡蛋配上米饭。不知道什么时候你已经练就了超高的交际能力，我的很多同事成了你的"宝贝姨姨""美女姨姨"，即使戴着帽子口罩你居然也都认不错。你说长大之后要当护士，我问你为什么，你说你觉得护士阿姨最漂亮。后来你明白了，护士阿姨的美，是由内向外的，不仅仅是漂亮的脸庞、轻盈的脚步，更是因为她们的善良、温柔、细心和灵巧，而这份美的背后正是崇高的职业道德和专业素养。为了秉承这份崇高，当疫情到来时，她们毫不犹豫地剪去秀发，义无反顾地奔赴没有硝烟的战场，而厚厚的防护服依然遮挡不住她们的美！

你六岁那年，带你去拜访我最敬重的研究生导师张劲夫教授。张爷爷问你的理想，你不假思索地说："长大了要吃香的喝辣的！"我当时没反应过来你的童言无忌应该归属于哪一种人生观和价值观，理想这个词对你来说似乎还很遥远。回来的路上我们继续探讨，我问你什么叫吃香的喝辣的，你说就是自己有能力。你说张爷爷看起来好有文化的样子。我问你，那你觉得张爷爷为什么会有文化？你说得看书、得学习才有文化，有文化才有能力，你看张爷爷家最多的就是书……那一刻我明白了，你小小的脑袋瓜里已经开始萌生出最朴素的世界观，只有向阳而生，才能茁壮成长！作为你的妈妈，我有责任成为离你最近的那一束光！所以我很少对你说教，即使你最调皮的时候，我基本也能控制住体内的洪荒之力，因为我学会了从你的视角去看待一些问题。很多事情，如果我都做不到，我又有什么理由去要求你！我执着地相信身教大于言传，相信榜样的力量。

这个冬天是你成为小学生之后的第一个假期，本来我们做了一些小约定。而过完年，按计划我要去美国进修，已经办理好签证也订好了机票。新冠肺炎来得太迅猛，我们医院迅速反应，统一部署，我在正月初二就被调到了医院的发热门诊。去之前，医务处同事在电话里询问我的意见，我没有丝毫的犹豫，因为一个以呼吸道传播为主的疾病，最需要的就是呼吸专业医生。疫情的险恶，让我们每一个人都如临大敌，我也默默取消了机票，向美国的导师说明了情况。虽然我只是祖国这座大厦上最微不足道的砂砾，但是我的医院需要我，我的科室需要我，在这种危难的时刻我必须选择留下来和我的同事们共进退！医院所有的人都写了请战书，每个人都在自己的岗位上发挥着最大的作用。这是一场没有硝烟的战争，医护人员都成了无畏的勇士，白衣丹心奔赴湖北前线！当得知我被派往湖北支援，我在那一刻的感受是热血沸腾、义无反顾！出发前的晚上，你哭着恳求我不要去，实在找不出更多的理由说服你，我说去给小宋叔叔替班。他去湖北很久了，家里的小妹妹想他了。你擦干眼泪，认真地点点头。那天晚上感觉夜好漫长，我一次次打开灯看时间，一遍遍抚摸着你残留着泪痕的稚嫩脸庞。我在想这个选择对你是不是一种残忍，在你小小的世界里，你需要的只是一个触手可及的妈妈。送行的时候我还担心你会哇哇大哭，没想到你勇敢地含着泪水挥手和我告别："妈妈放心，你要保护好自己，早日打败病毒，我会乖乖在家等你！"

一路走来，经历了太多的感动。一方有难，八方支援，我无时无刻不在感受着我们祖国的伟大！宝贝你知道吗，这个世界很大，大到我们用尽一生也无法看遍每一处风景；这个世界又很小，小到一声令下，我们就能万众一心，同舟共济！爱可以很狭隘，狭隘到不容许有第二个人去分享；爱有时候又可以很宽广，宽广到我们可以老吾老以及人之老，幼吾幼以及人之幼！

我相信所有的别离都是为了更好地重逢，目前的这段路可能有些难走，但你我都会受用终生！这几年咱们俩各自参加了大大小小的很多比赛，还都取得了不错的成绩。最让我惊叹的是你有一种悟性，那就是看问题从来都不会停留在表面。当别人夸你聪明，能背那么多古诗词，会讲那么多故事时，只有我知道背后的你有多么努力。你的诀窍就是练习练习再练习！对于我来说，这次的"比赛"可能比以前任何一次都要残酷，因为我的对手是极其凶狠、狡猾的病毒，而我比赛的结果只能也必须只有一个，那就是赢！所以在进病区前，我和其他的队友练得最多的就是穿脱防护服。我每天关注最新的文献，虚心向其他老师、同事请教，这样我才有足够的勇气和能力去保护好自己，去帮助更多的人。知己知彼才能百战百胜！

到达湖北之后，我所在的山东医疗队接手新冠肺炎隔离病区，我是自告奋勇第一组进去的医生。面对一个陌生的环境，未知的敌人，第一个去就意味着承担更大的风险。但我对自己的专业水平有一定的自信，我时刻提醒自己保持清醒的头脑，规范地去做好每一步，细致观察患者的病情变化，在做好防护的基础上充分给病人以人文关怀。我认真熟悉整个工作流程，了解每个患者的病情，并和下一班次的医生做好交接，出来的时候才发现我在里边待了八个小时，身上的衣服早就湿透了，头痛欲裂。当我脱掉防护服的那一刻，才感觉到呼吸是那么轻松，空气是那么新鲜！我想告诉你的不是妈妈有多么辛苦，我想让你学会一个词，那就是"担当"！无论以后你干什么工作，希望你能有责任心，有足够的勇气，当然也必须有足够的底气，而且一定要团结协作。来到湖北，感受最多的就是爱的力量：领导的关心鼓励，同事、亲戚朋友的牵挂，战友之间的相互关照，湖北当地政府的支持，还有无数的不知道名字、看不清样子的志愿者带来的温暖……"投我以木桃，报之以琼瑶！"有付出才有收获，你想有所担当，拥有爱的力量，那就从做好当下的每一件事、善待你身边的每一个人开始。

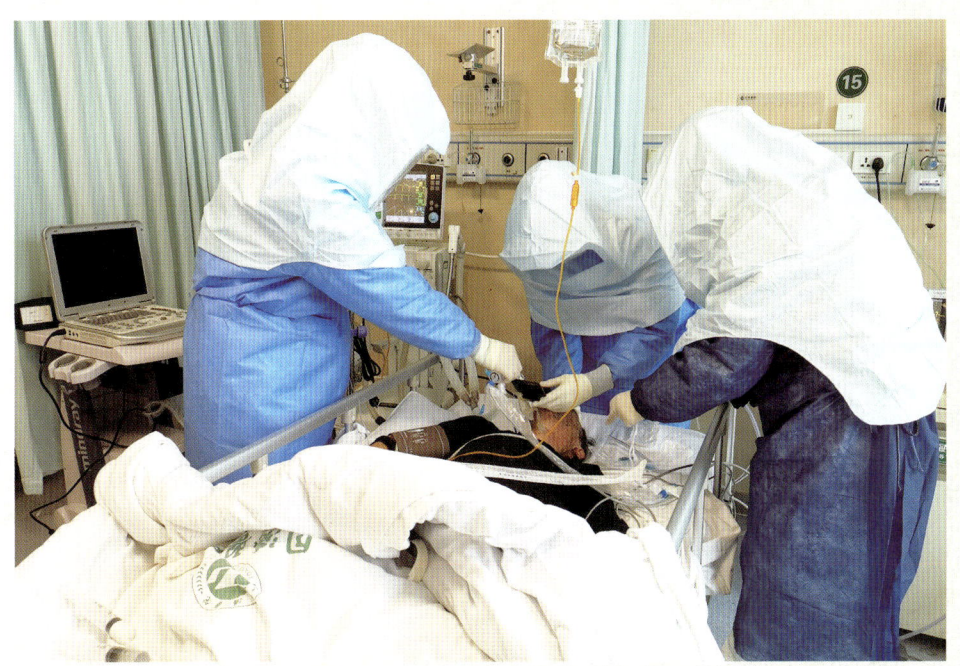

2月23日，武汉同济医院光谷院区重症病房，山东大学第二医院国家医疗队队员正在为重症患者进行气管插管。气管插管要暴露患者声门，感染风险很高。（卢鹏、王厚江报道）

  纸短情长，毕竟，对于未来我们还有很多的期许，回去再慢慢和你经历！

  最后，如果对你提几点要求的话，刷牙的时候不要一边看书一边刷，即使我知道那本书很有意思，因为做事情要专一，该干什么的时候就干什么；睡觉的时候不要再踢被子，爸爸独自照顾你生活学习也很累，不一定能及时给你盖上；来之前咱们一起未读完的那本《我的第一本地理启蒙书》要记得页数，回去继续一块看……

  我翻遍了手机，发现存得最多的是你的单人照和学术会议的幻灯片，回去咱们一定照张全家福！

  吻你！

无比爱你的妈妈
2020年2月22日凌晨于湖北浠水

看到您在前线的照片,一次次被感动

写给潍坊卫恩医院魏春华的家书

人物档案

收信人——妈妈:魏春华

潍坊卫恩医院院长、山东省援助湖北医疗队队员

写信人——儿子:刘可嘉

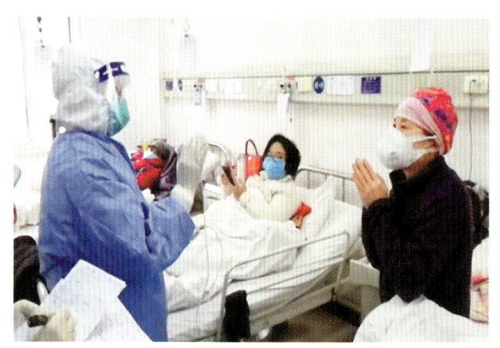

57岁的魏春华是潍坊卫恩医院的主任医师、院长,从事呼吸与危重症专业已经有30多年。2月2日,魏春华带领潍坊卫恩医院、潍坊护理职业学院临床医院医疗队驰援武汉,在武汉市汉阳医院,带领来自全国各地的医护支援人员建立了呼吸危重症三科。魏春华每天早上8点准时到病房,和患者一个个交流病情,交流是为了更好地治疗。因为她知道,这段短暂的聊天时间,对患者们来说是一种精神治愈。2月25日中午,她的病区康复出院9人。对每个出院病人,在规定的出院文书之外,魏春华会另外给每人一份出院指导书:用药指导、隔离要求、生活饮食、随诊要求都非常详细。她说:"只要病人恢复得好,我们来武汉付出的一切就值得。"这封信是魏春华儿子写给她的家书。

085

寸草春晖

妈：

您好！听说您大年初一一大早就提出了驰援武汉请求，可直到2月2日出发的那天上午您才告诉我。尽管您一直瞒着我，尽管您的儿媳琳琳都哭了，但我一点都不感到意外，我甚至早有预感您会去。因为，自从您得知武汉发生疫情，我看到您一直在准备，听说医生同行奔赴湖北，您看起来满心崇敬，特别是听说我表哥魏勇去了武汉，您心疼，但更多的是心动。所以，在为您送行的家属中，我是唯一一个看起来为您高兴的人。

妈，您可不要以为儿子不担心，不牵挂，只是因为我太了解我的妈妈了。您是一个把工作和生命连在一起的人，您还记得我说的那句话吗？假如您有一天到了弥留之际，有一个办法能叫醒您，就是大喊："魏大夫！抢救病号了！"自从我记事以来，我从来没有在意过物质上的不足，唯独觉得和妈妈在一起是一件特别奢侈的事儿。这么多年来，因为当医生，没有一个年您能在家过。我发着高烧您就出差了，经常半夜被呼叫您的电话吵醒，经常看到您累得吃不下饭。您心中总是装着您的患者，我还知道有很多人叫您妈妈。

我一直为您自豪。您是一位好医生，一位最美的医生，您穿上白大褂真的很好看，您抢救病人的样子真的很干练，您不愧是"宋庆龄最美基层呼吸医生"，您无愧"中国优秀基层呼吸医师"的称号。您也是一位不乏柔情的母亲，您做的红烧肉、大虾面是我吃过的最好吃的饭，您为我精选的朗读是最美的声音，您和我在一起时的爽朗笑声特别感染人，您出差时用手机指导我写作业。高考前，无论刮风、下雨、下雪，只要您在家，每天晚自习后都会陪我散步。为了陪伴我成长，年过半百的您在我开公众号半个月内开了自己的公众号，在我登上喜马拉雅直播的一周内也落户喜马拉雅，做起了医学科普直播，魏春华医生如今成了一个响亮的代号。您每天坚持不懈地读书学习、勤奋工作，对我就是潜移默化的教育。您用善良传递给我善良，您用勤奋传递给我勤奋，您用阳光的心态在我的内心种下了一颗太阳。您是我的妈妈，也是我的老师、挚友。

妈，您去武汉后，从来不说那里的困难，偶尔微信视频只为了看您的孙女蜜糖。我只能每天默默地关注您的朋友圈。我看到您在前线的照片、视频，一次次被您感动。您能让新冠肺炎患者的病房里传出那么爽朗的笑声，您能给不配合吃药的老奶奶喂药，您能让敲锣求援的母亲转危为安，您能在新冠肺炎病房认了干儿子——我服了！

妈，其实我很担心您的身体，您都57岁了，您胆囊已经摘除了，肝功能并不太好，饭量也太小。我不知道在这样高强度、高风险的环境下您能承受住吗？我很担心，我做梦都盼着您回来，蜜糖经常拿着家里的遥控器自言自语打电话，说的都是："奶奶，我想你了！爱你哦！"

妈，我爱您！无论我年龄多大，我需要一个妈。我和琳琳、蜜糖在家盼您回来，您一定要平安回来。

您的儿子：嘉嘉

2020年2月14日

纵有万般不舍，却依然支持你的决定

写给沂源县人民医院桑园的家书

人物档案

收信人——妹妹：桑园

沂源县人民医院护士、山东省援助湖北医疗队队员

写信人——姐姐：桑青

3月8日，"三八"国际妇女节，大别山区域医疗中心七楼重症感染隔离病房，山东医疗队队员将亲手折叠的六支百合花、产自山东的草莓以及节日的祝福送给患者柳阿姨，共度节日。（窦宝志、王凯报道）

致"疫"线妹妹的一封信

小妹：

你好！这是我们姐妹三十年来我第一次给你写信。当你和我说报名援助湖北的时候我还抱有一丝侥幸，心想说不准这次疫情很快就会结束，还没轮到你去湖北，疫情就能得到控制。没想到病毒很快席卷全国，形势非常严峻。

2月5日下午一点半，接到你驰援武汉的电话，我懵了，不知如何是好。送你去集合的路上虽有万般的不舍，却依然支持你的决定。这是你人生旅途中的一次历练和成长。能够被抽调援助湖北，作为家人我们为你感到骄傲和自豪！现在你已经能够完全胜任当前的工作，我们大家也都放心了。家里一切都好，我会照顾好爸妈，你不必挂念。你在武汉一定要好好吃饭，增强抵抗力，才能更好地投入工作。下班后可以泡泡脚缓解一下疲劳。你一定要照顾好、保护好自己，才能更好地服务于病患。

平时我们都是微信联系，这些天来第一次接到你的电话，铃声那么急促，让我感到一丝害怕。直到我知道你来电是让我帮忙为一名高三患者购买一部手机，助力他高考，我的心才放进了肚子里。由于网上购买无法到达武汉，而特殊时期店铺都暂停营业，我不知怎么办，就把你的想法告诉了家人。他们很高兴你有乐于助人的想法，都支持你的决定。最终在舅舅、舅妈的帮助下联系到了专卖店的老板，他得知事情原委后，破例为你营业，终于买到了手机。家人们也都希望你在做好高考生的护理工作之余，也要多关心一下他的生活和学习，让他全心备战高考。我们也希望他们一家能够早日康复，早日团圆。希望他能够金榜题名，考上理想的大学。请你转达我们对他的祝愿。

最近，得知你在抗"疫"一线向党组织递交了入党申请书，我们也很支持你。就如你说的，作为一名护士，扶危渡厄是你的责任和担当，愿意坚守在疫情防治的最前线，努力保卫人民的生命健康。

姐姐：桑青

2020年2月17日

你去了武汉，咱爸妈也学会发朋友圈了

写给山东大学第二医院王翠粉的家书

人物档案

收信人——姐姐：王翠粉
山大二院耳鼻喉科护士

写信人——弟弟：王书庆

姐姐：

你在前线一切还安好吗？吃住还习惯吗？一天工作几个小时？工作上还顺利吗？你什么时候回来？我们非常想你！

转眼间，你去前线已经11天了，还记得你给我打电话说你要去武汉支援的时候，我的心情十分沉重，劝你好好考虑。毕竟那里的确诊病例一天天激增，你去前线，万一被传染了怎么办？何况你的孩子还那么小——大的刚上一年级，小的才三岁，姐夫工作忙经常加班，孩子们都需要你。你犹豫了片刻，然后坚定地说："我是一名护士，既然选择了这个职业，我就要完成我的使命。你姐夫也很支持我，放心，我会照顾好自己。明天就是元宵节了，先不要告诉爸妈，等我去到以后再说。"正月十六那天是你们出发的日子，你刚坐上飞机，不知道是不是母女连心，咱妈在不知道你去武汉的情况下给你开了个视频。你没有接，就打电话问我是不是跟咱妈说了。你说飞机快起飞了，不想开视频，怕一听到咱妈的声音哭出声来。我怕咱妈担心，告诉了爸妈你要去武汉支援的事情。一听到这个消息，咱爸的眼泪夺眶而出，哭得像个孩子。咱妈还算坚强，眼里含着泪花对咱爸说："哭啥，闺女是去立功了！"咱妈为你许了愿，还把自己的手机铃声调成了《好运来》，期盼着你平安无事的好消息。正月十八是你的生日，咱爸早就念叨着你快过生日了，念叨着你小时候多么懂事，那时咱家穷，跟着爸妈受委屈了。你这一去前线，咱爸心里更不是滋味了。

自从你去了武汉，咱们家每个人都天天看新闻，关注着武汉的疫情。家人们每每看到和武汉有关、和疫情有关的好消息时，总会第一时间分享到我们家的群里。这时我不禁想到驰援武汉的两万多名医护人员，他们背后有几万甚至十几万个家庭在默默支持。他们来自全国各地，此时此刻，全国人民的心都紧紧连在一起，都关心关注着武汉，都期盼着武汉早点好起来。后来，我们看到很多爱心人士、爱心企业为你们捐赠了很多生活用品、蔬菜、水果，心里也是满满的感动和感激。在这段特殊的时期，我们中国人很给力，我们隔离病毒但绝不隔离爱，大家一片片爱心都汇聚到了一线。我由衷地为我们国家点赞，也由衷地为你们感到庆幸，为我们是中国人而庆幸！

　　这段时间咱爸妈非常想你，想给你开视频，但又怕影响你工作或者休息。你每次给家里报平安开视频的时候也是家里最热闹的时候，三个孩子都争着抢着要跟姑姑说话，因为我们在家经常会跟他们讲现在发生的疫情，告诉他们说姑姑是英雄，不怕困难和挑战，去抗击病毒救治病人，他们可崇拜你了。姐姐，你是咱家的骄傲！因为你这次去武汉，咱爸妈现在也学会发朋友圈了，转发了你在前线的一些照片，然后写上"闺女加油"之类的文字，因为你是他们的骄傲，同时他们也想让更多的亲戚朋友为你加油！

　　你在武汉这段时间，也分享了很多你们团队的事迹，家里也看到了你们的防护措施，一层一层的防护服，虽然非常辛苦，但是也保护了你们。你们穿着相同的衣服，从头到脚被隔离服护目镜包裹得严严实实，被你们救治的患者不知道你们的相貌，叫不出你们的名字，但是你们却有很多共同的名字——白衣天使、白衣战士、英雄、最美逆行者……我自豪，我是白衣天使的弟弟，我是英雄的家人！

　　我们在家期待你们早日凯旋！

弟弟

您用身躯在病毒和我们之间立起一道墙

致诸城中医医院张祚芳的家书

人物档案

收信人——妈妈：张祚芳
诸城中医医院 ICU 副护士长、山东援助湖北医疗队队员

写信人——女儿：臧安迪
诸城实验中学高二 21 班学生

亲爱的妈妈：

  自从您 2 月 9 日随山东省第八批援助湖北医疗队踏上战"疫"的征程，至今已十天有余，甚是想念。知道您在武汉前线争分夺秒地治病救人，与新冠肺炎做斗争，与死神赛跑，不敢多加打扰，望您保重。家中一切安好，请勿牵挂。

  "似此星辰非昨夜，为谁风露立中宵。"妈妈，您从接到通知到踏上征程只有短短的一个多小时，女儿都没来得及与您好好告别，一切那么匆忙、仓促、急迫。我知道您也担心家里，担心您不在身边，三岁的弟弟哭闹，担心爸爸不能照顾好我和弟弟。但我更知道，如果这一次您不能亲上前线战"疫"，不能用自己所学的知识治病救人，您会更难过。我知道，作为白衣战士，您冲在前线，用瘦弱的身躯在病毒和我们之间立起一道墙，是挡在病毒和我们之间的最后一道防线。您为我们"风露立中宵"，妈妈，您是我和弟弟的榜样，是我心中最美的天使，我为您感到骄傲。

寸草春晖

  十多年来，您不分白天黑夜，不管休息与否，只要是医院有需要，您总是第一时间回到工作岗位上去。有多少个夜晚，当我醒来，您不在身边。从很小的时候开始，我就习惯了独自在家，自己吃饭，自己玩耍，自己学习。我也有过怨言，为什么我的妈妈那么忙。后来随着年龄的增长，我知道您是在忙着治病救人，忙着救死扶伤，您在我心中的形象愈来愈高大。这次新冠肺炎在武汉发生后，您就一直在关注着。您常说"若有战，召必来"，到国家最需要的地方去，您用行动践行着您的诺言。"此时无声胜有声"，您用行动影响着我和弟弟，教会我们做人的道理。

  妈妈，新闻说现在战"疫"已经到了最紧急的时刻，请您注意安全，做好防护，救治更多的患者。我和爸爸、弟弟在家静待您凯旋，到时，女儿一定给您一个大大的拥抱！

  妈妈，我爱您！

女儿：臧安迪
2020 年 2 月 19 日

虽然您平时少言寡语，但此时无声胜有声

写给泰安市东平县中医院程同贤的家书

人物档案

收信人——妈妈：程同贤
泰安市东平县中医院医护人员、山东省援助湖北医疗队队员

写信人——儿子

第十批援助湖北医疗队整装待发。（王世翔摄）

妈妈：

　　曾经年少无知的我，一直认为硝烟密布的才是战场，冲锋在枪林弹雨中的才是战士，幻想着自己以后也能像游戏中的人物那样有冲锋陷阵的机会，那才是真正的勇士。然而现在，一场疾病的到来刷新了我的认知，给我上了生动一课的人就是我的妈妈：一个平凡无奇的女人。

　　我从来没有想过一天的时间会如此漫长而又短暂。自从那天妈妈接到即将前往武汉的通知，爸爸虽然嘴上说着鼓励的话，却一直坐立不安，不停地搓着手走来走去。我知道爸爸心里应该是很担心的。因为疫情影响找不到营业的理发店，只能找邻居家的大娘来帮妈妈剪短发。妈妈一言不发地坐在那里，大娘红着眼眶一缕一缕地剪着，握着还带有洗发水味道的长发，心里五味杂陈。我默默地接过那一缕缕头发握在手里，心里像是被压上了一块大石头，透不过气来。有很多话到了嘴边，却不知道该说什么，只能咬着嘴唇颤巍巍地搂着妈妈，有心酸，有担心，有不舍，有鼓励……

　　第二天一早的送行仪式，站在那里的我好像耳朵里什么声音都听不到。那一刻我的世界里就只容得下手捧鲜花的妈妈，我想冲上去抱住她，希望她不要去，但是我知道我不能，也阻止不了。人的一生会有很多的责任，有大有小，此时此刻，对于妈妈来说，我是那个小小的责任，因为家里还有爸爸他们照顾我。而远在武汉，那里有许多病人在等着妈妈帮助，她说那是一名共产党员的担当，不管有多艰险，她都会义无反顾。临行前妈妈紧紧抱着我，告诉我不要哭，她一定会平安回来。我努力憋住眼泪，哽咽着说不出话，用力地点了点头。我把脸埋在她的肩头使劲儿嗅着熟悉的气息，想要记住妈妈怀抱的温度，多希望时间可以定格下来。

　　春有百花秋望月，夏有凉风冬听雪，待到春暖花开时，便是英雄归来时。妈妈，虽然平时的您寡言少语，但是此时无声胜有声，您用行动践行了自己的使命。尽管您只是一位平凡的医护人员，但是您是儿子心中真正的女神。我相信正是因为你们，不止武汉，我们的国家一定能成功攻克重重难关！

儿子

医院离家一两公里,却是世界上最遥远的距离

济阳区人民医院主管护师王欣写给女儿的家书

人物档案

写信人——母亲:王欣
济南市济阳区人民医院主管护师

收信人——女儿:刘珈影
济南市济阳区济北小学学生

疫情伊始,济南市济阳区人民医院感染科成立了留观病房,专门收治新冠肺炎疑似患者。1月27日,王欣当班,有家难回,还有很多医护人员跟她一样战斗在本地抗击疫情一线。王欣在写给10岁女儿的家书里说:虽然医院离家不过一两公里,但妈妈觉得这是世界上最遥远的距离。

亲爱的女儿:

夜深了,妈妈上了一天的班,晚上还在加班,可能明天或者最近这段时间也不能回家陪你了,因为妈妈会一直坚守阵地,也可能随时会被隔离。如果一切顺利,或许妈妈明天就能见到你,或许几天,或许很久很久……真的,此时此刻,妈妈真的有好多话想对你说。

大年初一的饺子,妈妈没有陪你吃完,就匆匆地去上班了,因为妈妈接到了医院的命令。因为疫情,我们要加入抗"疫"一线,随时待命。我知道你不情愿,我走出家门的那一刻,你虽然没有哭,但我看到了你的无奈,看到了你失落的眼神。孩子,你知道,妈妈是一名医护人员,不能不去,你不是常常说妈妈是一名美丽的白衣天使吗?我们的工作要求我们随时去帮助那些需要帮助的人。

寸草春晖

　　这个春节，因为疫情这个大魔鬼的到来，很多人都待在了家里，没有出门。你说你羡慕你的同学，因为你听同学说她的爸爸妈妈从来没有像这个寒假一样，能够天天陪着她待在家里看动画片，和她一起捉迷藏……说实话，妈妈更想天天都陪着你。因为工作的原因，妈妈没有周末，平时休班的时候，你又大多在上课，而你的爸爸也经常出差，所以爸爸妈妈陪你的时间少之又少。可是，女儿，你知道吗？只有妈妈在这个时期选择了这样做，你、你的同学和无数的家庭才会有更多的笑声。

　　你平时总说，妈妈回到家里对你的要求是那么严厉，还因为你的贪玩爱发脾气，说妈妈为什么对那些病人永远是温柔体贴，不离不弃，还偶尔会嫌弃妈妈对你不公平。我知道，平时可能对你要求太严厉了，宝贝，真的对不起！你知道吗，我的那些病人，也是你的爷爷奶奶叔叔阿姨，他们身体出了问题，更需要温暖，更需要呵护。尤其是在今年，在这个特殊的时期，疫情当前，不知有多少人为之恐慌，又不知有多少人为之悲痛流泪，请再一次原谅妈妈暂时离开你。

　　1月26日那天，妈妈向医院递交了请战书，没有告诉你，是因为妈妈的前面也有很多勇敢的叔叔阿姨，妈妈更不想让你向别人提起。你是个懂事的孩子，记得也就是那一天，你还绘制了"武汉加油、中国加油"的手抄报，你还用心爱的马克笔绘制了美丽的白衣天使。我还问你有没有画妈妈，你说画的就是妈妈。那一刻，妈妈只有偷偷拭去眼角的泪滴。我知道，既然选择了，就要无怨无悔，随时做好准备，为的是不让更多的人哭泣。

　　女儿，你是个优秀的孩子，也总是很争气，每次考试几乎都是第一。还记得放寒假的时候，你兴奋地拿着奖状回到家里，我问你长大了想做什么，你说想做一名美丽的白衣天使，什么时候都要和妈妈站在一起。妈妈没有想到的是，你让妈妈这么欣慰。在这疫情泛滥的特殊日子里，妈妈想再次做个表率给你，尽自己最大努力做一个合格的白衣天使。

　　今天的天气有些阴冷，妈妈不在家，晚上要记得盖好被子。不用担心妈妈，妈妈并不感觉到冷，因为妈妈穿着"猴服"，还戴着护目镜呢。如果明天一切顺利，妈妈一定给你拍几张照片，让你再次看看妈妈的样子多神气。

　　女儿，你知道吗？此时此刻，虽然医院离家不过一两公里，但妈妈觉得这是世界上最遥远的距离。妈妈的心情幸福而又坚毅——有你和你爸爸的支持，在抗击疫情一线的路上，妈妈永远都不会害怕。宝贝，你睡着了吗，等你睡醒了，或许妈妈就回来了。

永远爱你的妈妈

2020年1月27日

您的生日，我画了一幅画，叫"在一起"

写给山东大学齐鲁医院孔娟的家书

人物档案

收信人——妈妈：孔娟

山东大学齐鲁医院重症专业主管护师

写信人——儿子：任衍宸

"明天就是您的生日，我给您精心画了一幅漫画，还给它起了名字，叫'在一起'，意思就是湖北有了病毒，您和叔叔阿姨去武汉一起并肩作战，挽救生命，和武汉的人民站在一起，鼓励他们战胜病魔。我和爸爸虽不能陪您吹蜡烛吃蛋糕，但我们的心和您、和疫区的人们永远在一起。支持您，只要我们心连在一起，就没有战胜不了的困难……"2月16日是山东大学齐鲁医院第四批援助湖北医疗队队员孔娟的生日，读小学四年级的儿子15日给妈妈写信，遥祝妈妈生日快乐，并给妈妈画了一幅画《在一起》。

我最敬爱的妈妈：

这一天晚上突然看到您和爸爸在仓促地收拾行李，不停地接打电话，我疑惑地问您："怎么了，妈妈？"您支支吾吾语无伦次地说了些奇怪的话，我也没懂什么意思，只知道您要去武汉，要离开我们很长时间。我不能理解，您为什么要走？我们从没有分开过。

第二天我刚醒，还没来得及抱抱您，您就匆匆出了家门，说是去理发，没时间了。门关闭的那一刹那，我委屈地哭了，后来在爸爸的耐心讲解下，我知道了事情的原委。我理解您的使命，没有半点怨言，并为您感到骄傲：您是我们一家的英雄！

到武汉后，您第一时间给我发了视频，看着视频里熟悉又陌生的您，我笑了——现在的您就像一个"假小子"，笑着笑着又不争气地流下了眼泪，因为我想以前的妈妈了。您安慰我，告诉我要做一个男子汉，我都默默地记在了心里，我立志要做一个像您一样忠诚、有担当、有信念的人。

接下来是铺天盖地的信息，我认识到了问题的严重性，也开始担心起您的安危。不怎么看电视的我每天晚上都准时看新闻联播，关注疫情一线的消息。这时的我更加敬佩您的勇敢，剪去长发的你们是最美的逆行者。

明天就是您的生日，我给您精心画了一幅画，还给它起了名字叫"在一起"。意思就是湖北有了病毒，您和叔叔阿姨去武汉一起并肩作战，挽救生命，和武汉的人民站在一起，鼓励他们战胜病魔。我和爸爸虽不能陪您吹蜡烛吃蛋糕，但我们的心和您、和疫区的人们永远在一起。支持您，只要我们心连在一起，就没有战胜不了的困难。武汉加油！中国加油！

期待您凯旋！我要给您一个大大的拥抱。

您的儿子：任衍宸

2020年2月15日

我为有这样一个爸爸而感到自豪，却也深深地为您担忧

儿子写给武昌方舱医院医疗队队长爸爸

人物档案

收信人——爸爸：马永刚

武昌方舱医院医疗队队长、医学博士

写信人——儿子：马振轩

医学博士马永刚在疫情发生后，临危受命，在武昌方舱医院医疗队担任临时党支部书记、医疗队队长。他的妻子和儿子提前回阳信老家过年，儿子马振轩给他写信表达挂念之情。

亲爱的爸爸：

您在吗？如果您有时间，在您吃饭的时候，顺便打开邮箱，看看我这封信吧！

春节前腊月二十七的那一天，妈妈正在陪我写作业，忽然接到您的电话。您说武汉疫情暴发，您回不来了，需要留在武汉，诊治感染新冠病毒肺炎的病人。听到这个消息，我心里一下子乐开了花。往年回老家过春节，您总是督促我写作业，我玩也玩不痛快。今年我头上终于没了紧箍咒，可以开开心心地过春节了。

接下来的日子里，我玩得无忧无虑，却经常看到妈妈愁眉不展，总是一副心事重重的样子。有一次我听到妈妈和奶奶聊天，妈妈说武汉有一千多名医护人员被感染了，而且好几个医生都因为病情过重去世了。我的心情忽然沉重起来。我上网查找了新冠病毒的相关知识，

又浏览了最近的新闻,才知道武汉的疫情非常严重。我非常担心您,给您打电话询问情况,却总是占线。终于有一次打通了,您告诉我说您并不在一线,没有直接接触病人,让我不用担心您,您现在很好。可有一天,我忽然在电视新闻上看到了一位身穿防护服的医生,举手投足很像您,我仔细一看,白色的防护服上赫然写着的正是您的名字——马永刚!您还是像往常一样和病人亲切交流,谈笑风生,只是声音嘶哑了。我的泪水夺眶而出。我为有这样一个爸爸而感到自豪,却也深深地为您担忧。

新闻播出后,许多人在朋友圈给您点赞,我看到您回复说:没什么好称赞的,我是一个医生,这是我们的职业使命。我还看到了您的个性签名——苟利国家生死以,岂因祸福避趋之。

可是爸爸,新冠病毒太狡猾了,有的人没有任何症状,可他也可能是病毒携带者,会传染给别人,我们很难区分"好人"和"病人",更别提预防了。所以在一线工作的时候,一定要做好您自己的防护。我想,只有自己不被感染,您才有可能去帮助更多的病人。您说呢?请您放心,我会认真学习,帮着妈妈照顾爷爷奶奶和弟弟,请您安心工作。期待您早日健康归来,期待我们重聚的那一天!

此致

敬礼!

您的儿子:马振轩

2020年2月15日

"胆小"的妈妈却选择了去危险的地方

女儿致敬妈妈

人物档案

收信人——妈妈：杨凤蕊
山东大学齐鲁医院第四批援助湖北医疗队队员

写信人——女儿

"危险的时期,您却选择了去危险的地方。您是最勇敢的!我要以您为榜样,想您时也不哭,好好学习,安心等待!因为我相信,天使会平安归来,战士会凯旋!"山东大学齐鲁医院第四批援助湖北医疗队队员杨凤蕊的女儿写文向妈妈致敬!

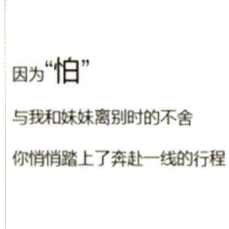

因为"怕"
与我和妹妹离别时的不舍
你悄悄踏上了奔赴一线的行程

因为"怕"
你忍痛剪掉了留了好久的长发

"胆小"的妈妈

2020年春节,是一个与众不同的节日。随着新冠肺炎疫情的暴发,成千上万的医护人员不顾个人安危,主动报名逆行奔赴湖北抗击病毒、抢救病患,为全国人民撑起了一把绿色的保护伞。

她们是"天使",更是"战士"。

我那"胆小"的妈妈也是其中的一员,她是齐鲁医院心内科的主管护师。因为"怕"与我和妹妹离别时的不舍,您悄悄踏上了奔赴一线的行程;因为"怕",您忍痛剪掉了留了好久的长发;因为"怕",再痛也要佩戴护目镜;因为"怕",从来不顾防护服的笨重与不适。

但是爸爸说,第一时间就报名驰援武汉抗"疫"援助医疗队时,您没有害怕;面对陌生工作环境只培训一天就进入武汉人民医院重症病房时,您没有害怕;穿着厚重的防护服,水不敢喝,厕所不敢上时,您没有害怕;饮食差异,睡眠不足引起的胃痛只能自己靠药物压制时,您没有害怕;高强度工作,生物钟紊乱导致日渐消瘦,更没有见到您害怕。就像您说的:有比我更害怕的人需要我,所以我不能害怕!

我知道了,妈妈,您没有怕。危险的时期,您却选择了去危险的地方。您是最勇敢的!我要以您为榜样,想您时也不哭,好好学习,安心等待!因为我相信,天使会平安归来,战士会凯旋!

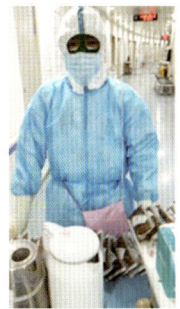

因为"怕"
从来不顾及防护服的笨重与不适

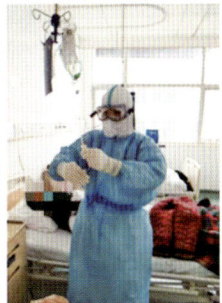

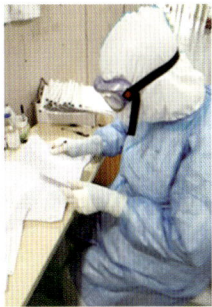

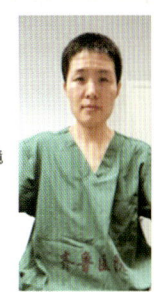

因为"怕"
再痛也要佩戴护目镜

我最爱的女超人，一定要早点回来呀！

女儿写给滨州市人民医院李学勤的家书

人物档案

收信人——妈妈：李学勤

滨州市人民医院耳鼻咽喉头颈外科护士长、山东省援助湖北医疗队队员

写信人——女儿：刘博雅

"凡为医者，遇有请召，不择高下，远近必赴。"李学勤是滨州市人民医院耳鼻咽喉头颈外科护士长，从医近30年，曾参与甲流、手足口病救治，有着丰富的危重症护理经验和医疗卫生管理经验。当新冠肺炎疫情来袭时，她主动请缨，第一时间报名参加了山东省援助湖北医疗队；在接到第二天启程援助湖北的通知后，她连夜收拾好行李，向同事交代好科室工作后，2月13日出发前往湖北省黄冈市。

伟大来自平凡，无畏者先行，无畏者伟大。这封信是李学勤女儿写给她的家书。信中，女儿希望妈妈在这段家人想她、忧她、叨念她的日子里，别太逞能，注意身体。愿疫情尽早结束，愿患者们早日康复，愿天下所有抗"疫"先行者们早些平安归乡。

亲爱的妈妈：

见字如面。

"千门万户曈曈日，总把新桃换旧符。"年终最为热闹的时节，你我相伴的日子却屈指可数。您总调侃，在我出嫁前，我再不会有这么久的时间能待在家里，也拍着胸脯保证，再过几日，等全国疫情好转就不会这样忙得不可开交，可以多陪陪我了。不曾想到，医院的通知突如其来，可谓意料之外情理之中。我知道再见您将会是春暖花开的时节。

犹记那夜灯火星云，我和爸爸谈笑如往，散完步回家，却只瞧见半满的行李箱和每个房间都亮起的灯光。您匆匆穿行，满怀的衣物已经告诉我：您就要去援助湖北一线了。开始其实是感觉有些亦幻亦真。幻呢，是从前的一点私心，想着您在家乡不必那么辛苦地直面疫情，想着您的体力和腰伤不会允许您像年轻战士那样出击，不相信您即将出发了。真呢，是您曾深夜跑到我房间来，为那些不幸逝去的病患们落泪；是您早早主动请缨，报名参加支援湖北医疗队。我十分理解您作为医者迫切的心情，很快接受了您即将出发的事实，陪您收拾适合出行的衣物，陪您天微微亮携箱包出发，陪您走到搭车启程的最后一步。只可惜不能为您分担接下来的辛苦。

大约有一周了，见不着那个常卧躺椅上的小小女人，却感谢视频通话，能每晚见到您稍带倦容却不失活力的脸庞。您笑着告诉我和爸爸，Tony 老师剪短了您最宝贝的头发，却意外发现发型还蛮酷的；日常嫌弃我和我爸拖过的地板、收拾的桌椅；怜惜家里刚冒叶的绿植总是忘记浇水；感激团风县的工作人员为你们的居所悉心打点；欣慰于此刻出院病例逐渐增多……您慢慢适应新的工作，我和爸爸的担忧也在慢慢减少。我想起在电影《料理鼠王》中的一句台词："Any one can cook. But only the fearless can be great."——伟大来自平凡，无畏者先行，无畏者伟大。从未料想过您会像新闻中的那些逆行者们一样，但是我完全理解您，为您祈福，为您自豪。

新闻时时播报"最美逆行者"的事迹——"口罩护目镜戴久了满是压痕""如何给护目镜止雾""山东医疗队馒头吃播"……原是平常医疗人员就会遇到的问题，或平常不打眼的小举动，在这个特殊时期读着尤为心酸和温暖：酸为他们忍耐心理和生理上超长的苦战，暖为他们超凡行为下藏着的那颗质朴的心。不过是艰苦工作也保持生活的一点仪式感，尽己所能救治病人，早些结束这场战"疫"，早些归乡再见家人。抗"疫"虽苦，生活却总能播撒片缕轻松在你们身旁；世人不易，鲁鄂联医，医患相慰，人情的美好与温暖更加坚定你们抗"疫"的决心。愿疫情尽早结束，愿患者们早日康复，愿天下所有抗"疫"先行者们早些平安归乡。

最后，妈妈，当您疲惫时随时 call 我，我随叫随到。希望在这段我们想您、忧您、叨念您的日子里，别太逞能，注意身体。酸酸的话藏在心里说不出口，千言万语只化为一句："我真的想您啊！一定要早点回来呀！我最爱的女超人！"

静待春暖花开，静候诸君归来。

女儿：刘博雅

2020 年 2 月 21 日

不要停下脚步，我们在您身后辅助

女儿写给滨州市人民医院孙艳青的家书

人物档案

收信人——妈妈：孙艳青
滨州市人民医院消化内科主管护师、山东省援助湖北医疗队队员

写信人——女儿：王春鹭

亲爱的妈妈：

您好。

屈指一算，我和您已经有五天未见了，您在湖北那边过得还好吗？

随着时代的发展，人们已经从书信转向用电话或手机上的社交软件互相交流了，但是我还是想用传统的方式向身在武汉的您表达最温暖的问候，因为爱是适宜用这样缓慢的方式表达出来的。

再过两天就是我的生日了，这是我第一个没有您陪伴的生日。您说让我拍一张美美的生日照片发给您。您放心，我一定会认真拍的，而且还穿着我最喜欢的衣服，梳着活泼的马尾辫，您可不要怀疑我开了美颜啊。

哦，对了，我还要带话给您，是妹妹，她很是心急，我写信的时候她跑过来，这样说道："妈妈，你能消灭病毒一直撑到三十天吗，你不会累吗？我送的饼干好吃吗？病毒什么时候才能消失啊？"她装作一副什么都知道的样子，真的很可爱。

我没有太多的话要跟您说，无非就是注意安全之类的。我想，爱是一种不用说出来就懂得很透彻的东西吧！不过您在上班很累很累的时候，一定要记住，我们一直在身后默默祝福着您啊。

最后，我想跟您说，在您为他人和国家服务的路上，在梦想的路上，祝您过得愉快。勇往直前，不要停下脚步，因为我们在您的身后辅助您。

您最爱的女儿
2020年2月17日

幼时扛过我的肩头，如今扛起家国重任

写给临朐县人民医院张雷的家书

人物档案

收信人——父亲：张雷
临朐县人民医院医生、山东省援助湖北医疗队队员

写信人——儿子：张正康
临朐一中高三四班学生

爸：

　　展信安好，见字如面。

　　春节本应是一年当中最祥和热闹的时候，然而今年一场突如其来的疫情，打破了节日的喜庆。年前，感染者的出现，让身为医生的您忙碌起来，日日夜夜，不辞辛苦，不惧危险，与病毒战斗。然而那时，或许是远离疫情严重地区，我没有太多感触，以为这不过是一场小规模的流感，就像一次台风、一次山火，我们很快就会战胜它。

　　后来，病例增长，新冠肺炎肆虐四方，形势严峻。我看到母亲为身为医生的儿子流泪，看到送医生支援前线的亲人，但我不曾料到，这些事离我如此之近。

　　2月12日，您在夜里接到通知，次日便要奔赴湖北一线抗击疫情。最初您告诉我这个消息时，我是激动的。我发自内心地敬佩并支持您，为我的父亲能在关键时刻挺身而出，在这个寒冬为国事发光发热而自豪。鲁迅的话不知您听过没有："我们自古以来就有埋头苦干的人，有为民请命的人，有舍身求法的人……他们都是中国的脊梁。"您用责任与担当给我上了人生最重要的一课，那幼时扛起过我的肩头，如今扛起了家国重任，您就是中国的脊梁！

　　随后，兴奋渐渐沉静，我开始担心您此行的安危。好吧，我很少当面对您说这种话。我目睹了亲朋好友对您的送别，奶奶为儿子出征而流下的眼泪，一切的一切都真实地在我身边

发生着。推心置腹地讲,我的情绪波动丝毫不亚于旁人。但和您一样,我也并不善于表达,可我决定:您若有事,我誓必从医,对病毒报复到底!

  大概我言重了。男人之间(别笑!我已经18岁了!)实在"无为在歧路,儿女共沾巾",而"大丈夫当提三尺之剑,立不世之功"。勉之!勉之!无论何时,请记住您身上寄托着我们一家的希冀、牵挂与支持,亦背负着神圣的使命与职责。此时此刻,一定有许许多多和您一样的人在战斗,我看见了你们的身影,记住了你们的行动,我为一切勇敢者而感动,又为我所牵挂者彻夜难眠。有你们在,胜利毫无悬念。

  我想我终于明白了,你的样子,就是中国的样子;明天的我,也是你。

  我们等你回家,爸爸。

  此致

敬礼!

2020年2月17日

您和他们有一个共同的名字"最美逆行者"

写给山大齐鲁医院（青岛）赵赞的家书

人物档案

收信人——妈妈：赵赞
山东大学齐鲁医院（青岛）全科医学科护士

写信人——儿子

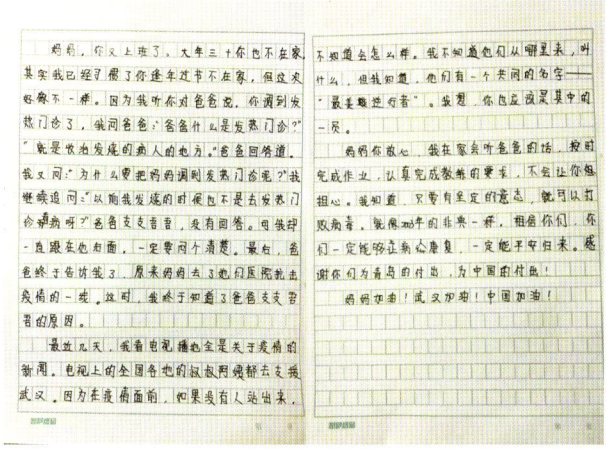

"妈妈，你又上班了，大年三十你也不在家，其实我已经习惯了你逢年过节不在家，但这次好像不一样……"2月8日元宵节这天，山东大学齐鲁医院（青岛）全科医学科护士赵赞收到了一份特殊的礼物——儿子的信。收到信的时候，赵赞刚刚下夜班。为应对新冠肺炎疫情，医院运行发热门诊、留观病房的同时，全院征集医生、护士到疫情防控一线。看到通知后，赵赞第一个向护士长报了名，她的理由很简单："我的孩子大了，其他护士的孩子都太小，当然应该我第一个上！"就这样，1月23日，赵赞成为发热门诊第一梯队的值班护士。

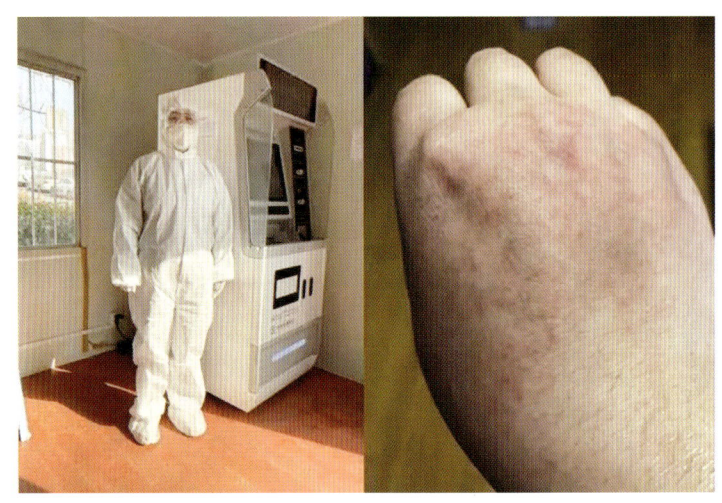

发热门诊是疫情防控的前沿阵地,要确保发热患者得到及时、规范、有效的预检和筛查。每天穿戴好全身防护装备的赵赞,憋闷的感觉时不时涌上心头,她不停地调整状态,为自己加油打气。长时间戴着橡胶手套,她的手有些红肿过敏,又痒又疼,但这些她没有和家人提起过,怕他们担心。

没想到儿子写信来关心妈妈。"信我看到一半就看不下去了。"赵赞说,发现枕头上的信时很欣喜,但打开读到一半,眼泪就忍不住了,"不是不想看完,是没有办法看完……"

儿子用写信的方式和她交流,这是第一次。在赵赞眼中,儿子是个非常内向、善良的小男孩,平时不善言语,只是默默地关心着家人。这次也是儿子把信写好后,悄悄地放在了她的枕头上,还和妈妈约定,这是娘俩的小秘密。

"估计孩子从电视上看到关于疫情的各种信息,虽然嘴上不说,但心里却很担心妈妈,采用了写信这种方式表达。"她很欣慰地说,"我的儿子长大了!"

吾儿学喜，在总攻的冲锋号中加油吧！

写给山东大学第二医院郝学喜的家书

人物档案

收信人——儿子：郝学喜
山东大学第二医院急诊重症主治医师、山东省援助湖北医疗队队员

写信人——父亲：郝春文

吾儿学喜：

正月初四始，咱村已是全体党员干部轮岗村口，严防死守，谨防病毒传播，我也在其中。节后，本该热闹的场所变得人迹罕见。病毒肆虐，国之灾难，苍天无眼。

我是初八得知你前去抗"疫"前线的，之前没有告知我。我深知你是孝子，自你母去世后，你们夫妻对我更加无微不至地关心。你们怕的是我孤独寂寞，精神悲伤，三天一电话，两天一视频，忙中抽时，常常回老家看望。然而，毕竟自古忠孝难两全。

国家有难，匹夫有责。职责所在，使命使然。你没有忘记医学生的誓言，没有忘记咱们是一个有三名共产党员的家庭。84岁的钟南山老先生都能亲临一线，当打之年的你有什么理由不冲锋陷阵，奋勇当前呢？

儿行千里父母忧。抗"疫"战线的凶险、艰难、困苦众所皆知，你报喜不报忧的心意我明白。但你须谨记，保护好自己才能更好地救助他人。

一定不可疏漏丁点患者变化，那相当于犯罪啊！

冬去春来，花儿将开。南湘雅去了，北协和到了，东齐鲁西华西会面了，在伟大的中国共产党的领导下，胜利到来为期还远吗？前线的勇士，在总攻的冲锋号声中加油吧！届时让我们共庆这沉重的胜利。我和轩轩祖孙二人安然无恙，无须挂怀。

父：郝春文

篇二

执子之手

若有需,我将像你一样为国而战

写给山东大学第二医院孔德晓的家书

人物档案

收信人——丈夫:孔德晓
山东大学第二医院副主任医师、山东省援助湖北医疗队队员

写信人——妻子:刘霞
山东大学齐鲁儿童医院医务工作者

山东大学第二医院孔德晓是山东省援助湖北医疗队的一员,妻子刘霞同样是一名医务工作者,在山东大学齐鲁儿童医院工作。这封家书是刘霞写给丈夫孔德晓的。信中最感人的话语不是父母、妻子、孩子的"我爱你",而是"家安好,请放心",是"只要前线需要,我也会报名加入,成为你们的一员,为国而战"。

亲爱的老公：

夜深了，老人都睡下了。通过网络，我已经把孩子白天的学习问题弄好了，才看到你的微信……远在武汉的你睡了吗？

从疫情爆出来的那一刻，我就知道作为党员的你一定会冲在最前面，而我能够做的就是安排好家里，不让你分心……尽管双方老人心里都百般不舍，但嘴上说出来的还是"放心、支持"！你知道吗，你走后咱妈嘴里和口角都长满了水泡和溃疡，吃不下睡不着，也不让告诉你……怕你担心！我已经给她用上药了，相信很快就会好的。

从结婚到现在十多年了，我们还是第一次这样分开。准备行李的时候，真恨不得所有的东西都让你带着，无奈箱子太小，时间太紧，从接到命令到离开只有一天半的准备时间。

因为担心在工作中接触病人可能影响孩子，一过了大年三十我们就把女儿和儿子放到姥姥家，虽然只隔一条马路，也只有每天晚上在网上见面了。临行时去跟孩子们告别，打开门的那一刻，他俩都扑过来，围着你，问这问那。你告诉他们："爸爸是医生，使命就是治病救人，在国家需要的时候更要有担当。""爸爸就是去武汉，那里的病人更需要我们。"知道吗？自从你离开后，女儿像是长大了，无论从学习上还是学着照顾弟弟方面，都用行为告诉我：爸爸不在的日子，这就是她的责任！

现在我也是我们医院新冠肺炎疫情防控医疗组成员了，我肯定会做好诊疗与防护的。时刻准备着，只要前线需要，我也会报名加入，成为你们的一员，为国而战。

医院领导们都很关心我们的生活，多次慰问及打电话询问家里的情况，让人感动。你们不是孤军奋战，不但有成千上万的白衣战士在并肩战斗，还有全国人民做坚强后盾。我们肯定能取得这场战"疫"的全面胜利。

凌晨一点多了，明天还要上班，就不多说了。你在武汉一定要尽全力救治病人，同时也要做好个人防护。我们在家盼你们早日凯旋！

想你的老婆刘霞

2020 年 2 月 12 日

叮嘱妻子总结积累经验

写给济南市济阳区人民医院重症医学科主管护师李风云的家书

人物档案

收信人——妻子：李风云

济南市济阳区人民医院重症医学科主管护师

写信人——丈夫：杨国亮

碰到只蜘蛛就一个劲地往后退，比孩子还能吵，却在面对这次严重疫情时，选择主动请缨。济南市济阳区人民医院重症医学科主管护师李风云让丈夫杨国亮钦佩不已。在这封写给妻子的家书中，他嘱咐妻子，在完成抗"疫"任务的基础上积累更多的经验，尤其是这种应急状态下的大规模疫情处置经验，希望妻子能做好记录，为以后科室的发展、医院的发展做准备。

亲爱的老婆：

2月8日，你接到可能会去支援武汉的消息；2月9日上午，你剪掉留了十多年的长发，下午你就义无反顾地登上了飞往武汉的航班。

自咱俩从高中相识以来，你给我的印象一直是柔弱、胆小，碰到只蜘蛛就一个劲儿地往后退，比孩子还能吵。而面对这次严重的疫情，你竟然选择主动请缨，迎难而上。真不知道你哪来的这么大勇气！

作为济阳区人民医院重症医学科的一名主管护师，你说的最让我难忘的话是，在没有家属的病房里，我们把病人当成自己的家属。这种理念深深影响了我，让我在从事飞机维修时，于无人处，将工作做到绝对满足手册要求；在进行飞机设计时，将背后细节做到无可挑剔。

作为一名老党员，你积极催促我入党，并告诉我，并不仅仅是因为你优秀才能成为党员，而是因为党员能使你变得更加优秀。去年，如你所愿，更如我所愿，我成为一名正式党员。

这次出征武汉，恐惧、害怕是正常的，但一定要用正确的心态看待它，借用毛主席的一句话——我们要在战略上藐视敌人，在战术上重视敌人。对待此次疫情，我们无须过于恐惧，但对于个人防护，必须确保万无一失。

另外，我还有两句话想对你说：

这次出征，先不说医院同事为你付出的人力、物力及精力，单就个人所冒的风险，也值得你在完成抗"疫"任务的基础上，积累更多的经验，尤其是这种应急状态下的大规模疫情处置经验。其他专业方面的知识我不懂，但是希望你能做好记录，为以后科室的发展、医院的发展做好准备。

你出征的第二天，医院及科室的领导就来到家里进行慰问，还带来大量的生活必需品。今天单位工会及科室的尹护士长又特地打电话了解双方父母及孩子的情况，真是无微不至。另外我们单位的部门领导及党组织也已经了解我们家的情况并在假期申请等方面给予特殊照顾，所以家里的情况你尽可放心，咱双方的工作单位想得比咱们自己还周全。

这次出征武汉，不是我们有视死如归的豪迈，更不是出于领导要求的无奈，而是疫情已让我们所有人退无可退。现在需要我们所有人精诚团结、众志成城，打赢这场战争。我相信你，更相信所有奋战在一线的医护人员，有你们必胜的信念和精湛的医术，疫情终将过去。

待樱花盛开之时，我定会带上你和孩子，再次踏上这片你曾经战斗过的地方，重温激情燃烧的岁月。

你的丈夫杨国亮

2020年2月10日

家安好勿挂牵，你在黄冈可安好

写给枣庄市中医医院田思强的家书

人物档案

收信人——丈夫：田思强

北京中医药大学附属枣庄医院（枣庄市中医医院）呼吸科副主任医师、山东省援助湖北医疗队队员

写信人——妻子：翁姣

2月7日，根据国家卫生健康委统一安排部署，山东大学齐鲁医院紧急组建131名医护人员组成的医疗队驰援湖北，队员们2月7日下午统一乘包机前往武汉。图为在机场举行的简短欢送仪式上，齐鲁医院医护人员挥动队旗，鼓舞士气。（卢鹏摄）

  这是一封来自北京中医药大学附属枣庄医院（枣庄市中医医院）田思强妻子翁姣的家书，她看到丈夫已全力以赴投入到救治病患的工作中，心中十分欣慰。作为妻子的她，为丈夫舍小家，顾大家，心系家国的高尚情操自豪！既然选择了医生这个职业，就要脚踏实地无怨无悔地去奉献！她告诉丈夫，现在家中一切都好，无须挂牵。

亲爱的思强：

　　时间好似急速流淌的小河，转瞬之间，距今年1月28日你赴湖北省黄冈市大别山区域医疗中心抗击疫情已过半月。千般思念，万般挂牵，浓缩成八个字：你在黄冈一切安好？

　　1月28日17时30分，随着济南遥墙机场赴湖北专机起飞，我依依不舍的心就开始七上八下，牵挂之情难以言表。好在2月4日，我从你所在单位疫情防控宣传组发的《驰援湖北的忠诚坚守——记我院田思强同志的七昼夜》一文中知道，你在到达黄冈的第二天上午，第一时间向党支部提交了入党申请书，自愿接受党组织在防控疫情战斗中的考验。在经过紧张有序的岗前培训后，你在2月3日救治了3个危重病人，查房住院患者20余人。看到你已全力以赴投入到救治病患的工作中，我心中十分欣慰。作为妻子，我为你能成为山东省援助湖北医疗队的勇士骄傲！我为你舍小家、顾大家，心系家国的高尚情操自豪！医者仁心，大爱无疆。你既然选择了医生这个职业，就要脚踏实地无怨无悔地奉献。我现在最想告诉你的是，现在家中一切都好，无须挂牵。

　　在你奔赴湖北的第二天，获知消息的亲朋好友，要么打电话，要么登门安抚我，询问家中有什么困难，他们能提供何种帮助，纷纷伸出援助之手。党组织、院领导、亲情、友情蜂拥而至，让我倍感温馨。

　　目前，疫情还在不断蔓延，形势依然严峻。作为逆行者的你任重道远。这场全民参加的战"疫"，让我们经历历史、见证历史、书写历史。多难兴邦，我们中华民族从不畏惧，我们选择的永远是勇敢、坚强、担当！面对疫情恶魔，中华儿女这次决不会低头。这一世，我与你共患难风雨同舟。我听见，出发前众人高唱满江红；我看见，14亿双手撑起黄鹤楼！

　　远在异乡与疫情搏杀的你：每个寒冬都会过去，每个春天都会如约而至。我期盼疫情早日结束，期待你凯歌高奏，平安归来！

爱妻翁姣

2020年2月12日

请原谅我不能守候你身旁,因为有更多的人需要我

山东大学齐鲁医院薛友儒致妻子

人物档案

写信人——丈夫:薛友儒

山东大学齐鲁医院外科专业主管护师、山东省第三批援助湖北医疗队队员

收信人——妻子

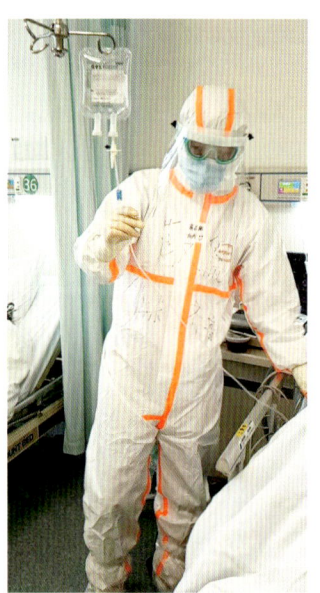

"人生在世,有三件事不能避:为民请命不能避,为国赴难不能避,临危受命不能避。学医8年,ICU工作4年,此刻支援武汉、抗击疫情就是我们这一代医者的使命,是我们的责任担当。"2月6日,山东省第三批援助湖北医疗队队员、山东大学齐鲁医院外科专业主管护师薛友儒给自己怀孕6个月的妻子写信——等我回家,让我给你剪指甲。

等我回家，让我给你剪指甲

这是来武汉的第5天，昨天晚上你发微信说，现在怀孕快6个月了，提不了重物，走路也是小心翼翼，做不了饭，也闻不了油烟味，而在晚上洗完脚后发现自己已经够不到脚指甲了，甚至脱衣服都有些困难。你还开玩笑地说自己是"肩不能扛手不能提"。思索良久，我给你回了三个字：慢慢来。

因为我确实想不出来应该跟你说些什么，跟你聊武汉的情况，怕你担惊受怕。我不敢问你每天是怎么上下班的，也不敢问你是怎么穿衣、做饭的。我甚至不敢去想。

但是此刻，国家有难，民族有难，容不得我有半点迟疑和犹豫，每个人都是这场战"疫"的奋斗者。人生在世，有三件事不能避，为民请命不能避，为国赴难不能避，临危受命不能避。学医8年，ICU工作4年，此刻支援武汉，抗击疫情就是我们这一代医者的使命，是我们的责任担当。疫情就是命令，防控就是责任。所以请原谅此时我不能守候你身旁，因为有更多的人需要我。

即将出生的宝贝，也请你原谅我。如果你出生时我能陪在左右，说明我们在这场没有硝烟的战争中取得了胜利，平安而归。如果我没能看着你出生，更请你原谅，因为我有更重要的事情需要去做。那么，请你坚强、勇敢、自信、乐观，待到春暖花开之时，愿我们能够摘掉口罩，带你去呼吸最新鲜的空气，看武汉最炫目的夏天！

我们等你

写给山东省中医院重症监护室医生郝浩的家书

人物档案

收信人——丈夫：郝浩
山东省中医院重症监护室医生

写信人——妻子：侯晓

见字如面，纸短情长。也许临行前有许多话还没说，也许有很多心意因为含蓄还没表达……山东省妇幼保健院产后康复科的侯晓选择用书信方式，向奋战在黄冈大别山区域医疗中心的老公诉说："待到春暖花开，我们全家一起去看樱花，吃热干面，登黄鹤楼，去大别山看看你们战斗过的地方。"这是侯晓在家书里与丈夫的美好约定。她在信中告诉丈夫，现在家中一切安好，父母康健，孩子乖巧。领导和同事们也都很关心自己的小家，多次送来慰问与鼓励。希望丈夫一定要做好防护，安心战斗，不负众望，平安归来。

亲爱的老公：

展信安！

现在这个时间你应该正在重症监护室忙碌着，给宝宝录制的视频希望你下班后能第一时间看到。距离你离家奔赴黄冈已经19天了，我们都很挂念你。作为不同医院的一线医务工作者，春节值班是常事，而今年是结婚十年来第一次一起回老家过年。大年三十那天我们开车刚到寿光，还没来得及陪老太太吃上一顿饺子，你就接到了援鄂医疗队集合的通知。放下电话，来不及道别，我们就匆匆返济。一路驱车，我们沉默不言，只有尚不懂事的孩子看到远处的烟花说："妈妈，今年咱们在高速路上过年了。"那一刻我心里一颤，不禁泪如雨下。其实前路有多艰难，你我心里有数，但我也明白，心中纵有千般不舍，也敌不过你眼中的笃定和坚毅。

回到家中已是深夜，一夜无眠整理行囊，脑中一片空白，不知道该准备什么好，恨不得把全世界都装进小小的行李箱……直到第二天接到出发的正式通知之前我都是懵的，而你却异常平静。单位电话催你到医院整理防护用品，你却将车开到了父母家。你说要去看看爸妈和孩子，抱起儿子，你眼角闪烁着泪光，用颤抖的声音说，咱们照个相吧。那一刻我才明白一个父亲对孩子的爱有多么深沉，我也明白了你现在何尝不是跟我们一样忐忑和担忧——毕竟父母年逾花甲，孩子尚幼，你是家里最坚实的支柱。

我没敢送你去机场，也没好意思给你一个拥抱，"煽情"的桥段我们都没有，甚至没多嘱咐几句注意防护。看着送你们的车开远，我泪水再也止不住了。回到家中擦干眼泪，收拾心情，第二天我也回到了工作岗位。作为一名党员，作为一名医务工作者，我们都要牢记医者初心，不忘健康使命。你在前线救治病人，我也要在自己的岗位上担负防疫任务。

记得初到黄冈，和当地政府对接以后，山东医疗队决定进驻大别山区域医疗中心。一开始我们都为你们捏着一把汗，气候不适，物资紧张，基础设施有待加强……但是大家都挺过来了。医疗队众志成城，攻坚克难，主动请缨，迅速投入到黄冈"小汤山"——大别山区域医疗中心的改造工作中。你们在最短的时间内，细致准备，规范流程，开辟"战场"，收治病人。每天在各大媒体上看到你们的捷报，心中的担心转为崇敬和感动。每天短暂的通话和视频，你少有地和家人聊起了工作，聊医院发生的事情。见惯了生死和人情冷暖的ICU大夫，此刻也被身边的每一个人感动着，激励着。

现在家中一切安好，父母康健，孩子乖巧。省中医、中医药大学还有省妇幼的领导和同事们也都很关心我们这个小家，多次送来慰问与鼓励，所以你一定要做好防护，安心战斗，

不负众望，平安归来。要记得爱才是你最强大的后援和支持，这份爱来自亲人，来自战友，来自黄冈人民，来自山东父老，来自强大的祖国。

新型冠状病毒肺炎纵然肆虐，但是有你和千千万万像你一样的英雄挡在疫情前方，我们很安心。生活处处皆是战场，有你们这群铁骨铮铮的逆行者，这场没有硝烟的战争，终将取得胜利！"岂曰无衣，与子同袍"，"山湖"与共，战"疫"到底，我们等你！

老公，孩子刚刚和我说出征前你们有个秘密约定，他让我告诉你他在家很听话，不出门，勤洗手，多锻炼，多休息，这样疫情就会早日结束，爸爸就会早点回来。他还说你要满足他一个大大的心愿：待到春暖花开，我们全家一起去看樱花，吃热干面，登黄鹤楼，去大别山看看你们战斗过的地方。加油郝浩，加油黄冈，加油中国！

借抗疫歌曲《只为那一身白衣》共勉。
我是谁的父母，又是谁的儿女；
转身那一瞬，懂得平凡和伟大的意义。
每当走进这里，总会选择别离；
我与生死危难，总有近在咫尺的距离。
我是你的爱人，是你捧在手心的妻；
熟悉那白衣，诠释生命和亲情的意义。
选择来到这里，总要面对委屈；
我与团圆相聚，总有咫尺天涯的约期。
我也知家中有你，我也懂骨肉相依。
却在离心脏最近的地方，不离不弃。
我也梦时刻相伴，我也想欢声笑语。
却在亲情最远的地方，笑出了泪滴。
你的平安，是回家最近的距离。

妻 侯晓

2020 年 2 月 12 日

等我凯旋那天，还你一个最深情的拥抱

淄博市中西医结合医院张晶来信致家人

人物档案

写信人——妻子：张晶

淄博市中西医结合医院重症医学科护士、山东援助湖北医疗队队员

收信人——丈夫

亲爱的老公：

结婚10年了，还没有以这种方式和你聊过天，说过话，感觉很奇怪但又很真实，仿佛你此刻就陪我在千里之外的武汉，正陪我奋战在抗击疫情的主阵地，日夜守护着同胞的生命安全。有了你的"陪伴"，我的夜晚不再漫长，我不是一个人在战斗！

刚过完元宵节，我就接到命令，出征武汉。短短半天的时间，火速集结，与你和孩子们告别得太匆忙，甚至连个像样的拥抱都没来得及。尽管早就做好了出征的准备，可当这一刻真的来临，我的内心还是紧张、激动、不舍……复杂的情绪充斥其中。还记得除夕夜，刚接到医院备战的命令，作为一名重症医学科的护士，前方需要从事重症护理专业人员，那边有很多人正等着我们去救命，然而看着两个年幼的女儿，我有片刻犹豫。正当我矛盾之时，在一旁的你仿佛读懂了我的内心，坚定地说："你去吧，家里有我和爸妈。"正是因为有了你的这句话，坚定了我报名的决心。我马上给护士长发了信息：我要报名参战！

很快，我就接到了加入支援湖北医疗预备队的通知，要求做好准备，随时出征。全院、全科那么多优秀护理人员，我能有幸被选中去一线参战，自豪感油然而生。当你听到这个消息时，脸上并没有如我一样的兴奋。作为最亲近的人，自从我报名备战以来，你就时刻关注着武汉疫情消息，每当看到形势严峻的新闻，你脸上都会浮现出一丝忧虑。我知道那是又对我多了一份担心。你默默帮我准备各种生活用品，大到衣服，小到牙膏、牙刷、指甲刀，只要想到的，就赶紧买回来放到行李箱里。

接到去支援湖北的通知是在凌晨三点，对你和孩子的不舍让我五味杂陈。你在一旁帮我收拾行李，此时的你反倒比我多了份淡定，反复地叮嘱我："纸尿裤我给你放在这个箱子里了，你别忘了。""爸妈给你做的腊肠，给你放在这里了，饿了可以拿出来应付下……"

只有半天的准备时间，匆匆参加完医院和市里的送行仪式，我们都没空好好说句道别的话。当我踏上征程的那一刻，隔着车窗和你挥手告别，眼里的泪水终于忍不住夺眶而出。亲爱的老公，孩子和父母就拜托给你了，此去我一定会好好保重，顺利完成任务！

来到武汉三天了，每天我都在紧张地救治护理病人，忙得没时间和你们联系。虽然远隔千里，虽然没有联系，但我能感受到我们的心是在一起的。我无时无刻不在想念着你和女儿们。咱们的大女儿乐乐还有几天就要过生日了，本来答应她这个生日要给她买漂亮的蛋糕、一起唱生日歌的，看来要食言了。宝贝女儿会不会怪妈妈说话不算话？应该不会的！记得临行前，乐乐懂事地跟我说："妈妈你是英雄，你有很重要的任务去完成，我在家好好听话，等你回来！"

咱们的二女儿佳佳才两岁多，还不懂事，不知道妈妈要去执行任务。临走时，她只知道拽着我的衣服不让走，哭喊着说："妈妈，不班儿！"让我安心的是，从你给我发来的视频里看到她们都很懂事。只是，当听到佳佳咿咿呀呀地说："妈妈，班儿了。"我泪水再也忍不住了，我知道那是她想我了。

你是个不善于表达感情的人，从来都是默默地关心支持着我。来武汉后，你反复给我发的消息就是：一定要保护好自己，照顾好自己。家里有我，你尽管放心。因为身在救治的第一线，我经常都是半夜才看到你的信息，又怕耽误你和孩子们休息，就忍住对你们的思念，白天抽空再发。错时的联系，也隔不断我们的牵挂。我觉得我们的心更近了。

出征那天，由于时间紧迫，我欠你个拥抱，等我凯旋的那天，一定会还你一个最深情的拥抱。

我最亲爱的家人们，等我平安归来！

我们将在最美的春天再团聚

一位血站人写给援助湖北医疗队丈夫的家书

人物档案

收信人——丈夫：王连森

山东省疾控中心工作人员、山东援助湖北医疗队队员

写信人——妻子：王凤田

山东省血液中心检验科员工

王凤田是山东省血液中心检验科一名员工，在新型冠状病毒肺炎疫情发生后，一直坚守岗位，春节期间与科室同事一起放弃休假，保证采供血工作的顺利开展，并主动替家远的同志上班，让他们回家与家人团聚。她的老公王连森同志在山东省疾控中心工作，于2月11日作为我省援助湖北第九批医疗队队员出征黄冈，投身战"疫"一线。而她弟弟一家定居在武汉，弟媳妇是一名护士，一直奋战在新冠肺炎重症病人救治的最前线。身为两个孩子的母亲，还有两位至亲奋战在千里之外的战"疫"一线，这些都丝毫没有影响她对工作认真负责的态度，丝毫没有耽误她对孩子的照顾。她一直默默奉献在采供血工作一线，而她常说的一句话就是：这都是我应该做的。

老王：

  时光荏苒，岁月如梭，当年开玩笑喊你老王，喊着喊着已快20年了，我们已在不知不觉中步入中年。现在我们虽然没有了年轻人的浪漫，不会腻腻歪歪将爱挂在嘴边，但是这么多年的风雨相伴，我深深知道你爱得深沉，也对疾控人的责任担当和诸多不易感同身受。

  2020年2月11日，一个平凡的上午，我像往常一样在上早班，实验结果刚出，还没收拾打扫实验室，突然接到你的电话。你说一个小时后就要走了，去黄冈，东西都收拾好了，什么都全，家里该储备的东西也都准备好了。之前你怕我担心，一直没和我说具体出发的时间。但是你从大年初一开始就一直处于待命状态，随时准备出发去抗"疫"一线。我也是做好了充足的思想准备的，但没想到这一刻真正到来的时候，还是感觉这么茫然失措。我急匆匆赶到你们单位时，你们已经列队完毕，整装待发。听着单位领导和同事们关切的嘱托，看着单位准备的一包包防护用品和队员们坚毅的眼神，我镇静下来。疾控的工作性质不是一向如此吗？这些年非典、禽流感、甲流感、抗震救灾、抗洪救灾等突发公共卫生事件，你也参与了不少，也算是久经沙场的老将了。这次不过就是出一次稍微长一点的差而已，有什么可担心的呢？我就这样一直默念着，安慰心底的那个自己。

  老王，家里你一点都不用担心。武汉疫情严峻后，晓（武汉的弟媳妇）被抽调到呼吸科工作，咱妈和弟弟很紧张。他们的紧张情绪也传染了我，你不在身边，我也不由自主紧张起来。单位很多同事都很关心我，问我在武汉的弟弟家的情况，有没有事？有没有缺防护用品啊？有没有缺吃缺喝啊？各种防护知识及疫情信息总是第一时间发给我，宽慰我吉人自有天相，肯定会平安的。

  知道你去黄冈后，大家纷纷伸出援手，好多同事来和我说要替我上班；好多人发微信打电话说有困难有需要尽管找他们，能帮忙必竭尽全力；好多人说家里买东西不方便他们可以帮忙买了送到家里；好多人说帮我看孩子，致

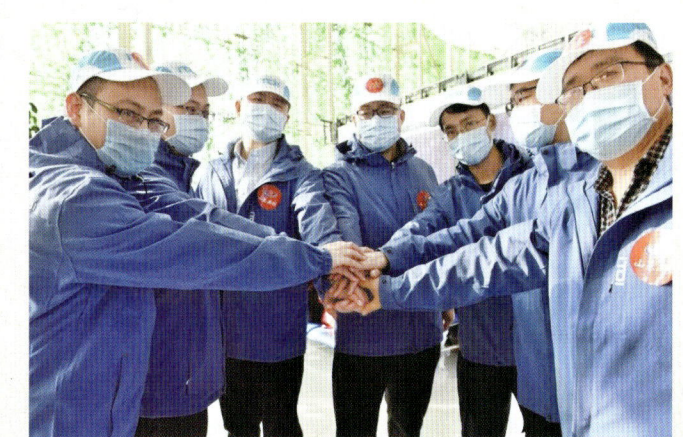

敬祝福的话更是无数,听得我心里暖暖的。但我还是婉拒了——我还是以前的那个我,只不过是你换了个远点的地方工作而已,玥玥也大了,也能帮着咱爸照看小海豚。通过这件事,我感受到身边亲戚、朋友、同事、领导真挚的关爱,感受到我单位、你单位和社区送来的满满的温暖。2月14日,对我来说是个特别特别难忘的日子,疾控中心党委闫书记、工会成主席、人事科郭科长和检验科陈科长等一行六人,到咱们家来慰问。由于疫情的特殊性,他们都没有进门,而是贴心地站在院门口和我们交流。

你知道我们血站人多么有爱心吗?新冠肺炎疫情发生以来,面对日益紧张的临床供血形势,中心党委号召全体党员干部职工积极投身疫情防控和采供血前沿阵地,短短半个多月就有60多名党员干部职工、19名职工家属参与无偿献血,73人次职工参加无偿献血志愿服务。

血站人忘我工作、积极奉献的精神鼓舞着我、感召着我。我在参加业务三支部党员活动时,自愿献血,并写了请战书。你知道,我也是名党员,还是流行病与卫生统计专业病毒学方向的"高材生",在省胸科医院工作时多年负责院感防控,也负责过甲流感的防控,现在在我们中心检验科一直负责科室生物安全,无论是专业、工作经验,还是党性觉悟,我和疫情的对战从未远离。面对疫情,如有召唤,我也会毫不退缩,必定白衣执甲,尽我所能,为战"疫"奉献自己的绵薄之力。至于家里,咱爸和宝贝们都特别支持我的决定,如果我有机会去前线,帮助像我弟弟家一样的疫区人民早日摆脱疫情,即使他们的负担重一些,他们也会以我为傲。想必你肯定也愿意和我并肩作战的,不是吗?

和你聊天,你说我们再见时必已是春暖花开,忽然有点泪目。是啊,那时必定疫情已去,山河无恙,人间皆安,我们家将在最美的春天里再团聚,那将是多么美好啊!期待那一天早日到来——那一天一定会很快到来!

129

执子之手

等你回来，我要给你养出幸福肥

写给山能淄矿中心医院重症医学科张玉荣

人物档案

收信人——丈夫：张玉荣

山能淄矿中心医院重症医学科主管护师、山东省首批援助湖北医疗队队员

写信人——妻子：高雪

山东能源淄矿集团中心医院重症医学科护师

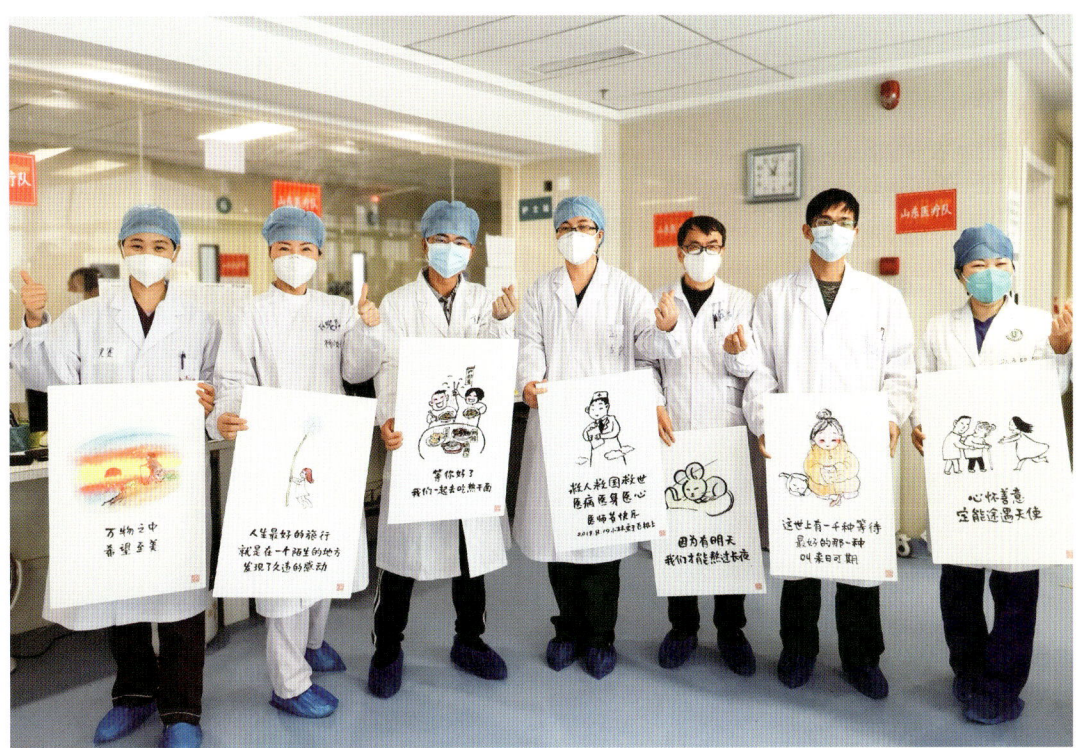

2月23日，129幅小林漫画走进大别山区域医疗中心南楼四层感染隔离病房。（元玢、王凯报道）

亲爱的老公：

夜已深，人亦静。看着身旁熟睡的俩儿子，我思绪万千，想与你说些什么，却不知道从何说起……

记得我曾跟你抱怨，你从来没有写过情书，从不曾用文字诉说你的感情。现在让我用这种方式诉诉衷情。

虽然你已经在黄冈工作了一个多月了，但你出发那天的情形我依然记忆犹新。去医院送你时，我告诉自己不能哭，不能影响你奔赴一线的心情，但看着你上车出发时，我没控制住自己。

在手机里看到你满是勒痕的脸，那一刻内心近乎崩溃，这样很疼吧，怎么样才能缓解呀？考虑到你一向紊乱的生物钟，我不敢打扰你，生怕影响了你的休息，降低了免疫力。你说你在那里吃得饱，住得好，一切都好，工作四小时轮班，不累。然而我问你瘦了吗，你答瘦了十斤了吧。听到这里我就告诉自己：等你回来，我要给你做好吃的，给你养出幸福肥来。

记得那天你说，你的头发长了，要理发，问我：剪个毛寸还是光蛋？我说：光蛋吧，那样省事，但那可是考验颜值考验头型的发型呢。你笑着回我：我的头型绝对无敌。然后你就给我发了个光头的照片。其实看到照片那一刹那我潸然泪下，但我依然故意打趣道：你的头型真丑，脸更长了，回来我给你个假发戴上吧。其实老公，你不丑，那样更帅了，你依然是我心中的王子，更是我心中的英雄。

老大会时不时地问我："爸爸什么时候回来呀，爸爸那里黑天了吗？"他还会拿着地球仪让我告诉他你的位置。我知道，他是想爸爸了。睡前他依然会听故事，听着听着我俩睡着了，不似从前，没有人喊我起来洗漱，也没人关掉故事机。我一觉醒来看着本来属于你的位置是空的，又提醒着我你还未归。那一刻长夜寂静，思念更深，我又开始怕你没做好防护，怕你吃不习惯，怕你想念我们分心。

因为你去了前线，院领导时刻关心着我们的小家庭，为我们准备新鲜果蔬、生活必需品，不停地跟我说："家里有困难一定要跟院领导反映。"

休整后你继续工作，你说工作量已经减少了很多，要我放心。我知道你在宽慰我，毕竟二宝才四个月，需要母乳喂养。

你是逆行者，你更是我们娘仨的依靠。希望你在前线努力拼搏，期待着春暖花开，疫情消散，你平安归来。

我说你关注疫情胜过家人,你说那是你的职责

写给滨州市人民医院崔红红的家书

人物档案

收信人——妻子:崔红红
滨州市人民医院护士

写信人——丈夫:白云鹏

"你好多次眼中含着泪水,却依然微笑,让我安心。真是个傻姑娘!""看着镜头里你的样子,心疼得不得了,你却笑着对我说没关系,睡一觉就好了。"从中学起,两个人从陌生到相识,从相知到相爱,从爱人到亲人,彼此的一个眼神都能懂得是什么意思。30岁的白云鹏和妻子崔红红已经相识15年,这一次作为医护人员冲到第一线的妻子让他对她有了新的认识。

华中科技大学同济医学院附属同济医院中法新城院区,忙碌的山东省第三批援鄂医疗队队员,他们2月2日驰援武汉,已有一个多月时间。(卢鹏、李洪振报道)

亲爱的老婆：

　　30岁的我们已经相识15年，却从来没有给你写过信。人常说：以前车马很慢，一辈子只会爱一个人，而其实，车水马龙的现在也难以磨灭你我对爱的执着。

　　当大年三十你告诉我，武汉出现了严重的疫情，可能去支援前线时，我以为那是你说的一句玩笑话——你那脆弱的身体怎么受得住？你说你看到病人打心里疼，你想帮助他们，想拉他们一把。当通知下来时，你积极地报了名，那么坚定，义无反顾。你没能赶上第一批，心里有些焦虑，从那以后每天关注着疫情。我有时笑你比关注家人还上心，你却说那是因为你有这样的职责。我说你不是党员，人家都是党员才会去的。你说你会时刻准备着！你多次向院领导、科领导主动请缨，告诉他们你的条件多么合适：没有家庭负担，并且你是呼吸内科的，专业对口，还参加了第一批的专科护士学习……

　　看到你心急如焚，我们也渐渐理解了你，懂得了你的那份担当、责任。终于，由于疫情的需要，更由于你的真诚打动了领导，你终于踏上了那片战场。我们不约而同地选择微笑面对彼此，轻轻地挥手，我知道这样可以掩饰心中的不舍和担心。本想抱抱你，却被送行的人流隔开。当出征的车辆缓缓开动之时，我偷偷流下了眼泪，这眼泪中包含了太多，心中更是五味杂陈。

　　你到那里的每一天，我也变得更加地关注疫情，时刻关注你在的地方确诊病例多少，治愈多少，疑似多少。每一天都会给你留言，要你注意防护，要你报个平安，每一天都会想你。

　　被汗水打湿的头发黏在一起；由于长时间佩戴口罩和护目镜，原本光洁的脸上多出了深深的勒痕；由于经常用消毒水消毒，手更是变了颜色。看着镜头里你的样子，我心疼得不得了，你却笑着对我说没关系，睡一觉就好了，你所付出的都是值得的。你好多次眼中含着泪水，却依然微笑，让我安心。你真是个傻姑娘！

　　咱们儿子也是坚强的，每一次你问他想你没，他都会摇摇头，却不知他多少次在睡梦中醒来，要找妈妈，甚至说梦话也在叫着妈妈。但他知道妈妈去对抗病毒了，就像奥特曼打小怪兽，妈妈一定会得胜归来的。

　　既然选择了远方，便只顾风雨兼程。

　　外面起风了，料峭中夹杂着些许的温暖，春天真的要来了。同时似乎也预示着这冰冷的疫情即将退去。

　　未来可期，我会和儿子一起在家里等你平安凯旋！

　　想你！

爱你的老公：白哥
2020年2月19日凌晨

我又给儿子撒了谎

写给滨州市人民医院张盼盼的家书

人物档案

收信人——妻子：张盼盼
滨州市人民医院医护人员

写信人——丈夫：张海峰

老婆：

  今天是你离开家的第25天，在这些天里，我无时无刻不在担心着你。我没敢对儿子说你去了哪里、去干什么，我知道他还小，听不懂，但我更怕他听懂，那时我就不知道该怎么去安慰一个6岁的孩子。

  "妈妈什么时候回来啊？""快了，妈妈在那边忙完工作就回来。"看着儿子稚嫩的脸，我忍不住对他又撒了一个谎。

  孩子应该意识到了不对劲，从出生到现在，妈妈从来没有离开他这么长时间，从来没有这么长时间不回家。有几天我下班回家后，孩子的爷爷奶奶告诉我说，孩子早上会有一段时间闷闷不乐，也不是生病，不吃饭、没有精神，时不时会抱着爷爷奶奶撒娇，偶尔小声地问："奶奶，妈妈呢？"

  其实，每当孩子问起妈妈时，都是我心里最难受的时候，但是在这个特殊时期，舍弃小家顾大家的人千千万万。他们很多人跟你一样放弃在家和家人团聚的机会奔赴湖北一线抗击疫情，他们很多人也不得不放下嗷嗷待哺的孩子和需要照顾的老人奔赴湖北一线。

  我知道你这是在参加一场没有硝烟的战争，甚至比真正的战争还要残酷，因为你们的"敌人"看不见、摸不着。要打赢疫情防控阻击战，就要求在一线的医务人员全身心投入到救治工作中去，我不能让你为家里事分心。我会照顾好孩子，打理好家里的事情，你不用再担心。

  老婆，你在前线干好工作的同时要保护好自己，我和孩子在家等你平安归来。

  春天会如约而至，疫情总会过去。老婆，向你致敬！向工作在前线的英雄致敬！中国加油！

张海峰

遗憾拥抱太少，我要拥抱凯旋的你

写给山一大一附院查子慧的家书

人物档案

收信人——妻子：查子慧
山东第一医科大学第一附属医院重症医学科护士长、山东省援助湖北医疗队队员

写信人——丈夫：张亮

　　山东第一医科大学第一附属医院的查子慧在湖北度过了四年的大学生活，这里也是她的第二故乡。1月24日，得知召集山东援助湖北医疗队，她立马报了名，并于25日夜间随队来到黄冈，全身心投入到抗击疫情的战斗中。2月24日，根据相关部门安排，包括查子慧在内的山东首批援助湖北医疗队全体医护人员撤离，异地轮休。这封信是查子慧丈夫在2月14日写给她的家书。信中的叮咛嘱托与祝福如此真切，读来让人感动感慨。

亲爱的媳妇：

考虑了很久还是想把给你说的话写下来。首先要告诉你，两边爸妈身体都好，也都很注意疫情防护，孩子虽说顽皮，但越来越懂事了，按你之前的计划每天都陪他学习成语故事和英语。家里的事你放心，我正在努力地接起你留下的"摊子"。你专心工作，做好自我保护，家里人希望你在黄冈安康。

2月22日是我们相识十周年，原本那天想我们两个再去第一次见面的咖啡馆坐一坐，追忆一下这十年的过往，看来是赶不上了。现在只希望你在黄冈安康，早日凯旋。

我还记得第一次我们见面，你说对我的印象；第一次互发信息；第一次相约游趵突泉公园；第一次看电影；第一次你带我回家，在姥姥家的四合院一家人谈笑……这里面都有值得回忆的属于我们的小故事，回想起来还是像刚发生过，但摸着自己的啤酒肚，才清楚感觉到，这一晃已有10年了。媳妇，希望你在黄冈平安，早日凯旋。

你发信息告诉我，现在最想干的事就是带着儿子，不用戴口罩到泉城广场、泉城公园转一转。等你归来，我们带着儿子再去初次见面时的那家咖啡馆，再去泉城广场、趵突泉公园，再去好好看场电影；等疫情过去，带着儿子去武汉吃碗热干面，你给他讲讲你在武汉上学的故事，讲你去黄冈抗击肺炎，战胜疫情的故事。这些年，由于我们两个工作的原因，都没有留出时间去休闲旅游过。世界这么大，我没去过北京，没去过西安，没去过重庆，没去过广州，没去过港澳……我想和你去转转。

在你走后，每天看到疫情的变化，尤其是听说医院是临时启用，前线防护物资紧缺，每天都在想着让你赶紧回来。你们单位同事常打来电话慰问家属，为解除我们家人的后顾之忧，单位每周都派同事过来慰问，让家里老人也放心了很多。最开始见到你三天只睡了八个多小时的新闻，看到你坚持做完消毒咳到快窒息，我和爸妈都难以控制情绪。经过济南人民的努力，济南的情况正往好的方向发展。国家高度重视，加上一线人员的努力付出，疫情一定会控制。

从相识结婚到现在，在我印象里清楚记得只有两次深情的拥抱，第一次是在我们的结婚典礼上，那一抱我们一起走过九年；第二次是今年正月初一2020年1月25日你援助湖北，从济南出发去武汉时。这一抱，我送你完成使命。接下来的拥抱等我去接你回来的时候！还有很多话想说，怕影响你情绪，千言万语还是希望你在黄冈安康，等你回家！

爱你的老公 张亮

以前错过的我会用一辈子给你补过

写给山大二院普外科李恋恋的家书

人物档案

收信人——妻子：李恋恋
山东大学第二医院普外科医护人员

写信人——丈夫：姚金明

　　丈夫的三个"我懂"满含对妻子的爱和理解。在这封写给山东大学第二医院普外科李恋恋的家书中，丈夫说，我在心里默许，等你长发再次飘飘，我们带着孩子去你战斗过的地方瞧瞧；我在心里默许，等你回来我要带你去济南每一个美味的旮旯小馆，陪你吃个遍；我又在心里默许，等你回来我一定给你补上——不止这一个，以前错过的我会用剩下的一辈子给你补过！

靓仔：

　　见字如面！今天是你去武汉的第六天，我却像度过了漫长的六年，每天等着盼着和你在微信里聊上几句，只有这样，我才能心安！

　　结婚12年，咱俩第一次像这样分开，相隔981公里，不知道要分别多长时间。但是相信疫情终究会过去，再见面我们都还平平安安！

　　送你走的那天，看着你在机场转身而去不敢回头的样子，我懂。我在心里默许，等疫情过后你返程的那天，我一定给你一个紧紧的拥抱，像迎接凯旋的战士一样，久久不会分开！

　　看着你发给我的自诩"靓仔"的光头照片，我懂。我在心里默许，等你长发再次飘飘，我们带着孩子去你战斗过的地方瞧瞧，告诉她妈妈曾经和许许多多像她一样的"白衣战士"，用血肉之躯筑起高墙，保护过亿万家庭的和乐安康！

　　看着你凌晨五点半交班后端着泡面心满意足的样子，我懂。我在心里默许，等你回来我要带你去济南每一个美味的旮旯小馆，陪你吃个遍！

　　靓仔，今天是情人节，不懂浪漫的我以前从没陪你过过。我又在心里默许，等你回来我一定给你补上——不止这一个，以前错过的我会用剩下的一辈子给你补过！

　　好吧，不想占用你太多休息的时间，也知道你是个报喜不报忧的傻丫头。那你安心守护国，我替你守护好咱的家！

老公 姚金明
2020年2月14日

丈夫隔空喊话，你在武汉还好吗

写给济南医院李娜的家书

人物档案

收信人——妻子：李娜

济南医院职业病科副护士长、主管护师，山东省援助湖北医疗队队员

写信人——丈夫：崔凯

李娜是济南医院职业病科副护士长、主管护师。2月6日，她作为山东省援助湖北医疗队队员，赶赴武汉支援疫情防控工作。按照工作安排，她被安排到卓尔（武汉客厅）方舱医院工作。2月10日凌晨2点，李娜正式进入方舱医院工作，虽然工作不复杂，但是强度很大，要负责40多名病人的生命体征监测，还要负责他们的一切生活需求。李娜远在武汉，在济南的丈夫崔凯格外牵挂妻子。2月13日，崔凯偷偷写了一封书信，遥寄远方的妻子。

李老师儿：

今天是你驰援武汉第八天，我们也在慢慢适应你不在家的日子。原来都是我整天出差，没想到现在反过来了。现在又是特殊时期，我天天在家担心出门在外的你，每天都盯着电话看你有没有发消息。你现在正式进舱工作了，听说很辛苦，我不敢随意打扰你休息。每每看到你偶尔发来的只言片语："一切都好""同事们好多发信息关心我的，我很感动""今天院里给我发来了好多东西，可以好好吃晚饭了""我今天进舱了""我顺利出舱"……我也就放心了。

你记得吗？2月5日下午四点多，你打电话给我："我要去武汉了。"特平静的一句话，我以为你在跟我开玩笑。你说："真的，单位刚给我举行了出征仪式，今天晚上就走。"挂了你的电话，我把儿子叫到跟前："你妈妈刚才打电话说要去武汉出差，那里有很多人生病了，妈妈要去帮忙。"平时，我工作忙不怎么在家，咱儿那么黏你，每天晚上你都要哄他睡的。没想到这小子比我心态还好，他眨了眨大眼睛："噢，那妈妈去多长时间呢？""没说，估计你开学了，妈妈也回不来。""时间这么长啊，那我想想送她什么东西。"你一进门，儿子就扑到你怀里："妈妈，你要出门很长时间吗，会不会想我，你想我时就看看这个照片

吧！"这小子嘴可真甜，我的心里却只有担心。

那天，咱家这不大的客厅已经坐不下了，我看着你的同事们帮你一起收拾东西，防护服、日用品、衣服……这也让你带着，那也让你带着，好像要让你把家都带走。我在旁边也插不上手，可你知道吗？我真的很感动。晚上九点多，通知说出发时间改为第二天早六点，她们才匆匆离开，也没来得及留她们吃晚饭。十点多，同事又给你送来出征用的统一服装和物品。等你回来，咱俩一定要好好谢谢她们。

那天晚上，咱俩都睡不着，你突然问我："你说我能回来吗？"我心里那个难受啊。"必须的，当然会安全地回来。"我这人从来不善言辞，也不会说甜言蜜语，那一刻真嫌弃自己的笨嘴拙舌。

临行的那一天早晨，医院同事们为你壮行。你走的时候儿子还没睡醒，你亲了亲儿子的额头就出门了。那天外面下起了小雪，"白雪却嫌春色晚，故穿庭树作飞花"，我在雪中看着你的车走远，心里默默地说：李老师儿，一路顺风，健康平安！

李老师儿，咱俩已经认识20年了，我看着你从小女孩慢慢变成我的爱人，我儿子的妈妈。我太了解你了，虽然你遇到事情爱哭，可你内心坚韧，又有点倔强。离别时虽然你貌似平静，但从你的眼神中透出一丝忐忑与不舍！我最懂你，你的忐忑是因为不完全清楚前方的疫情，生怕辜负了医院领导及同事的重托；你的不舍是因为此去尚不知归期，我和儿子成为你的挂念。但你没有忘记你的誓言，也没有忘记你的责任，背起沉重的行囊，毅然决然地踏上征程。

你在朋友圈发消息告诉大家平安到达，我那颗悬着的心就放下了。我不敢主动跟你联系，怕打扰你工作，也怕频繁联系影响你的心情。每天，就只能在你单位的公众号了解你的动态，没想到你适应得倒很快，迅速进入了工作状态。入舱的那天，半夜出发时，给我发了消息和一张你的自拍，"我穿上了人生中第一个纸尿裤"，话语中透露着自豪。我看着你惨白的脸和参差不齐的发梢，满是心疼，但还是故作轻松地回复你："挺精神。""放平心态，防护装备要穿好。"第二天上午快11点，得知你顺利出舱，我的心才落下。我相信，慢慢顺上几天，你肯定没问题的。

你去武汉这几天，亲戚朋友、医院的同事经常打电话或到家里来问候。对了，咱儿的空中课堂开课了，第一节是美术课，他画的是放大1000倍的新型冠状病毒，上面歪歪扭扭地写着："妈妈加油！武汉加油！妈妈早点从武汉回来！"我知道他想你了，我也想你了。李老师儿，你放心，家里有我呢，你一切以安全为重，安心工作，只盼你早日平安凯旋！

李老师儿，我爱你！

崔凯
2020年2月13日

你在前方守战场，我在后方护家园

写给淄矿集团中心医院重症医学科主管护师郑鹏

人物档案

收信人——丈夫：郑鹏

淄矿集团中心医院重症医学科主管护师、山东省第十二批援鄂医疗队队员

写信人——妻子：张娜

淄矿集团中心医院心血管内科一病区主管护师

这已是你去武汉战"疫"的第十五个夜晚，我仍旧难以入睡。透过卧室的窗户往外望去，天雾蒙蒙的，只有几盏路灯，在孤独尽责地伫立，默默地撑起一点光幕。夜静得让人不适应，整个氛围透着一种沉重。

此刻那边的你，是不是穿着厚厚的防护服，戴着密不透风的口罩，穿梭在你们的"战场"？每天看到铺天盖地的信息，说不担心你是假的。对于看不见、摸不着、不知躲不躲得开的病毒威胁，心里满是恐惧，但作为同行的我太了解了。隔离衣一穿，任何恐惧都不能把责任与使命打败！

今晚，刚15个月的小女儿临睡前又在喊"爸爸"。我告诉她："爸爸去上班了，还没下班呢。"有一天，我忘记了叠被子，小女儿经过我们的卧室，看到被子鼓鼓的，以为你在被子里面，她兴高采烈地边喊"爸爸、爸爸"边跑过去。我赶紧抱起她，说："爸爸去上班了，还没下班呢！"顺手把被子掀开来证明给她看，她失落地蹒跚而去。我想她幼小的心里一定很讨厌"上班"这件事吧！但对她，你放心，她最近吃饭、睡觉都规律了很多，一顿能吃两个炖鸡蛋，小脸颊都肥嘟嘟了，除了想爸爸别的都好！至于大女儿，你也放心，比你在家时更乖巧、懂事了。每天除了独立上网课，按时完成作业，还帮着做家务、照看妹妹。至于她不愿与你视频，我也问过原因，她说怕掉眼泪，让大家笑话！二月二龙抬头那天，是孩子奶奶的生日，我特意订了蛋糕，多做了几个菜。两部手机、两个孩子一起为她唱了生日歌。她觉得这个生日很特别、很满足，只是在切蛋糕时眼圈红了！

至于我，你更不用担心。偶尔简短的视频，看得出你的疲倦，也看得出你对家里的挂念。你在，是家里的依靠；你暂时不在，我就会撑起家里的天空。而且我们还有医院这个大家长。院领导多次来走访慰问，送生活物资，一再询问家里有没有困难，令我非常感动，也更为你骄傲、自豪。家里一切都好。你安心工作，保护好自己，守护好患者就好！

你常说："既来之，则安之。不一定要惊天动地，但咱们既然去了就要尽力多做一些事情。"是啊，在国家遇到疫情袭击，急需援助时，能有机会冲锋在前，能为国家做一点力所能及的事情，是一种荣幸，也是一份责任！

你在"前线"守好你的阵地，见缝插针地休息好，把全部精力投入到工作中。而我们的小家园，请放心交给我吧！

听说武大很美，有银杏满地，梧桐被西风渲染得金黄；有粉色樱花，花瓣晶莹如雪绚烂绽放。

待到疫情消退，待到樱花烂漫，我们牵手踱步在零落花瓣上，重温浪漫，可好？

妻：张娜
2020年3月5日

虽心有不舍，却与有荣焉

写给淄博矿业集团中心医院急诊科副护士长牛鹏

人物档案

收信人——丈夫：牛鹏
淄博矿业集团中心医院急诊科副护士长、山东省第八批援助湖北医疗队队员

写信人——妻子：乔秀秀
淄博矿业集团中心医院口腔科医生

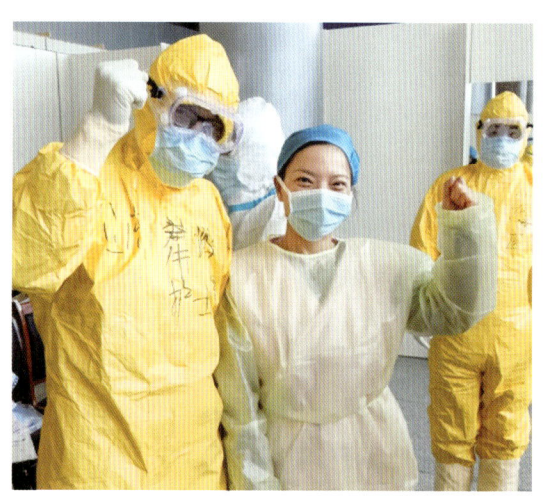

春暖花开，归期何日？自从疫情暴发，第一批山东援鄂医疗队队员走后，我心里一直忐忑，因为你一直都说羡慕他们，希望你也能同行。

我永远都忘不了你赴武汉的那天，我下夜班，推门见到你已穿戴整齐。你的兴奋、你的壮志豪情那么明显，等不及我开口问，你就像个要跟我分享秘密的孩子一样告诉我："我要去武汉了，昨天晚上接到的通知，激动得一宿没睡……"后面说的什么，我没有听清，因为我已经懵了。我的私心是不希望你去的，但是看着你的神情，看着你的眼睛，我说不出口。我知道这是你一直的心愿，同为医务工作者，我能理解，虽心有不舍，却与有荣焉，所以我妥协了。

你走我不敢送，我怕我会控制不住我自己的情绪。

你是注重形象的，特别是你的发型。即使再忙，早上时间再紧迫，哪怕不吃早饭，发型也不能乱，每个月你都要去理发店修整发型。之前，我还笑话你头发比我的还费钱，要趁你睡着了都给你剪了，谁知一语成谶，你现在倒真的一夕成光头了。虽然你笑着说清爽多了，但我知道你心中的不舍。

因着你的缘故，我也受到大家无微不至的关心。科里同事商量暂时不让我上夜班，院里领导每周都会来家里慰问，看家里缺什么，有什么需要帮助的。亲朋好友隔三岔五就发来祝福和鼓励。疫情无情，人间有爱。

每天上下班，习惯了有你的陪伴，现在都是自己一个人——一个人上下班，一个人吃饭，一个人陪伴孩子，没有人跟我拌嘴……一切都清楚地提醒着你还未归的事实，心里不免孤独，但更多的是对你的担心。不知你是否吃饱穿暖，是否也牵挂着我们。

你刚走那阵，晚上哄孩子睡觉时，孩子总是会问我："妈妈，天黑了爸爸怎么还不回来啊！"孩子想你了，我也想你了。最近孩子会说，爸爸上班辛苦了，妈妈上班辛苦了，学了新的儿歌，感觉他懵懵懂懂知道你暂时回不来，不再总是找你。我也不敢总跟他提你，怕他想你。孩子的三岁生日快到了，盼望你能陪伴他一起度过。听说你每次进舱超过十个小时，不能吃不能喝，戴着成人纸尿裤，每次出舱，衣服都湿透，我和家人十分心疼。你是千千万万"逆行者"之一，却是我和孩子的唯一，万望珍重。

既已奔赴你向往的战场，希望你发光发热，早日凯旋。

纸短情长，不诉离伤！雪霁春暖，盼你凯旋

写给济南市疾控中心援助湖北医疗队队员王东

人物档案

收信人——丈夫：王东
济南市疾病预防控制中心消毒与病媒生物防制所副所长、山东省第十一批援助湖北医疗队队员

写信人——妻子：卫春秀
济南市疾病预防控制中心工作人员

"当关于你的消息见报或者在朋友圈霸屏，我就会收到一条又一条刷屏式的祝福和鼓励。"这是济南市疾病预防控制中心卫春秀的一封家书。丈夫王东正在湖北对口支援黄梅县疾控中心，见字如面，思念绵长。

亲爱的东：

见字如面，思念绵长。新冠肺炎疫情告急，接到你要立即出发去湖北支援的短信，我并不感到意外。因为我也在上班，没来得及帮你收拾行囊，让我觉得十分自责，幸好有单位领导和同事们考虑周全，为你备好行装……

此刻，我无法拨通你的电话，你应该正在黄梅县疾控全身心地投入工作，无暇他顾。我只是在坐电梯下班的时候，看见你办公室那层的按键，灰灰的，没有被按亮，就突然想起了你。好像还有很多话没说给你听，真要开口了，却又觉得没什么特别的。

回到暂时没有你的家中，一切如常，却又好像有点不同。爸妈一切都好，女儿还是老样子，每天忙着网课和作业，还有你叮嘱她好好写的周记，她也是一篇不落地写好，让我赶快拍照发给你看呢！儿子还不懂什么是新冠病毒，但是和姐姐一样，一直在盼着你能早点儿回家。

我们在家好好的，你更要好好的！

义无反顾，坚守初心。在疫情面前，疾控人必将奋勇向前，竭尽全力做好防控工作，这是我们的责任。送你走上火线战场，心里难免有不舍得，但也无比自豪。同为疾控工作者，我太理解你，感同身受。你曾不止一次说过："我是一名共产党员，是一名疾控战士，我有责任、有义务冲锋在前。"这是你对初心与信念的践行，这是你对疾控事业的执着追求，作为一名疾控热血青年，这是你对自己人生品格的诠释！我尊重你的选择，支持你的决定！一身战衣赋予了你无穷的力量和崇高的使命，我和同事们，也都在为你加油鼓劲！在这场没有硝烟的战争中，我们一定能赢！

全力支持，无悔选择。相识多年，你一直是果敢、内敛的行动派，话不多说，但是我能从你坚定执着的眼神中读懂大爱与担当。我从心底向你致敬！

最近，我也享受了一把"大熊猫"的待遇。当关于你的消息见报或者在朋友圈霸屏，我就会收到一条又一条刷屏式的祝福和鼓励。单位领导和同事们也通过多种方式尽可能地对咱家进行慰问，再三叮嘱我有困难一定要说出来。这都是沉甸甸的真爱啊！

你是防疫前线的战士，是许许多多抗击疫情的"逆行者"中普通的一员；你是我珍爱的家人，是孩子们心中英雄的爸爸；暂时不能手牵着手，却始终心连着心。

纸短情长，不诉离伤！万家灯火，愿君平安！

雪霁春暖，盼你凯旋！湖北加油，中国加油！

妻：小卫

2020 年 2 月 26 日

你何时归来,心何时放下

写给济南市历下区人民医院马腾的家书

人物档案

收信人——妻子:马腾
山东援助湖北医疗队队员、济南市历下区人民医院医护人员

写信人——丈夫:周祥朋

"思绪万千,汹涌弥漫,仿佛浩瀚湖水涌入这细小的墨囊,争相要化作文字表达我内心的思念,可到头来却只剩下一句:我想你了,你在武汉还好吗?"山东援助湖北医疗队队员、济南市历下区人民医院马腾的丈夫道出了所有医疗队员亲属们的一声牵挂,远方的思念都化作笔端的呢喃,家长里短中尽是对抗击疫情的坚定。唯有照顾好家庭,才是对前线亲人最大的支持。

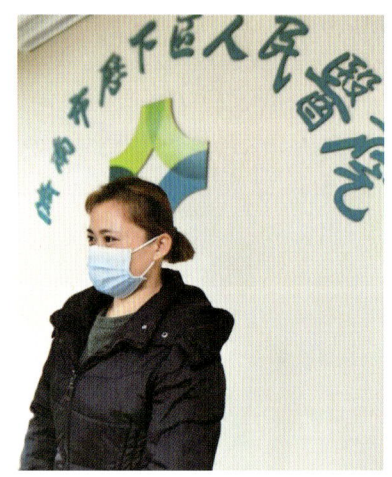

提笔忘言，一时间竟觉无从写起。本来有思绪万千，汹涌弥漫，仿佛浩瀚湖水涌入这细小的墨囊，争相要化作文字，表达我内心的思念，可到头来却只剩下一句：我想你了，你在武汉还好吗？

济南下雪了，踩上去嘎吱嘎吱地响。我像个小孩儿似的在路上踏雪而行，专挑雪厚的地方踩，因为踩雪的声音像极了你在我耳边咯咯的笑声，雪越厚声音越大——我只是想更清楚地听见你的笑罢了！

那日黄昏，你打电话告诉我说自愿报了名去支援武汉。我一时无言，我知道这是疫情暴发以来你一直的心愿，是你作为一名医务工作者对"医者仁心，大爱无疆"的践行，然而你可知道，那一刻，我心中是多么想告诉你不要去，不要接近那个危险的地方。那一刻，我后悔自己没有学医，那样的话是不是就可以代替你去？

我终究什么也没说，默默地帮你收拾行李，默默地把你送去集合地。临行之时，我只对你说了一句："在那儿好好干活，注意保护好自己，家里有我你放心。"你我简单拥别，我为你拭去不舍的泪水，你转身上车，从那时起，我的心就随你而去。你何时归来，心何时放下。

我知道娃儿们是你最不舍的牵挂。你放心，娃儿们都很乖，咱爸咱妈特别给力，养得娃儿们白白胖胖。你知道吗，咱闺女又长肉了，那两条小腿儿，可有劲儿了，睡觉时那小腿儿一蹬，踹得我生疼！我估计啊，你回来之后抱她又要费劲了！咱儿子每天都学习写字，不过这小子学会讨价还价了，想糊弄他多学会儿习是越来越难了！小伙子拼的玩具还是很有创造性，总能让人眼前一亮，上次拼了个架子鼓，"动次打次"地在那儿敲，自娱自乐嗨翻了天。等你回来，我们商量商量给他报个兴趣班，搞不好培养出个小小音乐家呢！

爸爸妈妈现在还不知道你去武汉，我也不敢跟他们视频，怕孩子们不小心说漏嘴。我和咱哥联系了，二老和哥嫂一家都很好，等你回来我们就回家看他们。

我最近工作挺忙的，早出晚归，特别充实，回到家还要陪孩子们做游戏。等孩子们睡熟了，我就再翻翻你发给我的照片，看到你勒出血印的脸，看到你工作十几个小时不吃不喝的疲惫，我既心疼又为你感到自豪！

"国有难，召必往"，疫情当前，唯有照顾好家庭，才是对你最大的支持。待到来年，樱花烂漫，我必携子之手，重游武汉！你安好，我无恙；武汉安好，中国无恙！我在家里等你安然凯旋！

马腾家属

我们都等你平安回家

写给山东援助湖北医疗队队员张康的家书

人物档案

收信人——妻子：张康
山东第一医科大学第一附属医院（山东省千佛山医院）重症医学科护士、山东省援助湖北医疗队队员

写信人——丈夫：刘彭元
济南阳光100小学体育教师

新型冠状病毒肺炎来势汹汹，疫情就是命令。自1月25日起，山东省数以千计的医疗人员集结出征，赴湖北援助。他们被称为"最美逆行者"，在抗"疫"一线，以医者仁心、血肉之躯筑起死神面前的"铜墙铁壁"。前线，他们奋战不息，后方，家人牵挂无尽。"身着白衣，心有锦绣"，每一个"最美逆行者"的故事，记录着"国有难，召必应，战必胜"的大义凛然，书写着"舍小家为大家"的家国情怀。

写给妻子的一封信

亲爱的：

今天是情人节，咱们认识以来第一次没有在一起过节。

今天是你离家的第十二天，家里都挺好的，咱爸妈身体都好，孩子们也好，你放心。我每天都打扫卫生、拖地、擦桌子，还给你换了床单被罩枕套。我以前老说你，干护士的都有洁癖，整天不是收拾这个就是打扫那个的不嫌烦。可当你真的出门离家，我一天不收拾收拾，就浑身不得劲。

你出发前嘱咐我给家里的花浇水，我每天都浇。对了，我还把咱们家阳台的杂物都整理好了，你以前老说阳台乱，可是一直没有空收拾。现在我整理好了，你回来看看合不合你的意。

小花苞可以自己用筷子吃饭了，也长高了，长肉了，我还教她念了新的诗，她说等妈妈回来要念给妈妈听，你定会欢喜。我觉得孩子比我坚强，她玩起来就忘了想妈妈，可我无时无刻不在思念你，放心不下你。知道你们肯定做了各种各样的防护，知道你一定能保护好自己，照顾好自己，可是我还是担心你，我想让你平平安安归来。

你在前方多吃多喝增加抵抗力，加油亲爱的，一定照顾好自己，我们都等你平安回家！

等疫情过去，咱们一家人重游武汉，看看你战斗过的城市，喝最美的酒，吃最好吃的菜，赏最美的花。

老公刘彭元

2020 年 2 月 14 日

待春暖花开，青岛看海

山大二院李兴国与妻子"两地相约"

人物档案

丈夫：李兴国

山东大学第二医院援助湖北医疗队队员

妻子：姚维维

"等到你凯旋，我们娘仨继续'欺负'你！""想想十年前，咱俩刚毕业，什么都没有，在济南住一百多块钱的出租房，吃白菜豆腐。发工资了去陶然吃顿好的！很多很多，直到现在……谢谢你，哥！感谢在人生路上遇到了你！"

"十年前答应带你去看海，十年过去了，依然没有兑现。"

十年婚姻，万金家书，相隔两地，让人加倍体验到爱情亲情的醇厚。山东援助湖北医疗队队员、山大二院李兴国与妻子两地飞鸿，相约春暖花开，这次的愿望一定能实现。

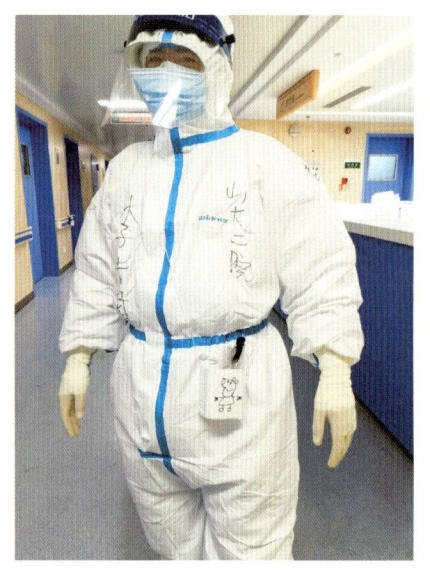

哥：

到今天你已经去武汉半个月了。这半个月我觉得自己好像缺了点什么东西似的！

每天晚上睡不着觉，半夜醒来，看看熟睡的孩子，帮他们盖盖被子。还记得正月十一给你过生日，专门给你订了生日蛋糕，可是你那天上白班，到晚上左等右等你一直没下班。孩子们没忍住，我们就先替你尝了鲜。当时我们娘三个在家唱生日歌，点蜡烛，吹蜡烛，最主要的是吃蛋糕。给你发过去一些视频。记得我们吃蛋糕的时候我妈打来电话说："今天是小李的生日，你给他买蛋糕了吗……"还没等我妈说完话，我就说买了，我们正吃呢，可惜小李还没下班，还没回家呢……我妈在电话那头就笑得停不下来了。等你下班回来，没别的好吃的了，只好帮你下了一碗面！

平时吃任何的东西你都是先让我们娘仨吃。平时你包容我，让着我，只要我想的事情基本上都能满足我。真的想告诉你，这辈子跟着你没后悔过，很满足！满足于你对我的爱，满足于你对我的好！想想十年前，咱俩刚毕业，什么都没有，在济南住一百多块钱的出租房，吃白菜豆腐。发工资了去陶然吃顿好的。很多很多，直到现在……谢谢你，感谢在人生路上遇到了你！

今天咱老大哭了，哭得那么伤心！从你去武汉到现在，只有老二一直在嘴里絮叨，爸爸呢，爸爸上班去了，爸爸去武汉了，爸爸去武汉"救人"了！虽然他年纪小，还不知道到底发生了什么事，可看得出来孩子真的想你了。今天老大说脚疼，我帮他剪指甲，疼得他直冒汗，但不让我碰，哭着喊爸爸！找爸爸！也许这一回他这几天的压抑全释放了吧！他平时不喜欢表达，也许今天借着这个事情才让他哭出来，喊着"我要找爸爸"。今天济南下了一天的雨，每天繁重的工作让我感觉很充实，可是对于你的担心一刻也放不下。

"爸爸"在那儿一定要保护好自己，做好防护！等到你凯旋，我们娘仨继续"欺负"你！"好爸爸，帮我拿水""好爸爸，帮大远冲奶粉""好爸爸，孩子要尿尿"……

想你的"妈妈"

2月24日

疫情结束，春暖花开。执子之手，青岛看海

妹：

　　昨晚收到你写的长信，读来泪眼蒙眬。信中提及的事情历历在目。依然记得吃苦的日子，依然固执地把吃过的苦当作最大的幸福。

　　我是个健忘又不懂浪漫的人。清楚地记得，结婚前你要回家准备，分别时你半开玩笑对我说："九月十九，别忘了去接我。"你是特别有仪式感的人，每逢结婚纪念日、生日，都特别期待我准备的礼物。每次都提前几周，旁敲侧击地提醒我，而我装傻充愣笑呵呵，顾左右而言他。其实我心里明白这是你的提醒，心想都记下了！恨就恨在到了那一天，不出意外地又给忘了。几天后，你故意拿忘了的事敲打我，我狡辩说："以后别提醒我这么早，几周前的事，谁能记着？"

　　十年前答应带你去看海，十年过去了，依然没有兑现。用你的话说："某人说带我去看海，十年前说攒一攒钱，八年前说等老大会走，五年前说等休个长假，三年前说等老二离地。"而今，我不得不满怀歉意地对你说："疫情结束，春暖花开。执子之手，青岛看海。"同时，我又不得不再一次承诺：这是最后一次让你等。

　　离开家这半个月，我能够想象得到你如何熬过"水深火热"的日子。两个儿子在不足七十平方米的小屋里打闹不休，吱哇乱叫，鸡飞狗跳，不得片刻安宁。辅导老大做作业更是让人抓狂，每每都有动手的冲动。我安慰你说："珍惜这段与孩子相处的时光吧，复工后你又没时间陪他们了。"说完后，我自己都觉得苍白无力，默默心疼你一万遍。至于我父母，他们不是拌嘴，也不是吵架，只是耳朵背，说话声音大，习惯就好。

　　最近，战地家书雪片一样飞来，我只看题目，很少读里面的内容，因为我自认为没有那么矫情。随着时间的推移，我也偷偷地打开朋友圈里的链接，一封一封地读，被感动得稀里哗啦，竟然也满怀期待属于我的家书。杜甫有诗云"家书抵万金"，现在我对这句话真是深信不疑。

　　自我来武汉，岳父岳母甚是牵肠挂肚。你说咱妈经常偷偷地跑到山上哭，咱爸一天好几遍电话安慰你，还要给打钱过来替我们还房贷。前天我与咱爸视频，最后他也在揉眼睛。他说等我从武汉回去，一定抽空去他那儿一趟，若去不了，他就来济南看咱们。你常常说咱爸疼我比疼你多，现在我也深信不疑。

　　十年前答应带你去看海，十年过去了，依然没有兑现。一切安好，勿念！

同样思念你们的"爸爸"

2月25日夜

跨越半个地球的问候

写给山东大学齐鲁医院张静静的家书

人物档案

收信人——妻子：张静静

山东大学齐鲁医院呼吸科主管护师、山东省首批援助湖北医疗队队员

写信人——丈夫

这是一封跨越半个地球的问候，山东省首批援助湖北医疗队队员、山东大学齐鲁医院呼吸科主管护师张静静正在援助非洲的老公，写了一封家书给她。虽只有短短的300字，但字字饱含对张静静的挂念与支持。"愿你安心工作，照顾好患者，照顾好自己。""在消灭疫情的道路上，尽自己的最大努力，早日平安归来！"

远方的你还好吗？

2020年1月25日注定成为我们人生中值得永远记住的日子。那天你留下一句话：国家困难面前总得有人站出来。面对前方未知的风险，响应国家号召，你毅然踏上了支援湖北抗"疫"一线的征程。

民族大义面前，舍小家，顾大家，你诠释着大爱无疆！远在大洋彼岸的我，虽有万分的担心与不舍，但更多的是为自己拥有如此大爱的妻子而自豪！

孩子目前还小，在老家虽偶因想念妈妈而哭闹，但没有大家，何来小家。孩子肯定慢慢会理解你，并为有这样伟大的妈妈而骄傲。

愿你安心工作，照顾好患者，照顾好自己。在平凡的岗位上，谱写不平凡的人生。无愧于白衣天使的称号，在消灭疫情的道路上，尽自己的最大努力，早日平安归来！

老公

写于非洲

当爱情遇上疫情，便多了一份执着和坚守

写给山东省立医院李道卫的家书

人物档案

收信人——丈夫：李道卫

山东省立医院呼吸与危重症医学科副主任医师

写信人——妻子：于璐

戴着眼镜的父亲和扎着双马尾的小女孩儿，俩人手中都拿着一个包子。一幅看起来笔触略显稚嫩的画作，却别有一番深意。在这幅画的上面，写着："爸爸加油！回来一起吃包子！"这幅画的作者，是一名7岁的小学生李昭昕。

她的父亲是山东省立医院呼吸与危重症医学科李道卫，于2月2日下午飞往湖北武汉进行驰援。这是一个幸福的家庭，不仅女儿，他的爱人也给他写了一封情意满满的家书："老公，注意好防护，我们等你平安回来！家里你放心，我会照顾好的，你安心在武汉救治患者。你是我的英雄！"

执子之手

吾夫道卫：

见字如面！距你离家已有半月，甚是想念！汝可安好？

2020年2月2日，是一个特殊的日子，被称作"世纪对称日"，因为正着、反着念都是"爱你爱你"。这一天，对你我而言，更有着特殊的意义。因为这一天，你逆行出征，驰援武汉，抗击疫情。来不及诉说你侬我侬的情思，你我便匆匆话别。

没有过多的言语，放下心中的不舍和担忧，我毅然送你出征。因为我记得你曾对我说："救死扶伤是医生的天职""苟利国家生死以，岂因祸福避趋之"，只要国家和患者需要，便赴汤蹈火，在所不辞。作为妻子，我理解你并坚定地支持你！

这几天，我看到了一些你在前线工作时的照片。看着你穿着厚厚的防护服，护目镜上全是水汽，已经模糊不清，十分心疼。老公，你辛苦了！一定要做好防护，注意身体。你肠胃不好，饮食上要特别注意，不要吃冷的、辛辣刺激的食物，多喝热水。我最担心的还是你的湿疹，长期戴手套可能会加重，下班回来一定用热水泡一泡，然后再涂上护手霜。

你在前线守护大家，我在后方守护小家。家里一切安好，请你放心！我们的女儿昕昕长大了，也懂事了。这几天，我一直在跟她讲你去武汉抗击疫情的事情，她能够明白她的爸爸是去救助病人的，正在做着一件有意义的事情。你为女儿做出了榜样，你是一个好父亲！你在前线安心工作，我们始终是你的坚强后盾！

当爱情遇上疫情，便多了一份执着和坚守，相信我们的爱亦可以穿越风雪，历久弥坚。正像《霍乱时期的爱情》里面所写的："在五十三年七个月零十一天以来的日日夜夜，弗洛伦蒂诺·阿里萨一直都准备好了答案。'一生一世，'他说。"

还记得我们的约定吗？待到疫消霾散时，我们一起登上黄鹤楼，远眺长江；一起去武大赏樱，漫步花间……没有一个冬天不可逾越，没有一个春天不会来临，相信这一天很快就会到来！

千言万语，最后献上一首为你写的诗：

道阻且长不言弃，卫国卫民踏征程。

众志成城终必胜，愿君平安凯旋归！

爱你的妻子 于璐
2020年2月16日

我始终如一的爱会一直陪伴你

写给胜利油田中心医院内科副主任医师钱均凤

人物档案

收信人——妻子：钱均凤
胜利油田中心医院内科副主任医师、山东援助湖北医疗队队员

写信人——丈夫：孙宏波

"沧海月明珠有泪，蓝田日暖玉生烟。"山东援助湖北医疗队胜利油田中心医院内科主任医师钱均凤的丈夫提笔写给在前线的妻子，家书亦如情书，涓涓细节流淌着岁月沉淀的激情，波涛汹涌的离别之情化作送妻上战场的坚定支持，孩子肆意流淌的眼泪擦得太多太用力，划伤了嫩嫩的皮肤，这一切终将化为胜利的微笑。"我始终如一的爱会一直伴你，战胜疫情，平安归来！"

亲爱的：

　　你还好吗？

　　像这样问候你时，还是一门心思追你的时候。时光飞逝，一晃20多年过去了。

　　2月19日下午，得知你明日援助湖北，本想给你做顿丰盛的晚餐，无奈超市晚上6点停业，下班后仓促做了两个家常菜，又想节约时间提前做好热气腾腾的饭。可你一如既往地披星戴月到家，饭菜都凉了，也没吃上热菜热饭。你一进门，孩子就惊讶地高喊："爸，你快来看！"我顿时惊呆了，你那头黑靓的长发不见了，连鬓角和后枕部都推光的短发让我一时语塞，违心地喃喃一句"好的"。从认识你到现在20多年了，爱美的你一直长发飘飘，我知道你是多么呵护珍爱它。

　　晚上你一直在忙着整理行装，女儿也跟着忙碌，跑前跑后，我知道你时间紧、任务急，不敢插话搭手，怕干扰了你的思路，打乱了摆放的位置，只是默默地看着，偶尔叮嘱一句"别忘了身份证"。可我那双不听话的眼睛，像被你粘住了，随着你忙碌的身影来回转动，也许是转多了累了，眼睛酸酸的总想流泪。那一夜，我知道你11点半睡的，可是凌晨1点就醒了。我始终默不作声，只希望你能再多睡一会儿。

　　清晨，我们去医院送你时，你叮嘱我们在家好好的，我们也说着让你放心的话。然而，一切的平静之下早已酝酿着波涛汹涌的离别之情。在现场我和女儿只是远远地注视你的一举一动，回想起一起生活的往事，一直都胆小的你，这时却拥有着无畏的勇气，无比勇敢。当车缓缓开动，你向我们挥手，你出征了！就在此刻，我那不争气的腿却重似千钧，无法移动，整个人愣在原地。多想冲上去抱抱你啊，可又怕一抱，你心软了，落泪了，影响士气。

　　回家时，我还没启动车，孩子就钻到后座不停地用抽纸擦眼泪，还不断地埋怨我买的抽纸不好，划得脸疼。其实，我知道那是依依不舍之情的发泄，是再也无法管控的爱如潮水，肆意流淌的眼泪擦得太多太用力，划伤了嫩嫩的皮肤。此时的我内心五味杂陈，眼眶一热，眼泪一直在打转。

　　亲爱的，请你原谅过于平凡的我，没有给过善良的你一场轰轰烈烈的热恋。

　　亲爱的，请你原谅不善言辞的我，没有给过勇敢的你一次甜言蜜语的爱情。

　　亲爱的，请你原谅按部就班的我，没有给过大爱无疆的你一段优雅浪漫的旅程。

　　武汉加油！请挺住！我爱的人奋勇参战了！

　　爱人加油！要坚信！我始终如一的爱会一直伴你，战胜疫情，平安归来！

最爱你的丈夫：孙宏波

二月初二于东营

爱能战胜一切，美好定将如期而至

给滨州医学院附属医院陈凯的一封家书

人物档案

收信人——丈夫：陈凯
滨州医学院附属医院呼吸治疗师、山东省援助湖北医疗队队员

写信人——妻子：邱枫

老公：

　　庚子鼠年到来之际，当全国人民还沉浸在过年的喜悦中时，突如其来的新冠肺炎疫情从武汉开始蔓延全国，在党中央的坚强领导下，一场疫情防控阻击战在神州大地骤然打响。一转眼，算算日子，你已经奔赴黄冈十几天。这场疫情，让我们之间的距离又远又近。

　　还记得大年初二，我们正商量着回娘家给孩子姥爷过生日。你科室群里发出了通知，你轻描淡写地对我说："我报名去武汉了。"我有一点点的懵，随即镇定下来，又不觉得吃惊。1月23日，武汉封城的消息一出来，你就跟我说："看来武汉这次的疫情很严重。"而且前一天，第一批援鄂医疗队出发的时候，我还记得你当时眼里流露出的渴望。对于一个医者来说，武汉此刻就是他的战场。我想，你的心里肯定是早就下定了决心的。

　　家是最小国，国是千万家，我坚定地支持你的决定！于是我开始给你收拾东西，最先想到的就是厚衣服。湖北不比山东，没有暖气，温度也低，天气也不是很好。我把你所有的厚衣服都拿出来，就怕洗了干不了，没有可换洗的衣服。你的肠胃不太好，我怕你不习惯湖北的饮食，就赶紧去拿易蒙停；一想到吃，又赶紧看看家里有没有可以方便携带的食物。收拾东西的间隙，又催促你赶紧回老家，跟父母道个别。毕竟疫情就是命令，你随时都有可能出发。

　　看着我忙前忙后，你把我赶回了娘家。路上我的眼泪不争气地流下来。谁也不知道湖北现在到底是什么情况，这次的病毒也是来势汹汹。在娘家，我的心里也是七上八下，看到武汉医疗物资短缺，心里更是惴惴不安，赶紧给你打电话，听到你跟我说"放心，院领导给我

们带了足够的物资",我这才稍稍安心。

大年初四,你出发去黄冈的那天,也是你的生日。我本想去送你,你也坚决不让。朋友们给我传来了省市领导亲自为你们送行的照片,我又一次忍不住哭了起来。我想,这个生日,你定永生难忘。

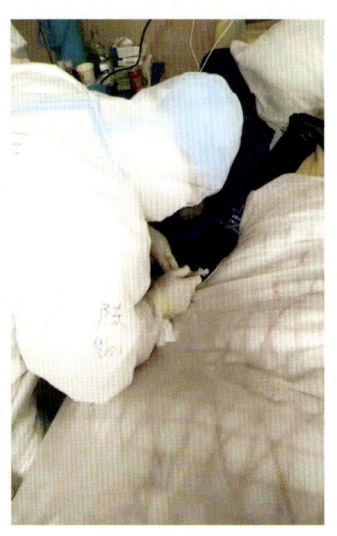

自从你去了黄冈,我就非常关注从黄冈发回来的每一条信息。不管有没有你,我都会哭得一塌糊涂。偶尔轮到你休息的间隙,我们还能通通话。我从来没有听到你抱怨过工作的辛苦,你跟我说的都是院领导如何关心、后勤人员如何负责、同事之间如何配合默契、患者如何配合你们的工作。还跟我说伙食非常好,不用担心。看着你疲惫的脸庞,听着你一如既往好似对困难丝毫不放在心上的话语,我的心里既高兴又担心。高兴的是你能沉着应战,担心的是你的身体能不能吃得消。看到前线发回的报道,你用自己呼吸治疗师的经验为患者减轻了痛苦,帮助患者快速康复,我再一次泪如雨下。

老公,一场疫情又让我重新认识了你。平日里,你风趣幽默,爱讲笑话,像个孩子。疫情当头,你却摇身一变,变成了一个能在国家需要时挺身而出的战士。我记得你跟我说要报名去武汉时的决心,也记得通知来了你能去时表现出的坚定。我为你骄傲,为你自豪!

家里你不用担心,在你们赴湖北医疗队的身后,有强大的社会支持。在你奔赴武汉之后,不仅仅是医院的领导来家里慰问,医院的同事们帮忙买菜、送生活物资,社区的姐姐们也来家里看望我,还有很多不认识的人也通过一些渠道给家里送来物资。你不是一个人在战斗,全中国人民和你们一起战斗!

我只希望,你在湖北能照顾好自己,完成党和国家交给你的任务,和战友们一起平安回来!你还要继续发光发热,贡献自己的一分力量。

爱能战胜一切,美好定将如期而至!

期待春暖花开,期待我们一家团聚!

邱枫

2020年2月16日于山东滨州

等你回来结婚

写给山东第一医科大学一附院王冰的家书

人物档案

收信人——未婚夫：王冰
山东第一医科大学一附院主管护师

写信人——未婚妻：李蕊

哥哥：

你好！

今天是你去黄冈的第二十一天，这二十一天中我们每天都有视频，但我睡觉时仍然会梦到你，不止一次梦到你已经回来。前两天晚上你说要去开会，我还以为是说要回来的通知呢，结果却是你要调去危重组。

想到你去了之后，分管的病人从疑似到确诊，再到现在的危重患者，我的担心只增不减，但同时也说明了你有这个能力。既然你有这个能力，那么肯定是要付出百分之一百的努力帮助他们。我相信你，我医院也组织报名了，我也报了，但是没有机会去。

对于抗"疫"这件事，我是有使命感的，现在只能由你带着我的那一份一起去了。我知道你去一线之后最担心我了，觉得我照顾不好自己。你放宽心，我很好，等你回来，我给你做我新学会的菜。我医院的同事们和你医院的同事们都很关心我，生活上你就不要担心我吃不好睡不好了。

反倒是你，不注意安全！听你说前两天洗澡摔倒了，我特别怕有伤口，万一有感染怎么办？但是我只骂你不小心，你说我就不能关心关心你吗。对不起，我不善言辞，不会说话，这么别扭的一个人幸好有你包容。由于工作原因，真的是特别遗憾你之前我们都没有在一起好好道别，没有一起吃一顿饭，心理建设没完成，我没法去送你，看着你走。心里还想着，

161
执子之手

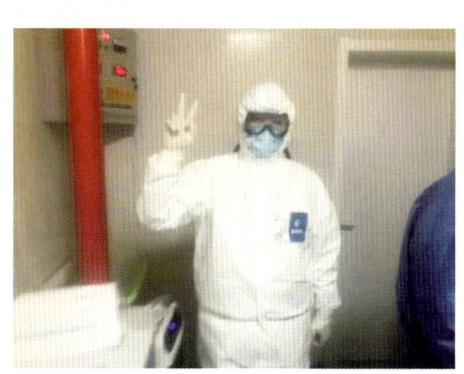

万一我哭了,你走的时候还会不放心我一个人,嘴上却说着我不高兴,不想去送你。幸好你都知道我的想法,在一起这么长时间,这点默契还是有的。

  我是一个做事情没有常性的人,反反复复,很纠结。但在和你在一起这件事情上,不知道哪里来的勇气,一直坚持着。我们结婚是早晚的事,你不用在意日子,我等你回来。最后还是要提醒你,一定要注意自己的安全,勤洗手,戴好口罩。虽然我有些啰嗦,但是保护好自己才能进一步帮助别人,老公加油!

未婚妻 李蕊
2020年2月17日

出征从未后悔

写给山一大一附院夏鹏举的家书

人物档案

收信人——丈夫：夏鹏举

山东第一医科大学一附院（千佛山医院）护理部主管护师

写信人——妻子：杨丽媛

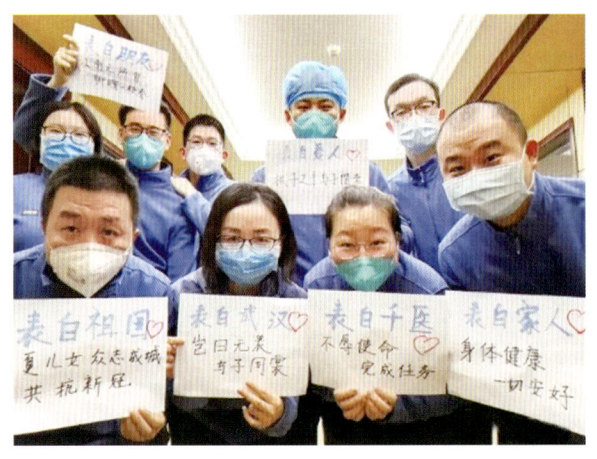

执子之手

亲爱的老公：

今天是你援助湖北的第13天了，也是第一个没有你陪伴的情人节。其实不止一次这样想过，如果时间拨回两周，我们还会不会做相同的决定？而今，没有如果，没有后悔，只有坚定。

清楚地记得，1月31日那一天，当看到武汉疫情严重，山东要组织第三批援助湖北队伍时，你眼神坚定、毫不犹豫地写下了请战书："以我所学，尽我全力，誓撼病魔。若有战，召必至，战必胜。"同为医务人员的我虽然难过不舍，但依然选择理解并支持你。2月2日结束了医院的培训后，你毅然踏上了援助湖北的征途。

一转眼，你正式投入工作快两周了。每次打电话，你总是叮嘱我注意防护，爸爸妈妈尽量不要出门。你放心，家里一切都挺好的，儿子也特别乖。小家伙已经习惯了每天跟屏幕里的爸爸撒娇卖萌。有时候我问儿子："爸爸干什么去了？也不陪豆豆玩！"儿子总会一本正经地跟我说："爸爸是大英雄，爸爸去帮助有困难的叔叔阿姨了。"童声稚嫩，为你点赞自豪。每次视频，你对我的各种担心，对我的各种叮嘱，让我对你的想念溢于言表。我最亲爱的老公，你把我保护得太好，都忘了我也是一名白衣战士，虽然不能与你并肩在一线作战，但我会坚守岗位，也保护好咱们的家。

虽然归期未定，虽然还是会担心，但是没有一个冬天不可逾越，没有一个春天不会来临。在你们这群最美逆行者的努力下，这场没有硝烟的战争我们终会胜利。待到春暖花开，山花烂漫之时，必有你我灿烂依旧的笑容！

等你凯旋，我们全家的英雄。

妻 丽媛
2020年2月14日于济南

真的好想你

写给山东第一医科大学第一附属医院苑双双的家书

人物档案

收信人——妻子：苑双双
山东第一医科大学第一附属医院主管护师

写信人——丈夫：孙琪
山东第一医科大学第一附属医院神经外科医护人员

亲爱的双双：

　　你好吗？

　　转眼间你到武汉前线已经12天了，虽然昨天才和你视频聊天，但我依然十分想念。自从你走后，我每天一有时间就刷新闻，还把手机天气报告城市设定成了武汉市，希望能用这种方式体验你现在的生活。刚才看到新闻上说，武汉下雪了，我心里便一直想：你在武汉冷不冷？给你带去的衣服够不够穿？屋里屋外温差大，千万记得要及时加外套啊！我心里有好多好多话想嘱咐你。可是我不敢给你打电话，既怕影响你工作，更怕影响你休息。

　　不知道是不是上天感应到了我的思念呀，济南昨天夜里也下雪了。今天一早，我就到你家去了，我把阳台上的花花草草都搬到了客厅里，这样等你回家的时候，它们就能郁郁葱葱地欢迎你了；鱼缸里的"小黑"和"花花"也都游得很欢快，我每天都给它们喂食，一周换一次水。放心吧，我把它们照顾得很好。我猜你肯定会问我过得怎么样。我很好，你不在身边，我一定会把自己照顾好的，我要像你说的那样，做彼此最强大的后盾。你保武汉，我守山东！

　　我每天按时上下班，认真工作。这样，会让我感觉就好像和你一起并肩作战。领导同事们都很关心我。大家聊天的时候经常会提起你，说你有能力、有担当，每当这时，我心里都会暖暖的、很骄傲。休息的时候，我都会去你家，特别喜欢推开门扑面而来熟悉的味道，我看到餐桌上还放着你为我特制的专属筷子，厨房也收拾得干干净净。只是

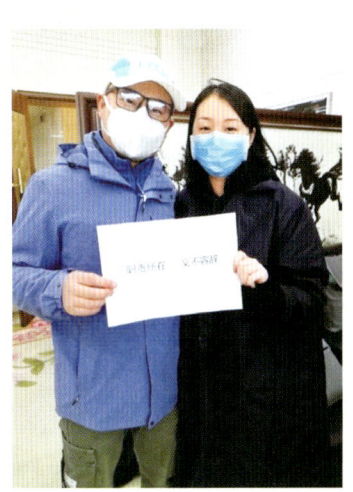

屋子里没有你忙着做饭的身影，有的时候眼泪还是会不争气地夺眶而出……

  2月2日你随医疗队出行的情形好像就在昨天，我多么想和你一起去前线，和你一起并肩作战！抗击疫情！报效祖国！现在你已经投身到一线护理工作中，繁忙的工作、厚重的防护服，都使你上班期间不能吃饭、喝水，甚至不能上厕所。我深知这将是一场艰苦的战斗。我希望你细心完成任务。请千万记得照顾好自己！虽然远隔千里，但我们要一起努力。等你凯旋那天，我会第一时间奔向你，抱抱你！

  等到阴霾散去、阳光绮丽、山花烂漫的那天，我们共剪西窗烛，话繁华盛世！

  双双，我心爱的双双，你现在好吗？真的好想你！

爱你的孙琪

2020年2月14日

爱人战友，我照顾好家里，请照顾好自己

写给肥城市人民医院李加伦的家书

人物档案

收信人——丈夫：李加伦
肥城市人民医院主管护师、山东省援助湖北医疗队队员

写信人——妻子：尹丽媛
肥城市人民医院医护人员

执子之手

亲爱的伦哥：

　　今天是你去黄冈的第三天，我和儿子都想你了。从医院部署新冠肺炎疫情防控工作以来，我们几乎就没见过面。本以为隔离病房工作完成后，总算盼到你回家了，就在12号晚上9点，你给我打电话，说接到通知，明天早上就要去湖北支援。听到这个消息后，我崩溃了，瞬间不知道说什么了。在医院组织护理人员报名参加赴湖北的援助时，你第一时间就递交了请战书，可是在听到这个消息后，我还是忍不住落泪。挂断电话后，我在房间里走来走去，一时间不知如何是好，时间这么紧迫，都来不及给你准备东西。

　　默默为你整理衣物时，心里是多么不舍和担心。多想让时间走得再慢一点，我们还没来得及团聚就要再次分别。但是我知道，疫情就是命令，既然选择成为医者，在疫情面前，奔赴前线就是义不容辞的责任和义务。

　　你只是千千万万护师中的一员，平时认认真真工作，看上去特别普通，可是疫情一来，你马上参战，舍小家，顾大家，为守一方平安甘愿奉献。作为妻子，我也收起平时的小脾气，尽量操持好这个家，照顾好父母和孩子，让你在千里之外的疫区安心工作，绝不拖后腿！

　　你照顾好自己，我照顾好家里，是咱俩之间的一句郑重承诺，你有一个好身体，才能更好地坚守岗位。我们是爱人，也是战友，是彼此最坚强的后盾，心在一起，无往而不胜！

　　我们要坚信，在党的领导下，在医护人员的共同努力下，我们一定能战胜疫情，祖国将迎来一个崭新的春天。

爱你的妻：媛

2020年2月16日

我和满月宝宝一起待你平安归来

写给山东大学第二医院程鹏的家书

人物档案

收信人——丈夫：程鹏
山东大学第二医院神经内一科主治医师、山东省援助湖北医疗队队员

写信人——妻子：冯菲菲
山东大学第二医院呼吸内科主治医师

　　宝宝出生十几天，山东大学第二医院的程鹏便跟随山东省援助湖北医疗队，毅然踏上抗击疫情的逆行之路。孩子出生后，程鹏还没来得及好好抱抱孩子，更没有好好照顾月子里的妻子，此行有太多的不舍和歉意。他坦言："个人小家的困难都能克服，国家大家的事却不能耽误。孩子还小，等他长大了，我一定要跟他讲讲这次的经历。我想，他一定能支持我。" 2月20日是宝宝满月的日子，妻子冯菲菲致信丈夫，发去宝宝的满月照片，并表达对他的思念与鼓励——"放心吧老公，我和父母都理解你的责任和担当。我会和大宝二宝说，爸爸去前线是为了帮助更多的人，爸爸是大英雄。老公你去了前线，现在我就是家里的顶梁柱，会照顾好宝宝和父母。期待春暖花开，你平安归来。"

老公：

今天距离你去武汉已经十天有余了，病毒肆虐，疫情严峻。你和师长同事们舍身冲在一线，尽心竭力救助患者，辛苦了！

今天是个特殊的日子，我们的小宝满月了，你不在身边，有点遗憾，我轻轻告诉宝宝：爸爸去救人了，完成任务就会回来，抱着你亲亲你的小脸蛋……每天我都发给你两个宝宝的照片，让你每天都能看着他俩稚嫩的小脸。

从武汉封城，医院第一批勇士去支援开始，你就坚定地告诉我，如果需要，你也要去前线支援。当时小宝出生刚十几天，我身心脆弱，只觉得心一下子沉了，眼泪止不住往下流。但同身为医生，且身为党员，我理解你的决定，救死扶伤是我们的职业使命。我自己处于这个特殊时期，不能一起上战场已是遗憾，又怎能拖你后腿。我偷偷流泪，转过身笑着让你放心地去前线。

2月9日，你和同事们一起奔赴武汉这个没有硝烟的战场。我纵然有千万个担心和不舍，还是强忍着眼泪和年迈的父母一起为你收拾行装。自你走后，我悬着的一颗心始终也放不下。抗"疫"工作负荷大，休息时间有限，你还因精神紧张、压力大而失眠，每天都要靠安眠药物才能入睡。每次寥寥数语便匆匆结束对话，我只能从前线发回的一篇篇报道里了解你们的工作和生活状态，一遍又一遍地给你发着注意防护的留言。所幸这场战斗在全国人民的支持和白衣天使众志成城的努力下，已有了转机，看到了希望。

放心吧老公，我和父母都理解你的责任和担当。我会和大宝二宝说，爸爸去前线是为了帮助更多的人，爸爸是大英雄。老公你去了前线，现在我就是家里的顶梁柱，会照顾好宝宝和父母。期待春暖花开，你平安归来。

妻于济南
2020年2月20日

世间所有的坚守，都是奔向团圆

写给肥城市人民医院王泗元的家书

人物档案

收信人——丈夫：王泗元
肥城市人民医院急诊医学科主管护师、山东省援助湖北医疗队队员

写信人——妻子：孟晨晨

"你平安"更胜于"我爱你"。牵挂疫情防控一线医务家人的家属们，无不期盼亲人们胜利而归。这封信是妻子孟晨晨半夜写给丈夫王泗元的"内心表白"。语言优美朴实，家长里短中的真挚自然流露——"我知道你是满腔热血的人，当你告诉我你要去支援武汉的时候，我的决定和你一样，作为你的妻子无条件地支持你。""儿子天天嘴里念叨着爸爸是他的英雄，长大也要做像爸爸一样伟大的超人，还说在你去武汉的这段日子，他是家里唯一的男子汉，要保护妈妈，做家里的顶梁柱。""你若无恙，我便安好。世间所有的坚守，都是奔向团圆。"

亲爱的王老师：

见字如面。

忘却了为什么叫你王老师，却已习惯了这样称呼你。距离你支援湖北已十余天，很是想念，不知你是否与我一样？

今天这边下雨了，我相信你肯定会记得下雨天是我最喜欢的天气，因为每逢下雨我们都会带着儿子出去走走，看他兴奋地跑来跑去，我们心里很欣慰。但这个下雨天，你却不能陪

在我和儿子身边，我知道你有更重要的任务去完成。我知道你是满腔热血的人，当你告诉我，你要去支援武汉的时候，我的决定和你一样，作为你的妻子无条件地支持你。当听你说"疫情一日不除，男儿一日不归"的时候，我就知道这个任务在你心里是多么重要。

你对我说，生命重于泰山，战"疫"就是命令，防控就是责任，你要去履行你的使命，我和爸爸妈妈兄弟姐妹也为你的决定感到骄傲。你尽管安心在武汉工作，也要做好个人防护，保护好自己才有更大的能力救治他人。

你奔向武汉后，我收到了很多亲人、朋友、同事发来的信息。他们知道你在那儿不方便接听电话，让我嘱咐你一定注意防护，甚至还有同事心疼你太瘦，给我要地址，要给你邮递吃的。他们有说要买干果的，有知道你爱吃肉的，要买牛肉的。哥哥看了你的照片，说你瘦了，等你平安归来，他要亲自从内蒙古带一只羊回来给你吃。哈哈，这都是对你满满的爱啊。

家里一切都好，儿子像是突然长大了，很乖很听话。临走前你对他说：爸爸要去做一个超人，拯救这个世界。后来儿子天天嘴里念叨着爸爸是他的英雄，长大也要做像爸爸一样伟大的超人。还说在你去武汉的这段日子，他是家里唯一的男子汉，要保护妈妈，做家里的顶梁柱。每每听他这样说，我心里都很欣慰。你不仅是去救死扶伤，完成你心中的使命，更是给儿子做了一个好的榜样。这一直是我们期盼的，我相信儿子以后也会成为一个真正的男子汉。

你走之后，我在家挺好，爸妈身体都很健康，不要挂念。医院领导和科室领导很关心和照顾我，让我有尽量多的时间可以陪孩子。还有儿子学校的领导和老师，他们知道你去支援一线也很感动，亲自来家里慰问小家伙。儿子班主任更是经常给孩子视频聊天鼓励他，让他做一个像爸爸一样勇敢的人。我们还收到了社会各界的爱心，有很多教育机构都给孩子免费提供学习的机会。儿子说，等你回来，要一起去学习打篮球和游泳。我们等你平安归来，待到春暖花开，可以一起漫步街头。

笔不前驰，愿君谨记：

你若无恙，我便安好。

世间所有的坚守，都是奔向团圆。

此役，必胜！

爱人：孟晨晨

2020年2月15日于家

坚持、坚持、再坚持

写给山东第一医科大学一附院赵新月的家书

人物档案

收信人——妻子：赵新月
山东第一医科大学一附院（千佛山医院）主管护师

写信人——丈夫：李先乐

亲爱的老婆：

我不太会表达，看到这封信，你别笑场，也别哭。

你走的那天是大年初一，今天是农历正月二十四，虽然不是咱们恋爱、结婚以来分别最长的一次，但是到了晚上还是会失眠，会觉得日子怎么那么漫长。

孩子、双方老人都很好，不要挂念，身在大后方的我还是很靠谱的。就是孩子挺想你，但是也越来越崇拜你了，开视频总是骄傲地说：我的妈妈是白衣天使。当然，我也很崇拜你。

崇拜工作中的你，爱岗敬业，有自己的想法也有担当。今年是你进入千佛山医院的第七个年头，你总说自己需要进步，前一段时间去北京参加了为期三个月的全国呼吸专科护士培训。回来后，你跟我聊了好久，虽然我不太懂，但是能感觉到你的喜悦。这几年工作给你的幸福超过了我——开玩笑的，老婆，我不吃醋，我会一直支持你的。

崇拜生活中的你，从不攀比，也不计较。从刚毕业的小姑娘到如今四岁孩子的妈妈，这几年，你忙得像陀螺一样，着实辛苦了。几乎每年的除夕春节都在医院度过，休班时还要照顾家里。这几天我想了想，我们带孩子出去玩的次数屈指可数，和你逛街更是几乎没有，我甚至没有带着你和孩子好好出去玩过。觉得很亏欠你，我总是忙着自己的工作，对你的关心不多，你却从来不埋怨我，等你回来，我一定找时间都给你补上。

咱俩都是党员，这个时候理应冲锋在前。你没和家人商量就报名了，我很支持。父母虽然很担心，但也跟我一样支持你，你就放心吧！我现在家办公，每天都和孩子在一起。他在家玩得很开心，不仅乐高玩得很溜，还认识二十多个字了，也长肉了，一切都很好。最幸福的是我，沾了你的光了，千医的领导、工会的领导对我很是关心。我知道这是领导对你工作的肯定！每当领导慰问，我总能想起自己和你分别时候的场景，有点怂的我担心你，各种嘱咐，你却十分坚定地说："我可是呼吸科专业护士，保护不了自己怎样保护病人啊！"想想我一个大男人还需要上战场的老婆安慰，瞬间腰杆就挺直了——告诉自己，自己的老婆很厉害，我也不能落下，照顾好大后方，让你安心"打仗"。

看你每天发给我的照片，厚厚的防护服让你喘不动气，护目镜和口罩在你脸上留下了深深的痕迹。我想此时你的身体已接近极限，这场战斗已经到了攻坚阶段，现在已经是拼意志的时候，希望你在保护好自己的前提下坚持、坚持、再坚持。

行了，时间紧急，你也看不了太多内容，我就先说到这里吧，总之就是一句话：老婆，加油！

照亮黄冈看你们的了……替我问候咱们的战友。

等你回来检阅我大后方的工作。

爱你的丈夫李先乐和家人们
2020年2月17日凌晨

最爱的王老师儿

写给山东第一医科大学一附院呼吸与危重症医学科王光海的家书

人物档案

收信人——丈夫：王光海

山东第一医科大学一附院（山东省千佛山医院）呼吸与危重症医学科副主任医师

写信人——妻子：田文君

亲爱的王老师儿：

今天是2020年的情人节，见字如面，手动比心。

时间过得很快，距离你去武汉同济医院中法新城院区重症病房近两周了。和你在家时一样，我们每天都会实时关注新冠肺炎疫情。今天除湖北外全国新增确诊病例数实现了"十连降"，是个好消息啊！为全国人民高兴！为你的付出感到欣慰！你在武汉继续加油！只要你在认真救治患者的同时，好好做好防护，我们的担心挂念就会减轻很多，好客山东就是你们奔赴湖北一线的医务工作者最坚实的后盾！你是山一大一附院（山东省千佛山医院）第三批医疗援助队的队长，在带领大家全面抗击疫情的同时，生活上也要照顾好同行的兄弟姊妹们！

家里一切都好。每周山一大一附院的领导们都会给家里送来肉、蛋、菜、油，还有牛奶等生活物资，每隔几天都会来问寒问暖。你们科除去驰援湖北的几位同事，后方的主任、同事们还要兼顾院内及省内会诊、门诊、值班、听班，人手很紧张，还总关心着我们，给我们提供帮助。来自山一大一附院的关心与关爱，让在家的我们倍受感动与温暖！自咱们省启动重大突发公共卫生事件一级响应以来，每天我手机上也会收到各类疫情提醒信息。我们会积极配合政府部门，减少出门，不聚集，抗击疫情从自身做起。待我产假结束，如还需医务人员支援的话，我已做好充分准备，请战到湖北一线做病毒核酸检测。以我十年的基因检测工作经验，我有信心、有能力和你肩并肩共同奋斗，一起为国做贡献！

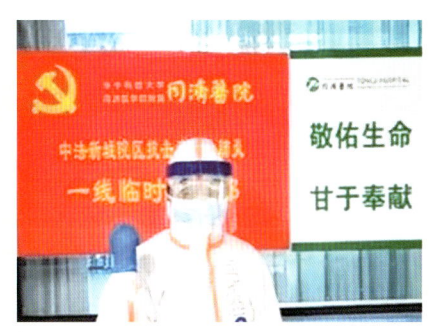

你去武汉的时候，二宝小曼刚51天，还是一只吃了睡睡了吃的"佩奇小猪"。前天她开始望着我咯咯笑出了声，左脸颊上还有一个隐隐约约的小酒窝，笑起来弯弯的眼睛特别像你。当初我想，等小曼会俯卧抬头的时候，你是不是就能回来啦？现在看，似乎归期要推迟，希望你们继续加油努力，待小曼会翻身时，冲锋在前的你们也一定把病毒打趴下，让病毒翻不了身哈！姥爷总嫌我抱着小曼不放下，会把她宠坏，其实那是替你抱的。粉团团的小曼一晃眼就会长大啦！哥哥小旻同学最近开始上网课了，因为他是一线医务人员子女，所以学校的老师们特别有针对性地给予了关心和作业指导，漫长寒假里缓缓松掉的弦又开始紧了起来。忙乱的几天过去，他总时不时问我："爸爸什么时候能回来呀？"因为我告诉他，爸爸回来了，你就能上学啦！对了，小旻同学2020年2月29日要过他第二个生日，上一个生日之后，他已眼巴巴地盼了四年。你这次不能陪他过，别忘了给他准备生日礼物啊！

自参加工作以来，你先后参加过2008年汶川大地震后的抗震救灾、2009年援助聊城手足口疫情、2019年重庆石柱对口医疗扶贫帮扶等很多医疗救援行动，每次你都冲锋在前，勇于担当，甘于奉献。作为离你最近的家属，我看到你作为一名党员、一名医务工作者，确实做到了不忘初心，也一直在踏踏实实地践行自身的责任和使命。这次支援武汉同济医院中法新城院区，和之前的那么多次医疗救助行动既相似，又不同。你在外多保重，多留心，多互助，家里有我呢！你会是孩子们最好的榜样！期盼早日凯旋。

前面故作轻松的话写了很多，王老师儿，长夜无眠，我们为国祈梦；凛冬散尽，唯愿星河长明。

平安回来！

媳妇小田同志、哥哥小旻、妹妹小曼
2020年2月14日

武汉需要你们，我们等你回来

写给泰安市第一人民医院郭燕芬的家书

人物档案

收信人——妻子：郭燕芬
泰安市第一人民医院援助湖北医疗队队员

写信人——丈夫：庞涛

亲爱的媳妇儿：

你在武汉还好吗？

2月9日一别，一转眼你去支援武汉抗击新冠肺炎疫情已经五天了，匆匆数日，直如经年。在这五天里，第一次感觉到时间是那么漫长，像静止了一样，时钟走得是那么缓慢。多么希望这是第五十天，多么希望明天就能看到你站在我们面前。但我知道，这都不可能，因为现在正是抗击疫情的关键时期，武汉需要你们，患者需要你们，希望你在那边好好工作，早日平安归来！

2月8日深夜，身边两岁的小儿子刚刚睡去。你拖着劳累了一天的疲惫身躯刚要休息，刺耳的手机铃声打破了午夜的宁静，电话通知你医院准备组建支援武汉医疗队，自愿报名参加。虽然当时你也曾询问我是否要报名，但看到你那坚毅的眼神，我就知道你已经下定了必去的决心。还记得，新冠肺炎疫情暴发的最初几日，你就每天对我说，作为一名医护人员，一定要为武汉做点什么。大年初二，医院号召大家组成防控志愿队，你就踊跃报名并写下请愿书。出发前，你一直为没能第一批参与到发热门诊和留观病房的工作中去感到遗憾！看到你坚定表态，最终院里同意了你的请求。由于时间紧迫，随时可能出发，看到身边熟睡的小儿子，想到现在还在生病打针的孩子奶奶无法及时赶来，你连夜给在宁阳的父母打去电话，让他们租车赶到了家里。见到父母，你眼里噙着泪水，但你还是坚强地没有哭出来，因为你知道那样父母可能更担心。父母没有对你多说什么，因为他们比我更了解你的性格，你是一个好强、决定了就不会回头的人。父母只是给你了些鼓励,让你放心地去,家里的孩子他们会好好照顾,你在前线不要担忧挂念,好好工作,保护好自己,平安归来。那一夜,我们都没有入眠!

  临行前,大儿子知道你要去武汉,虽然他还不知道这种病毒到底是什么,但他已经从我们的交谈中,大体了解到这次你去的可能不是一个普通的地方。他是一个内敛含蓄的孩子,不懂得怎样表达,只是过来抱住了你,轻轻地说:"妈妈,你一定要平安回家,我和弟弟会听话,等你回来。"看着懂事的大儿子,再看看身边玩得正高兴的小儿子,你的情绪终于控制不住,眼泪夺眶而出。当时的我只能强忍着泪水对你说,有我在家,你放心去吧,我会照顾好两个孩子的,我们都等你回来,带着老大去吃最爱的必胜客,带着小儿子去最喜欢的游乐场!

  去武汉的第一天,你怕自己控制不住情绪,没敢和小儿子视频,只是简单和老大聊了一下。在视频中,我们看到你的头发又变短了,脸上也没有光泽。你问老大说,妈妈是不是变丑了?懂事的儿子告诉你,妈妈不丑,是我心目中的女神、女英雄,就像奥特曼一样!

  就在前天晚上,你跟我说,你们培训已经结束了,凌晨4点就要进舱了。儿子可能不知道方舱医院是什么,你告诉他这是一个有1000多个感染者的隔离大病房。他好像懂得了些什么。这一夜,我们全家都没有睡好,担心你能否适应密不透风的防护服,担心你能不能坚持这么长时间,担心你冷不冷……好在第二天下午,你给我们发来了消息,平安出舱,我们悬着的心终于放了下来。

  亲爱的媳妇儿,在抗"疫"第一线,战斗才刚刚开始,你一定要做好个人防护,注意休息。现在上级政府、院领导对医疗队员的家属都非常关心,给大家发了慰问金和慰问品,家里不会有任何后顾之忧,希望你与大家一起全力以赴,共克难关,为早日战胜疫情做出应有的贡献!

  明天就是情人节了,虽然我们不能像以前那样带着两个孩子去购物、去吃比萨,但我们的心始终是在一起的。我们都在心里为你加油,为你鼓劲。春天已经来临,明年的情人节我们一定一起过!

爱你的老公
2020年2月13日

为爱写诗

写给枣矿集团枣庄医院王作飞的家书

人物档案

收信人——丈夫：王作飞
枣庄矿业集团枣庄医院呼吸与危重症医学科副主任医师

写信人——妻子：褚宏祚

疫情肆虐，家书万金。这是枣庄矿业集团枣庄医院援助湖北医疗队成员、呼吸与危重症医学科副主任医师王作飞的妻子写的一首小诗。怀着一行书信千行泪的浓浓思念，她为丈夫奋勇出征湖北而骄傲，也为丈夫忧心。而更多的，则是希望爱人能够全身心投入救治病患的工作中，报效国家，不负韶华。

青青河畔草，绵绵思远道。
远道不可思，宿昔梦见之。
梦见在我傍，忽觉在黄冈。
黄冈千里远，遥思不得见。
君走为国战，胜心比金坚。
丈夫志四方，英勇报国疆。
且行且安心，妻在家顶梁。
不求长富贵，唯愿君安康。
明月照我床，星汉夜未央。
思君不敢忘，泪下沾衣裳。

——妻褚宏祚

无私的逆行，是我坚守阵地的动力

写给山东大学第二医院郑磊的家书

人物档案

收信人——丈夫：郑磊
山东大学第二医院重症护理专业护师、山东援助湖北医疗队队员

写信人——妻子：史丛丛

老公：

　　从哪里说起呢？2020年是不平凡的一年，新冠肺炎让所有人不寒而栗，这个年过得着实有点苦。节后思绪一直乱乱的，心里五味杂陈，今天总算是能稍稍冷静下来，记录一下这次感动又难忘的经历。

　　从你启程的那天，一直想着坐下来写点东西，可想起你们一行人背着行囊，右手握拳立在胸前，信心满满地喊着"必胜"的样子，每次提起笔就泪眼婆娑，无奈又放下。

　　今年过年依旧没回家。科室里那群弟弟妹妹刚毕业，还有几位同事孩子太小，他们肯定更想要团聚，我便留了下来。你怕我一个人留济南过年会孤单，便也留下来陪我。年三十下班的时候已是晚上七点半，想着你肯定等着急了，抓紧回家包点水饺炒两个菜，两个人毕竟也得吃年夜饭嘛。可是一进门，映入眼帘的是你已经准备好的一桌子丰盛的饭菜，真暖心，这个奔三的男人，这个从不做饭的男人，竟然主动为我做了一顿"丰盛的晚宴"。没想到，这成了离开我之前，你为我做的"最后一顿饭"。

　　年初一我下班回到家，你和我闲聊时随口说了一句："我们单位第一批援助湖北的队伍已经出发了，很有可能我也会过去。"当时我随便一听，没放心上，没觉出疫情有多严峻，只觉得我们做好自己分内的事，把自己的患者照护好便可。然而病毒的蔓延已经超乎所有人

想象，简直像一头猛兽，全国各个省市也相继出现新冠肺炎患者，瞬间炸开了锅。武汉封城，人力物力紧缺。武汉这次遇到大麻烦了，湖北在向我们求救。

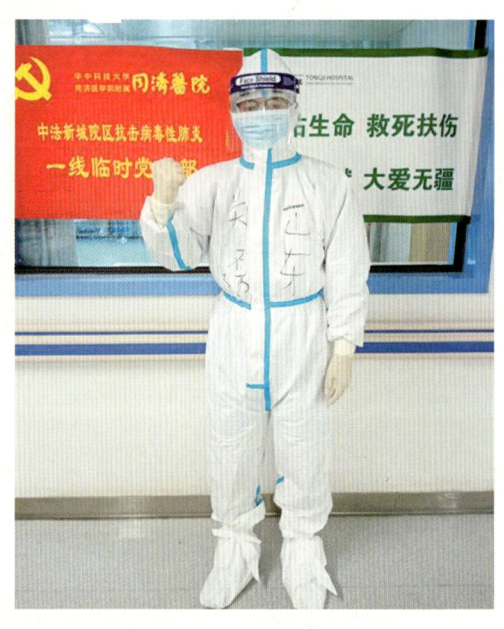

非典那时，我们还小，刚记事。今天的新冠肺炎让我们90后赶上了！这次，轮到我们上场了！该轮到我们来保护世界了！

疫情暴发以后，我们二人均向院里递交了申请，同为医务人员的我们，这个时候理应也必须义不容辞地站出来。家是最小国，国是千万家；苟利国家生死以，岂因祸福避趋之；一夫当关，万夫莫开！谁不贪恋舒适，谁不怕前方艰难险阻？国难当头，个人利益又算得了什么？一方有难，八方支援。这是我们每一位国人的基本素质，与国家同生死共患难！疫情的迅猛发展时刻牵动着医务人员的心。我们是患者和人民最坚实的后盾，哪里需要我们，我们就要顶上去！不问归期！

2月2日，山东省又一批勇士毅然踏上了支援湖北的征程。情理之中，意料之外，你被"幸运"地选中。为你担忧，更为你骄傲！前一晚收拾行李的时候，不争气的眼泪一个劲儿地往外涌，不想被你看见，怕你心里难受，给你造成困扰。长这么大，没给人收拾过这么全的行李，因为前线物资缺乏，只要能带的尽可能都给你装上。从早上睁开眼洗漱到晚上洗漱完上床睡觉，我把这一天你有可能会用到的所有物品都尽可能想到，小到指甲刀，大到棉衣电褥子，想了又想，想了又想，生怕会落下什么。第二天本不想送你去机场的，可又怕你心里落寞，便一同前往机场为你壮行。我们在一起十年，没去过远方，没来过机场，更没分开过这么久，没想到第一次竟是送你"出征"！各种采访各种仪式下来，我的眼圈已经红了个透，眼泪最终是憋不住的。晚上八点半左右收到你的微信，已经安全抵达武汉，我悬着的心终于放了下来。

执子之手

　　每天我不会去主动联系你，因为知道你穿着厚重的防护服不方便带手机，工作繁忙也没时间，所以每次都是等你那边方便了，与我们联系。第一次通视频，看到爱臭美的你剃了光头，嗓音略带沙哑，心被揪了一下。今时不同往日，我们的聊天内容不再是家长里短，都是关于武汉，关于疫情，关于工作。是啊，这就是我们的工作，自从我们穿上白大褂的那一刻起，便意味着我们不再是我们自己。特殊时期，我们就得变成身穿铠甲的勇士，与病魔斗争，上阵杀敌，救死扶伤！此时此刻，为了"战士们"能安心在前线工作，医院会定期派送食品，让我们家属在这个寒冷无情的冬天时刻被温暖着。我一直为自己没能奔赴前线抗"疫"惋惜，领导们也一直安慰我：抗击疫情，每寸土地都是战场，我们守好自己的阵地，也是在为抗击疫情做贡献。是的，我们护好山东，照顾好家人，站好自己的岗，你们才能有更多的精力去医治病患，不负重托啊！

　　使命如山，责任在肩，在这一场没有硝烟的战争中，我们每一位医务人员都在用自己的实际行动践行着我们的诺言。健康所系，性命相托，大医无悔，大爱无疆。没有一个冬天不可逾越，没有一个春天不会到来。同舟共济，众志成城，让我们一起等风来，等花开，待到疫情结束那天，我们定将含泪拥抱这些可爱的白衣天使们！

你的妻子：史丛丛

每天都盼着你报平安的信息

写给济南市第三人民医院郭芳的家书

人物档案

收信人——妻子：郭芳
济南市第三人民医院呼吸内二科护士长

写信人——丈夫：刘旭昌
济南市第三人民医院痔瘘科主任

从来不会写情书说情话的济南市第三人民医院痔瘘科刘旭昌，在2020年2月14日这天，特意为远在武汉抗"疫"一线的妻子郭芳写下了一封语言朴实却情真意切的家书。

同为医务人员，刘旭昌非常理解并支持妻子的决定，独自一人照顾家中70多岁的老母和备战高考的儿子。他不敢给妻子打电话，只能一遍遍地看电视、刷手机，找寻每一点与武汉、与方舱医院有关的消息。情人节到了，他要把自己的不舍、牵挂化为书信，寄给妻子，作为情人节特殊的礼物，鼓励她，支持她，向她报平安。

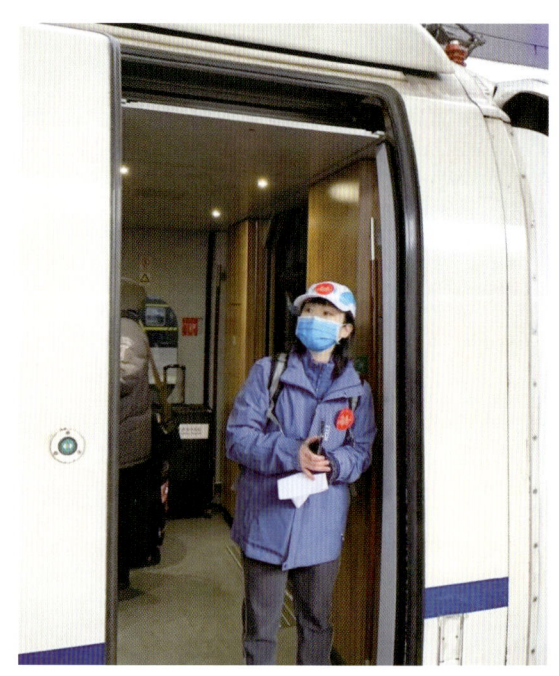

亲爱的老婆：

你在抗击新冠肺炎疫情的一线辛苦了！虽然你离开家不到十天的时间，日子却显得如此漫长。疫情让你我相隔千里，却让我们的心贴得更近。

现在家中一切安好！你走后各级领导、同事、朋友都非常关心，以各种形式向我们表达慰问之情。老人们身体都好。孩子最近学习状态不错，班主任和任课老师亲自打电话询问学

习情况，并鼓励他学习妈妈"不畏艰难、勇往直前、敢打敢拼"的精神。你这次毕生难忘的武汉之旅对孩子影响很大，我觉得他瞬间长大了。我除了上班外，还是一如既往地干着我"厨师"的老本行，照顾好一家老小的一日三餐。你在那边安心工作就好。虽然知道你不是一个人在战斗，但家里还是非常担心你的安危。知道你工作繁忙不方便打电话，为了不打扰你，我们只能每天盼着你报平安的信息。每天收看来自一线的电视报道，除了关注疫情最新变化，更希望看到你和每一位白衣战士健康安全的身影。你一定要保重好身体，做好自我防护，照顾好团队中的每一位战友，等疫情过后大家都能平安凯旋。

你知道我是一个不善表达不会花言巧语的人，以前我们一起过的情人节虽然没有鲜花，没有像样的礼物，没有浪漫的情话，但陪你逛逛街然后找家特色餐馆吃顿饭，也是无比幸福。而如今这也成了一种奢望！在今年今日这个特殊的情人节我要对你说："老婆，我爱你！"希望这场疫情早点结束，等你平安归来，愿我们过的每一天都是情人节！

冬将尽，春可期！春暖花开之际，必将是你凯旋之时！到那时，我们都能摘下口罩，好好拥抱！

爱你的老公
2020 年 2 月 14 日

没有过不去的冬天，没有来不了的春天

致山一大一附院陈海荣的一封信

人物档案

收信人——妻子：陈海荣
山东第一医科大学第一附属医院副主任医师、山东省援助湖北医疗队队员

写信人——丈夫：刘玉波

Dear 海荣：

你去武汉虽才二十几日，对你的牵挂却不分昼夜如此漫长！

你我大学同学至今已经二十余年，你一直陪伴着我，为了我和咱们这个家庭数次变换工作单位，从青岛到潍坊，最终来到济南。这二十多年里，也有为了学业一时的分别，但那时的分别不曾有如今的担忧和想念。在你随山东省第三批援鄂医疗队出征时，对这次突如其来的疫情处置办法还是"阻击"！小女儿刚开始几天很想妈妈，晚上自言自语；大女儿虽然沉默不语，我晚上也看见她偷偷跟你视频了；孩子爷爷天天接到老家的电话，询问你和家人的情况。全家人都很牵挂你！

然而，大灾面前哪有小家！看看前方湖北武汉的报道，多少个家庭因为这次新冠肺炎支离破碎，短时间内亲人一个接一个病倒、逝去……本是举家团圆、爱意浓浓、安康祥和的欢庆日子，却被这次可怕的疫情笼罩了。想想那些有家不能回的异地居民，想想那些因病在家隔离的疑似病人，想想那些躺在医院病床上痛苦呻吟的危重感染者，此刻你们这些专业医务人员不去，谁能去呢？

"养兵千日，用兵一时。"你们虽然不穿军装，但在病毒面前，你们就是战士！祖国需要你们，大众需要你们！你们积极响应党中央和山东省委、省政府的号召，服从医院的安排来到武汉，你们的到来，不但支援了武汉当地医院的医疗力量，更是增强了当地居民战胜病魔的信心。这些日子里大女儿也在看新闻。小女儿哭哭啼啼时，大女儿跟她说："外面好多人需要妈妈，现在不只你一个，不要独占妈妈，好吗？"我没想到平时不言不语的大女儿会

这样哄妹妹。

办法总比困难多！刚去的时候，你说条件比较艰苦。我说，若感觉苦，你就想想数千名援建火神山、雷神山医院的工程人员，风餐露宿，通宵达旦。他们为了谁？短短十五日内，就建成了2500张床位的两所专业化医院，为抗击疫情，提供了可靠的基础设施保障；你再看看社区人员，简单着装就在风雪中深入街巷，为的是防控疫情蔓延；现在，就该医务人员尽心尽责了。虽然咱们是普通的医务人员，能力有限，但是我们的心是一样火热的。隔离病房

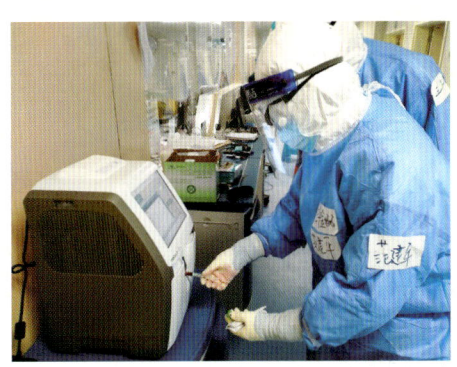

3月3日，大别山区域医疗中心南楼7层感染重症隔离病房，山东医疗队队员、济南市妇幼保健院重症护理范建平在做血气分析。（李颖霞、王凯报道）

的病人，身体正遭受病毒的折磨，内心正承受远离亲人的痛楚。你在那里不仅要给他们合理用药，更要给他们人文关怀，让他们从内心感到温暖，让他们不再孤单，重新鼓起战胜病魔的勇气。昨天看报道，已有近3万名医务人员到达了湖北，你周围好多同事来自不同医院，"多方部队"在一个医疗组工作，你和队友要互相帮衬，同心共德，服从医疗队领导的工作安排。你呼吸专业出身，又有传染病医院和重症监护室工作的经历，感染病防控操作技术熟练，所以隔离病房的查房工作你要多参与，毕竟，那里有最需要你的人……

你去武汉后，医院和孩子学校对我们非常照顾。千佛山医院和重症监护室的领导、同事每周都会来慰问一次，带来一周所需的生活物资；隔几天你们科的领导就会打电话询问有哪些需要帮助解决的问题。小女儿的幼儿园和大女儿就读的山师二附中分别指派了老师单独为孩子辅导功课，孩子们的同学、家长也不约而同地在班级群里为你鼓劲加油。咱们居住的社区里，也挂起了"向奋战一线的医务工作者致敬"的宣传标语。我们应该衷心感谢他们，感谢他们为我们的无私付出。

春雪刚过，天气依然寒冷。刚刚你发图片说，你们分到了新羽绒服，好好工作吧，全国的物资都优先调配用于援助，全国的人民都在为奋战在一线的你们默默奉献！

没有过不去的冬天，没有来不了的春天。曙光已在前面，加油吧！愿疫情早日过去，你早日平安归来！

夫：玉波

2020年2月17日

篇三 与子同袍

感觉已经忘记了恐惧和不安

山东省援助湖北医疗队队员韩严寒黄冈来信

人物档案

写信人——韩严寒

山东省第二批援助湖北医疗队队员、山东能源枣矿集团中心医院重症监护室护士长

2月14日晚,山东省第二批援助湖北医疗队队员、山东能源枣矿集团中心医院重症监护室护士长韩严寒从湖北黄冈救援一线发回一封信函,读来催人泪下。

愿春满大地,山河无恙

转眼间,来到湖北一线已经半个月的时间了。每天行走在驻地和医疗点之间,在白班和夜班中交替,在做好个人防护和护理新冠肺炎患者之间进行切换,感觉已经忘记了时间,忘记了恐惧和不安。

初到湖北黄冈的两天是参加各种培训,为进入医疗点做准备。我兼任了重症组的护理组长,在自己认真练习的同时,督促大家加紧练习,确保万无一失:平时多流汗,战时少流血。我告诉全体组员,一定要做好自身防护,才能更好地保持战斗力。我也向全组成员承诺,一定带他们平安回家。

进入战场的第一个班,是在临时隔离点的大夜班,从晚上10点到第二天上午7点,一晚上接诊了20名患者。一个班9小时下来,身上的衣服早已经湿漉漉的。这里没有空调、没有暖气,脱下防护服,就要赶紧换上衣服。因为条件限制,仅有一个洗澡区,温度也不高,我们怕冻感冒了影响工作,都是下班后赶紧穿上衣服回到驻地去洗澡。习惯了咱们北方冬天

的暖气，到了没有暖气的南方还是有些不适应，有时候冻得手指头都没有知觉了。

但是不管条件再难再苦，我们也要咬牙坚持。我们知道自己的使命和任务。作为医护人员，完成时代赋予我们的使命是值得骄傲的事。

在临时隔离点上了两轮的夜班，就转战大别山区域医疗中心开展工作。此时，医疗队经过前期的磨合，各项制度和流程逐渐完善，物资保障在领导和同事们的关心支持下有所改善，增强了我们持续战斗的底气。

大别山区域医疗中心有东西两个病区、120张床位，几个班下来就收满了，每个病区都有不少危重症患者，工作任务很重。护理要戴双层手套，打针难，找不准病人血管，近距离操作危险性也大。隔离病房没有护工和保洁，所有工作都由护理人员承担。我主动承担打针的任务，凭感觉摸血管打针，没有出现因为打不上针造成病人情绪波动的情况。

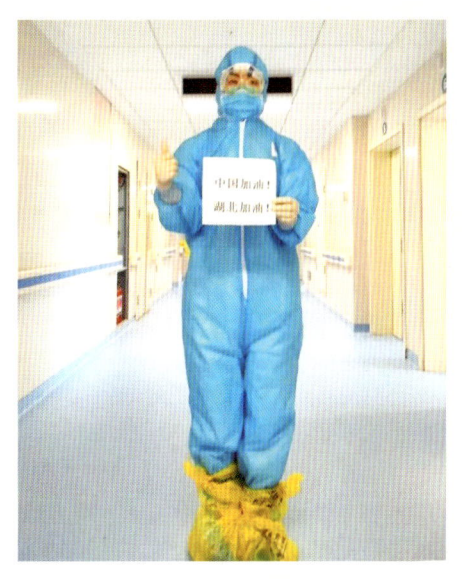

前不久，有个20多岁的轻症小伙子专门找到我说，隔壁的病房有他的两位同事，都是医务人员，在工作时感染上了，有一个女同事病情比较重，整夜睡不着觉，咳嗽厉害，精神高度紧张、害怕，希望我们帮忙照顾她。

同为医务工作者，我理解他的心情，告诉他，有我们在，一定替你照顾好她。于是，我就跟其他的组长交代，多照顾那个女孩，多开导，带些水果、牛奶给她。她这几天恢复良好。

前天，小伙子康复出院了。临走前，他告诉我们，很感激我们所做的一切，他也会尽快重回战斗一线，和我们并肩战斗。

没有什么比看到患者康复出院更让人感到欣慰的了！一批批患者康复出院，是我们作为医务工作者的价值体现。

战斗还在继续。

唯愿春满大地、山河无恙，大家加油！

韩严寒于湖北黄冈

2020年2月14日晚

强大的后援保障是我们战胜疫情的动力

山东大学齐鲁医院麻亮武汉一线致家乡

人物档案

收信人——齐鲁医院后援战友、社会各界爱心人士

写信人——麻亮
山东大学齐鲁医院儿内二病房护士、山东省援助湖北医疗队队员

"时至今日,出征武汉已近三周,在武汉工作及生活中所见所闻,让我内心倍感温暖,感激涕零,特书信一封以示感谢!"山东大学齐鲁医院儿内二病房麻亮在湖北一线写信感谢齐鲁医院后援战友及社会各界爱心人士。

"疫"路同行,感谢有您。

尊敬的齐鲁医院后援战友、社会各界爱心人士:

我是山东省援助湖北医疗队队员、山东大学齐鲁医院麻亮,请允许我代表自己和一线的战友们,对默默关心和支持我们的同事、各界爱心企业和爱心人士,郑重地说一声:感谢你们!

岁末年初,武汉发生疫情。作为齐鲁医院儿科二病房的一名护士,有幸加入支援武汉前线的抗"疫"队伍中,为国出一份力,为社会担一份责,为病患减一份痛苦,深感荣幸和责任重大。时至今日,出征武汉已近三周,在武汉工作及生活中所见所闻,让我内心倍感温暖,感激涕零,特书信一封以示感谢!

"苟利国家生死以,岂因祸福避趋之!"我们之所以能成为大家口中的"最美逆行者",离不开大后方医院同事、社会各界团体和爱心人士的"疫"路同行!出征当天,科室同事们把早已准备好的防护物资和各类用品装进我的行囊,生怕我到武汉后缺这少那。我知道,我带走的是大家对我的关心和惦念。还记得盛桂梅护士长早上六点多就拖来自己的大号行李箱帮我准备物品,眼里含着泪,欲言又止。我知道这份牵挂和不舍无法用语言表达。李保敏主任和雷革非主任早早赶到办公室,为我梳理着前线工作的注意事项,一遍遍地检查所有的物

  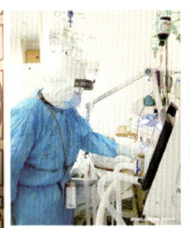 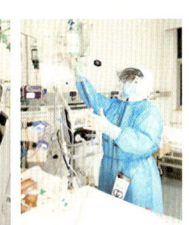

资,生怕我到武汉后受难为……趁着我去理发的工夫,儿科鞠秀丽主任带着干果来了,她亲自检查了行李箱,李福海主任送来了增强免疫力的干扰素,儿科各个楼层的护士长送来了自己仅存的防护用品家底,并一起为我们送行。出发那天,盛护士长的一位朋友托她和我爱人说,山东航空的一位领队是她的朋友,她担任齐鲁医院第四批医疗队131人驰援武汉的飞行任务。她说,空乘人员一听说要送齐鲁医院的医疗队去武汉,都抢着出行本次航班,说要亲自送队员们出征,还要亲自把队员们一个都不少地接回来,并为此增加了空乘人员。出行的时候,济南交警为我们霸气壮行。我深深地感受到家的温暖,那一天我终生难忘!请允许我对亲爱的同事们、齐鲁大地的家人们道一声:"谢谢!"

千里驰援送温暖!在武汉的工作一切顺利,跟强大的后援支持和大家的关心、鼓励是分不开的!到达武汉后仅仅几天时间,齐鲁医院及志愿者们就通过爱心物流把科室和家人给我准备的两大箱物资送到武汉。我深知在病毒肆虐的非常时期,将源源不断的后援支持送到武汉可谓历尽艰难——是广大的爱心企业、爱心人士冒着生命危险为我们送来的,是家乡人民的深情厚谊!

有人说我们是"舍小家,顾大家",那是因为有单位、同事和政府的殷殷关切。在武汉的每一天都能收到同事的关怀和鼓励,这让我倍感欣慰。跟爱人的沟通中得知,自我出征武汉以来,科室主任和护士长代表医院和科室全体人员到家中慰问,并带去生活所需物品和防护用品。与此同时,家里还不断收到社会各界、党委、工会的关心、关怀。5岁的儿子也开始参与志愿者提供的山东大学战"疫"前线医务工作者子女线上辅导志愿服务活动。

感激之情,无以言表!在此,请允许我郑重地道一声:感谢大家!感谢爱无处不在的祖国!感谢力挺我们的家乡人民!感谢温暖如家的齐鲁医院!

此致
敬礼!

齐鲁医院儿内二病房 麻亮
2020年2月24日

你对口罩过敏，到那边过敏了可咋办

写给山东省胸科医院杨汝燕的家书

人物档案

收信人——杨汝燕
山东省胸科医院主管护师、山东省援助湖北医疗队队员

写信人——刘丹丹
山东省胸科医院呼吸与危重症医学科七病区医务工作者

这是一封来自同事的家书。山东省胸科医院呼吸与危重症医学科七病区刘丹丹是山东省援助湖北医疗队队员、山东省胸科医院主管护师杨汝燕的同事。两人都是正月十六的生日，以往过生日两人都是在一起。今年相距八百千米。刘丹丹在信中回顾了两人在工作中的友谊，期待杨汝燕早日回家，希望疫情早日得到控制，希望国泰民安。

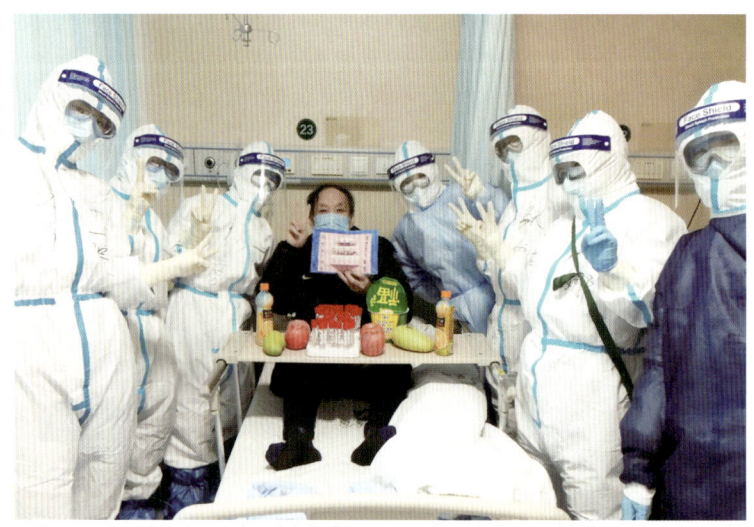

3月1日早上8点，武汉同济医院光谷院区E1区7楼重症病区，刚完成夜班的山东大学第二医院援鄂国家医疗队护理六组队员为23床刘大爷庆祝生日。（卢鹏、王厚江供图）

老杨：

今天是你的生日，也是我的生日！

以往生日，都是跟你一起整个蛋糕，拍个美照；今年你去了黄冈，看到你跟一起在黄冈的小伙伴们过生日，有点酸酸的……

刚搬到省胸科医院西区的时候，我被冠以"忙命"的称号。还记得你说过，最不愿意接到我电话了，接到我的电话准没好事。回想一下，当时2017年年底流感高发期，虽然医院给了咱们两个病区，可是病员太多了，我们的工作增加了一倍，人员却一个没加，而且病员数量超过想象，准备的东西也不够。我经常给你打电话，记得让你给我解决过床位、心电监护仪，好像还有一次，让你无论如何给我解决床位监护仪，给我腾张床位，整床被褥。病人病情太重，当晚必须住下。其实我心里挺明白，有些事情你真的挺难解决，不过我更明白，找你准没错。

还记得那年正月十五吗，中午一个病人氧合不好，我跟宝哥给病人上了高流量吸氧，氧合算是维持住了；下午从普通病房转来一个病人，需要紧急插管；刚插上管，外院又转来一个插管上机的病人。你说你的备班都被我用完了。刚想喘口气的时候，中午氧合不好的病人情况急转直下，主任指导抢救，怀疑气胸。紧急胸片显示纵隔气肿，紧急插管、胸腔闭式引流，低氧情况仍没有解决，最后决定上V-V-ECMO，这一通忙活下来居然就到了正月十六的凌晨——我们俩的生日。

从去年开始，你频繁心慌，很是难受，医生告诉你可能是过度劳累导致的。你说你四十好几了，管不动了；我还笑话你四十几岁正值壮年，还得继续干呢。

年前，武汉疫情愈发严峻，我们医院被定位为省级定点医院，准备接收感染新冠肺炎的病人。我们都是第一梯队。年初三突然听主任说，你和西院刘主任去了湖北黄冈，毫无预兆。那年抗击H7N9禽流感，导致你面部过敏好几年，才刚刚好转，但还是对口罩过敏，你到那边过敏了可咋办？这是我的第一反应。之后每次电视台画面上有你的时候，我都下意识地仔细看看你露出来的面部皮肤有没有红肿，还好没有。

今早我们互祝了生日快乐，我问你归期，你说总会有归期。希望你早日回家，希望疫情早日得到控制，希望我大中国国泰民安。

刘丹丹
2020年2月9日

我在这里一切都好

山大二院徐照娟致同事

人物档案

收信人——山大二院儿科门诊全体护理人员

写信人——徐照娟
山大二院援助湖北医疗队队员

亲爱的护士长、可爱的姐妹们：

你们好！

我来武汉已经整整一个星期了，很是挂念你们，你们在家都好吗？

我走了以后，你们的工作量更大了，也更辛苦了，一定要注意休息，上班做好防护。我们科是高危科室，现在我们的门诊量、治疗量增大，你们的工作压力也更大了，越是这样的时候越要耐心、细心，保证工作质量，三查九对一定落实到位，严格操作流程，不可有半点松懈，坚持就是胜利！相信你们都是最棒的！

护士长要更辛苦了！我不在家您要操的心更多了，疫情期间有很多工作需要布置、落实，工作会千头万绪，我不能在家和您一起分担，您辛苦了！一定要注意休息，等疫情结束我就回来，一定让您好好休息休息！

我在这里一切都好，院领导很是关心我们，各方面都为我们想得很周到，比我们自己想得都周到。不只是为我们着想，还为我们的家人着想。我在这里工作，没有任何后顾之忧。林主任打电话关心我们，嘱咐我们做好防护，注意休息和饮食，叮嘱我们有时间和家里常联系。社会爱心人士给我们捐赠了很多各方面的生活物资。来时你们为我准备的生活用品非常齐全，当时不知道，来了才知道，你们为我准备好了所有我能想到的和我想不到的东西，所以我在这里什么都不缺。在董主任的带领下，在大家的努力下，加上管委会李老师的沟通，我们的伙食也越来越好。请姐妹们放心！

亲爱的护士长、可爱的姐妹们，我在这里安心工作，你们在后方认真坚守，让我们一起努力，期待疫情早日结束！爱你们！

徐照娟

2020年2月15日

十年一晃而过，你的好我从未忘记

写给北大医疗鲁中医院重症医学科罗旋的信

人物档案

收信人——罗旋
北大医疗鲁中医院重症医学科护士

写信人——孙志民爱人
（罗旋的患者家属）

信任是一种美德，其实信任还是一种能力，特别是对医患关系来说，信任不能包治百病，却是不可或缺。信任是双向的，既有患者对医生的，也有医生对患者的。你能铭记一位医生或者护士多久？北大医疗鲁中医院孙志民的爱人给出了答案——十年。十年前，她的父亲病重，住进了重症监护室，彷徨、担心、恐惧向她袭来，北大医疗鲁中医院重症医学科护士罗旋的出现给了她力量。她在信中说，我只要看到她，心里就会踏实许多。她会无微不至地帮我照料父亲，包括翻身、垫背、排痰。那时，我默默地看着，默默地记在心里……十年后，当罗旋出现在援助湖北医疗队名单中，她抑制不住内心激动写下这封信……

愿你们平安去，平安回

当看到北大医疗鲁中医院的两位护士要奔赴武汉，参与这次疫情的救援时，我十分激动，其中一位我认识，但并不很熟悉。她不仅是我老公的同事，还在我悲痛欲绝时，给了我坚实的臂弯，她就是罗旋，一名很普通的重症监护室的护士。当她的照片映入我眼帘时，我的内心不停地翻腾，也许正因为认识了，看到要出征的伙伴，内心五味杂陈。作为护士，她需要这么做；作为女儿，父母一定给了最大的理解与支持；作为母亲，她一定有一万个不舍；作为妻子，她多想偎依在老公的怀里……

在十年前的冬天，我认识了罗旋。那时父亲病重，在重症监护室，我跟众多家属一样，对监护室充满了恐惧，对里面的父亲有揪心的牵挂。当看到护理父亲的是这位罗旋护士时，我对她充满了信任与期盼。我们应该是同龄人，我相信她能读懂我的眼神，因为在那种争分夺秒与死神较量的地方，过多的言语都是废话。只要看到她，我心里就会踏实许多。她会无微不至地帮我照料父亲，包括翻身、垫背、排痰。那时，我默默地看着，默默地记在心里……我从罗旋那儿学会了几样护理常识。重症监护室的十天是我此生最难熬的十天，我用十天接受了现实，接受了亲人的离去……之后的十年，一晃而过，我甚至都没有亲自去感谢过罗旋，但是我内心真的记住了这个善良可亲的护士。

我是纯粹的医生家属，对父母那时候的敬业，打小就铭记于心。他们真的是救死扶伤，半夜里被叫走是常事。如今，老公和他的同事依然履行这样的职责，手机24小时常开，就是怕有急诊。

感恩我周边的亲人们，他们就是逆行者！孩子的姨夫是消防员，孩子的舅舅是警察，孩子的父亲是医生！有他们，才有静好岁月！

去吧，可爱可敬的人，愿你们平安去，平安回。

孙志民爱人

长大后我就成了您

一名小学生写给山东省中医院邱占军的信

人物档案

收信人——邱占军
山东省中医院副主任医师、山东省援助湖北医疗队队员

写信人——王梓烨
济南市文化东路小学四年级七班学生

这是山东省中医院邱占军的同事王康锋和张立娟的孩子王梓烨写给他的一封信。信中，王梓烨表达了对他的敬意——谢谢您的辛苦付出，我们会向您学习，长大后像您一样，做一个有用的人，做有意义的事。

今年春节，本应是阖家欢乐的日子，但因为新冠肺炎，许多白衣天使陆陆续续投入到了战斗中。他们，是最美的逆行者。常听爸爸妈妈说，哪有什么岁月静好，只是有人替你负重前行。今天，我才理解了这句话的深刻含义。在我身边，就有这样一位医生，他叫邱占军，是我爸爸的好朋友。

邱占军叔叔是山东省第三批援助湖北医疗队的队长。他去湖北的时候，一切都是未知，甚至未来会怎么样，也根本不清楚，但是他还是勇敢出发了。现在依然有许多白衣天使自愿报名，冲在前方，为我们保驾护航。

我从新闻上看到邱叔叔说，以往在普通病房的常规动作，到了穿着防护服的隔离病房全部变为了慢动作。由于个人脸型对装备和护目镜都不适应，始终无法密封严密，在塞上纱布并将护目镜勒得非常紧后，终于不再漏气。安全性上来了，但是眉骨和前额勒得很痛，防护服只穿了五分钟，就感觉到头疼；坚持到半个小时，疼痛难忍，冒着漏气的风险从眼镜两侧压一压减轻疼痛……就这样坚持着直到下班，在脱下防护服的那一刻，邱叔叔才觉得呼吸舒畅。真的是不容易啊，您为战胜病毒付出了太多太多。

虽然生理上面临着诸多不适，但邱叔叔仍然很庆幸自己来到了武汉一线，参与抗击新冠肺炎疫情。因为在这里，他看到了"爱"，无数的爱汇聚在了武汉这方水土，让人们感动着、坚持着、期盼着……现在，越来越多病人出院，而这一切，离不开您和众多医护人员的坚守。邱叔叔始终认为：比病毒更顽强的，是白衣天使！正是有了这样的信念，才会有越来越多的病人陆续出院，也会使我们更快、更稳地走进美好的明天，恢复正常的学习和生活。

期盼春天，薪火相传。寒冬即将过去，充满希望的春天一定会到来。邱叔叔，我想对您说：谢谢您的辛苦付出，我们会向您学习，长大后像您一样，做一个有用的人，做有意义的事。我们会做好预防措施：勤洗手，戴口罩，不出门，多通风，避风寒，多饮水，少聚会。我们一定不给你们增加负担！我会好好学习，长大后像你们一样为祖国做贡献。我相信，我们一定会赢！期盼您和您的战友们早日凯旋！

文化东路小学四年级七班 王梓烨

你的努力,就为给大家节省一套防护服

临清市人民医院护士长宋庆燕写给前线战友"小浩子"

人物档案

收信人——王汝浩
临清市人民医院急危重症救治中心护师、山东省援助湖北医疗队队员

写信人——宋庆燕
临清市人民医院护士长

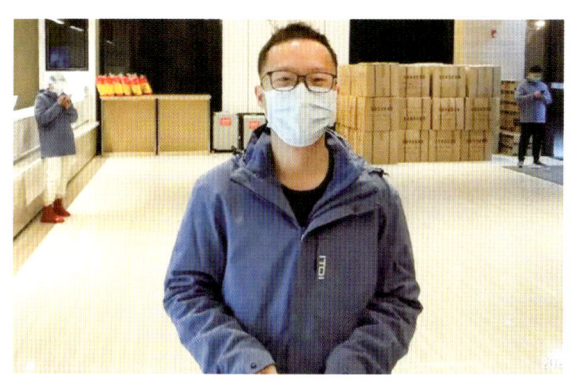

  自新冠肺炎疫情发生以来,我们已经习惯了看到医护人员裹在厚厚的防护服里,他们面对患者总是那么坚定而从容,可临清这位护士长写给前线战友的信让我们看清了医护战士们的真实细节:"看到你们这样年轻力壮的小伙子穿上这厚重的防护服都会感到心慌,憋出一身汗,可想而知你们是在一个怎么样的状态下工作。"唯愿早日决胜疫情防控阻击战,让战士们好好休息。

小浩子：

　　2月21日晚10点是你第二次进舱，你跟我说这次没有第一次那么幸运。我刚开始吓了一跳，第一反应是：难道你在工作中暴露了？我知道一旦在工作中暴露，不仅不能和其他战友并肩作战，还要隔离观察，甚至可能被感染。我赶紧问你："啥情况？"你说："昨天上的22：00至4：00的班，不是那么顺利，可能是防护服的事，口罩戴得太严密了，一上班就开始大口喘气，心慌，出了一身汗，怎么调整也不行。和我一起进去的一个人和我穿着一样的黄色防护服，他实在受不了了，出去换了一身白色的，就没事了。"听闻你没事，我才放心下来。

　　回想出征那天，护理部王主任第一次打电话，要求咱再派一名重症监护室的护士支援武汉，我顿时心里一颤。因为我一个大学同学已经进入重症隔离病房，她和我体格差不多，几十年了体重没超过百斤。第一次穿着重重的防护服进去，说有种心衰的感觉，实在坚持不住，就退出来了。瘦弱的她确实在那种环境中很难自我保护，更别提给病人做各项操作了。如果我报名参战，去了不是给武汉添乱吗？派科室其他人，我又不忍心。但我知道，疫情就是命令，必须快速做出决定。"王主任，能给我几分钟时间吗？"征得同意后，我在咱科室群里发了去武汉支援的报名信息，一时间好几个人给我回复，表示愿意参战。我的眼泪开始在眼眶里打转。在报名人员中，我再一一筛选，暂不考虑女护士。在男护中，我最终选了专业知识扎实、技能过硬、工作仔细并兼任中华医学会重症专科护士的你——王汝浩。

　　看到你们这样年轻力壮的小伙子穿上这厚重的防护服都会感到心慌，憋出一身汗，可想而知你们是在一个怎么样的状态下工作。防护服里面闷不透气，防护服外面可能有病毒，还有几十名确诊患者需要安抚治疗。

　　虽然环境恶劣，但我们的小浩子很乐观。你说同班的一位战友实在坚持不住，就出去了，而你毅然坚持："调整，再调整，用鼻子喘气，慢慢就不心慌了。"你的努力，就为给大家节省一套防护服。下班后，当脱下防护服的那刻你才发现，里面的衣服全湿透了，像是从水里捞出来的，都能拧出水来。你安慰自己说，这是免费桑拿，帮助保养肌肤。等到战"疫"结束，我相信，会有一个白嫩的小浩子出现在我们面前。祝你们早日打赢这场战斗，平安归来！

　　　　　　　　　　　　　　　　　　　　　　　　　　　　　　护士长宋庆燕

长大后，我要成为你

写给山东省中医院亓立超的一封信

人物档案

收信人——亓立超
山东省中医院急救中心护士

写信人——于皓源
济南市文化东路小学三年级学生

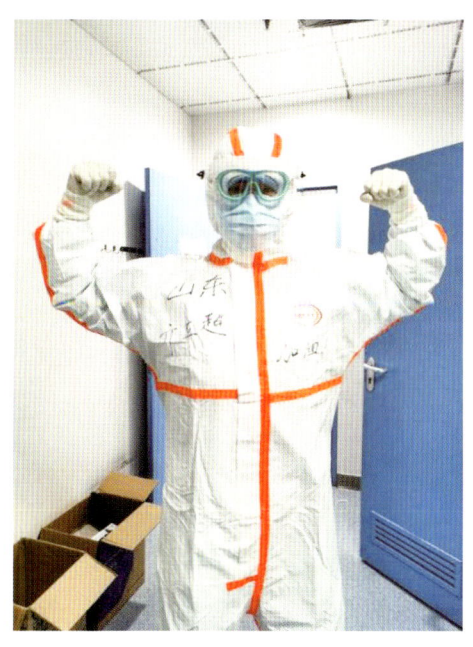

"妈妈,前线手记里是亓立超叔叔吗?他去武汉了?他穿着防护服太威风了!我崇拜他!"

从妈妈那里了解到,新冠肺炎疫情暴发,很多家医院的医生和护士都去支援武汉。妈妈的同事亓叔叔是山东省紧急医学救援队的队员,立即报名参战。他2月2日到达武汉,第二天就进入华中科技大学同济医院中法新城院区,专门治疗危重患者。

我认识他!去年,亓叔叔还到我们文化东路小学,给我们2017级2班同学们上过"中医急救知识宣传培训公益课"呢。当时,亓叔叔和他的同事介绍说他们是省中医的。这时,我脑子里想:省中医?我妈妈不就是省中医的吗?看来他们和妈妈是同事,我感觉很自豪。

亓叔叔长得好帅啊!宽宽的肩膀,高高的个子,眼里充满了阳光。他懂的知识好多好多,讲课又有意思又生动,先是介绍了如何正确拨打120、止血包扎、骨折固定等急救技能,又做了演示。同学们都特别感兴趣,第一次在自己身上寻找穴位。记得在互动环节,亓叔叔手把手、面对面地教同学们急救操作方法。他还让我们分组登上救护车,互相配合完成急救技能展示。当时同学们都很开心,决心将来也做一名光荣的白衣天使。

今天,看到前线的报道,班主任张文丽老师和其他授课老师,还有班里的同学们都非常挂念亓叔叔。从妈妈的朋友圈里,我看到亓叔叔换好防护服,还要经过五道门,才能踏进病房照顾那里的病人。除了做基础的护理之外,亓叔叔还需要给病人喂药、喂饭,帮助他们大小便等。等忙完工作后,脱完防护服,身体的水分大部分都成了汗,连袜子都湿透了。

班主任张老师说:同学们要向亓叔叔学习,做有意义的事!是啊,我们都盼着自己快快长大。我们班的同学画了手抄报,把心里话都画出来,写出来。希望一张张手抄报能够飞到武汉,成为一面面盾牌,用我们的爱,把病毒全部消灭。

我们相信,我们一定会赢!盼望着亓叔叔和他的战友们凯旋。等归来时再给我们上一堂生动的中医急救课。这个特殊的寒假,我们做好学习计划,停课不停学;等开学时,我们已成长。

于皓源

我的病情有了很大好转

武汉患者药盒上手写感谢信致敬齐鲁医院医务人员

人物档案

收信人——山东大学齐鲁医院

写信人——孙维钢
湖北省武汉市武汉大学人民医院住院患者

一个拆开的药盒背面，工工整整手写一封感谢信，这是"发往前线的家书"活动开展以来收到的最特别的一封"家书"。2月27日，武汉大学人民医院东院区18病区11床的新冠肺炎患者孙维钢，从枕头底下拿出一封感谢信交给山东大学齐鲁医院援助湖北医疗队的医护人员，信写在一盒连花清瘟颗粒药盒的背面，这位武汉的患者说："我们是幸运者，遇到了齐鲁医院的医生护士，感谢大家的辛勤付出。"

尊敬的山东省齐鲁医院领导：

您好！

我是湖北省武汉市武汉大学人民医院住院的患者孙维钢，自2020年2月12日入院以来，在齐鲁医院医务人员的治疗和照（顾）下，我的病情有了很大的好转，医务人员不分白天黑夜抢救病（人），工作认真负责、耐心。应该是感动所有病友。所有护士安慰病人。我们是新冠肺炎患者隔离人员，但是所有医生、护士、其他工作人员不断跟病人谈心，鼓励病人配合治疗，我深受感动。一定配合医务（人员）治疗好。

特此敬礼！

孙维钢

2020年2月27日

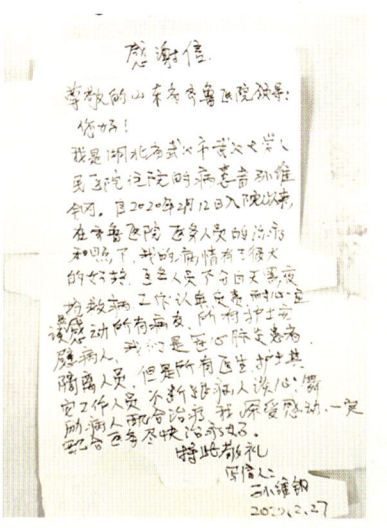

短发的您在我们心中更美更酷

写给济南市济钢医院李秀会的家书

人物档案

收信人——李秀会
济南市济钢医院骨外科护士长、山东省援助湖北医疗队队员

写信人——济南市济钢医院骨外科全体医护人员

"新冠肺炎牵动着全国人民的心，看到一个个医务工作者舍生忘死，奔赴一线，我的内心十分感动。我迫切地想加入驰援武汉的队伍，早早递交了请战书。现在我成为他们中的一员，深感骄傲！"这是济钢医院骨外科护士长李秀会在援助湖北后写下的一段话。济钢医院骨外科全体医护人员致信李秀会，表达对她的支持与挂念——"有一种离别，叫明知山有虎，偏向虎山行，说的就是像您这样的人，如星星之火，在前方让这个世界重新知道爱；有一种等待，叫我心有八千里路云和月，说的就是像我们全体医护人员这样的等待。我们不着急，待到春暖花开、草长莺飞之时，等您回来慢慢讲！"

亲爱的护士长：

您去黄冈已经多日了。自从您去黄冈，我们每个人手机上的疫情关注地区又增加了一个黄冈，这已成为我们交班的一项内容。那里的疫情依然严峻，我们都很牵念您！总是忍不住想发个消息问候您，打个电话听听您的声音。可是，转念一想，您穿脱防护服、洗手等一系列烦琐的环节，就要花费很多时间。在黄冈，时间就是生命，您是同时间在赛跑！更何况，您的脾气我们也都知道。科室群一有消息，您的第一反应总是：科室是不是出现了某些处理不了的紧急事情？对于您来说，真的早已形成了条件反射。我们怕您担心，让您分心，从而影响您的工作、休息。

疫情猛如虎，您一个北方人还能适应南方的环境吗？近来，济南刚迎来春雪，久盼的小雪落旧檐，山头月落，齐烟九点，美如画的雪景，我们也顾不得欣赏。虽然您从没和我们具体说过您的工作时间、工作强度，但是我们心知肚明。看到网上那些令人心酸的照片视频，

我们很是挂念您的身体！"近乡情更怯，不敢问来人"，还望一切安好！

此时此刻，想必您也十分挂念科室情况吧！多亏您未雨绸缪，在疫情初期，提前把消毒防护物资准备妥当，并制定了严格的管理制度，现在我们依然严格执行科室制度，科里的一切工作均有条不紊地进行着，一切顺利！由于这场疫情，发热门诊、急诊、隔离病房都需要大量的医护人员，医院领导为了更好地工作，把我们骨科和泌尿外科合在了一个病区。但王主任要求，以护士站为界，东边收治骨科患者，西边收治泌尿外科患者，分区管理，避免交叉感染。孙晓霞和张娜去了隔离病房，她们也已经适应了在隔离病房五六个小时不喝水、不上卫生间的节奏；张娜也已经剪好短发，行李备好放在科室，做好了时刻去武汉的准备；王伟和刘明昊去了急诊，已做好个人防护；科室其他人认真学习新冠肺炎的相关知识，在病房值班。面对这场疫情，我们深刻理解了您平日里对我们的严格要求。台上一分钟，台下十年功。我们护理事业，更是应该慎终如始，才无败事。正是由于您的严格要求，您在前方护理患者我们才更加安心，我们也有底气在后方护理患者，还请您放心！勿挂念！

时光飞逝，一周很快，也不知道您瘦了多少？但是我们经常想起2020年2月11日那天的上午，我们刚交完班，您和我们有说有笑，突然接到院里的电话："骨外科李秀会援鄂。"消息来得很突然，虽然您笑脸相迎，我们却感觉很沉重。当你以利落的短发造型出现在我们面前时，我们才确定您去武汉的消息是真真切切的。爱美之心人皆有之，但是短发的您在我们心中更美，更酷！当驰援武汉报名消息发出，您第一个报名，不曾犹豫。您是我们学习的榜样，我们要向您学习，我们会好好在家守护，等您平安归来！

现在的我们貌似更习惯了快节奏的短信、视频，相比于以前的鸿雁传书，确实速度快。我们嫌以前的日子很慢，但又羡慕那云中传书的浪漫，一纸书信，万千情怀！在这个时刻，更能体现中华民族的传统文化，见字如人，字与君会，更能体现日思夜念之情。

有一种离别，叫明知山有虎，偏向虎山行，说的就是像您这样的人，如星星之火，在前方让这个世界重新知道爱；有一种等待，叫我心有八千里路云和月，说的就是像我们全体医护人员这样的等待。我们不着急，待到春暖花开、草长莺飞之时，等您回来慢慢讲！

希望如约而至的不只是春天，还有疫情过后平安的您！

骨科全体医护致上

您在前方冲锋陷阵，我们在后方全力守护

写给山东省立医院丁敏的家书

人物档案

收信人——丁敏

山东省立医院重症医学科护士长、山东首批援助湖北医疗队副队长

写信人——山东省立医院重症医学一科全体人员

丁敏护士长：

　　您好。

　　有一种使命，叫救死扶伤；有一种崇高，叫守护生命；有一种力量，叫不畏艰险；有一种前行，叫逆向而行。丁敏老师，作为山东省首批援助湖北医疗队危重救治组护理组长，您已在大别山区域医疗中心不知疲倦地忙碌了两个多星期，您在那边过得还好吗？山东第一医科大学附属省立医院重症医学一科全体医护人员都非常挂念您！

　　新冠肺炎来势汹汹，一场没有硝烟的战争悄然打响。疫情当前，您积极响应医院号召，身先士卒，第一时间递交请战书。不为荣誉，不图名利，您用无怨无悔书写下一个ICU护理人的真挚独白；千里奔赴，驰援湖北，您用实际行动践行着一个ICU护理人的铮铮誓言！重症医学一科全体护士在您的带领下纷纷请战，大家都迫不及待地想要在战"疫"当中，贡献自己的一分力量。

　　疫情就是命令，时间就是生命。大别山区域医疗中心硬件设施不足，耗材仪器紧缺，急需改造。您与大家紧急开展病房布局、物资归整、场地消杀工作，仅30个小时就开辟出两个隔离病区；您认真修订各项制度和规范，总结出一套完整的应急抗疫流程；您组织大家集思广益，没有条件创造条件，每一个环节、每一处设置，您都精益求精、尽善尽美，力争做到规范化、标准化，带着大家逐渐从无序走向有序、走向优质。作为一名有着近30年ICU

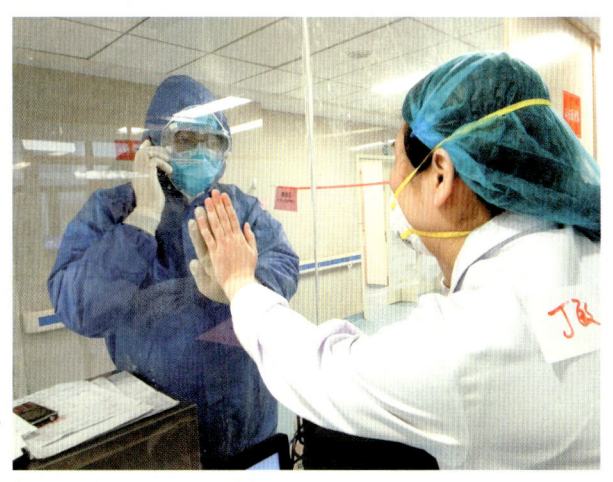

工作经验的临床护理专家，您的专业素养深刻诠释了一个ICU护理人的职业价值。

丁老师，我们都知道，您经常在忙完一天繁重的工作之后，仍加班到深夜。有几次跟您联系，凌晨四五点，您都还没有休息，您为抗"疫"工作付出了太多太多的心血。您始终严格要求自己，总是冲在战斗一线！您总是说，还有许多的想法没有实施，还有更多的工作等待您去完成，您说这都是您应该做的，要与大家共同奋斗……

我们知道，您一定会这样不遗余力，冲锋在前。我们太了解，您总是为工作操碎了心，以身作则，毫无保留地传授大家多年的护理经验，不遗余力地教导我们做一名合格的ICU护士，每次遇到问题，您总会耐心地告诉我们如何去更好地处理。师者，传道授业解惑也。您教给我们的，不仅仅是知识和技能，更多的是精神上的指引和心灵上的抚慰。您像一颗启明星，照亮我们不断前行的护理道路。您是我们心目中的Superman！我们为有您这样的领导，感到无比骄傲和自豪，您永远是我们学习的榜样和努力的方向！

丁老师，您听，时钟滴答作响，那是光阴流逝的声音，也是我们思念您的声音；您看，阳光日渐炫目，那是来自春天的信笺，也是我们共同期待的时刻。丁老师，您一定要做好防护，注意休息。请您放心，您在前方冲锋陷阵，我们在后方全力守护，我们一起打赢这场战"疫"！

日日望江南，翘首盼君归，愿君早凯旋，花开遍地春。丁敏老师，重症医学一科全体人员等您早日平安回家！

重症医学一科全体人员

中国加油！武汉加油！

异国求学的少年写给山大齐鲁医院医疗队员的书信

人物档案

收信人——山东大学齐鲁医院医疗队队员

写信人——杨正蓬

  这是一封朴实无华的信，字里行间洋溢着满满的爱和真情。在异国求学的小小少年为祖国贡献出一份自己的力量。一句"中国加油"，一点支持的力量，一股股暖流，源源不断地汇集起来，只要大家团结起来，这次疫情阻击战，就一定能够取得最终胜利。

  在美国读书的杨正蓬把自己利用课余时间打工挣的300美元捐赠给山东大学齐鲁医院前线的医疗队员。他还组织集会演讲，给学校同学普及新冠肺炎知识，介绍跟病毒斗争的勤劳勇敢的中国人民和逆行而上的白衣天使们。

尊敬的爷爷奶奶、叔叔阿姨：

  当我在国外听说了国内的新冠肺炎疫情，看到你们逆流而上奔赴武汉的视频，作为齐鲁人的后代，我倍感自豪与骄傲！这是我在学校利用课余时间卖奶茶、点心挣的钱。我想替我过世的爷爷（杨兴季）和奶奶（姜玉芳）尽自己的一份心意。谢谢你们守护我们的家园！中国加油！武汉加油！齐鲁医院加油！

杨正蓬
2020年2月18日

医学有传承，待国所需时，我就成了你

师妹写给滨医附院夏娟娟的信

人物档案

收信人——夏娟娟
滨医附院急诊重症医学科副护士长、山东省援助湖北医疗队队员

写信人——冯孟涵

  这是一封师妹写给师姐的信件。信中，师妹冯孟涵以师姐滨医附院急诊重症医学科副护士长、山东省援助湖北医疗队队员夏娟娟为骄傲，以每位优异的滨医学子为骄傲。冯孟涵说，现在的自己还是一名见习的学生，没有熟练的操作技术，惭愧于没能为战胜疫情添些贡献。但是她会在接下来的日子里扎实学习，苦练操作技术，以求在将来的某一天，人民需要的时候，说一句"我可以"，像夏娟娟一样用实际行动告诉人们"放心！有我"。这不仅是医学技艺的传承，更是医学品质与精神的传承——仁心与妙术缺一不可。

亲爱的夏娟娟师姐：

  您好！

  最近还好吗？时光荏苒，自山东省首批援助湖北医疗队奔赴湖北已经20多天了，其他的白衣天使们也还好吗？当我知道有许多优异的滨医学子从五湖四海加入驰援湖北的队伍中时，敬佩感油然而生。当我从公众号的照片看到您全副武装露出的坚定目光时，我想，我该把我寄存许久的话变成文字写给您。

  您说过，在病人期待的目光下，任何身体上的桎梏都不算什么。我明白，就算没有亲身体验过，我也能想象出来——湿透的衣服、缺氧的环境、模糊的视野、极度紧绷的神经。在这种糟糕的情况下，做任何事情都是困难的，可是您把对人民健康的向往当作信念，坚定前进，不负"仁心妙术"校训，不负南丁格尔宣言。现在的我还是一名见习的学生，没有熟练的操作技术，惭愧于没能为战胜疫情添些贡献。但是我会在接下来的日子里扎实学习理论知识，苦练熟练操作技术，以求在将来的某一天，人民需要我的时候，说一句"我可以"，像您一样用实际行动告诉人们"放心！有我"。我敬佩于您的勇敢，也必当以您为榜样。

  这几天在网上翻到了一些照片，想起了2003年的非典。那时我才刚上幼儿园，不记得当时是怎样人心惶惶，但也是有一群像您一样的人出现，凭着信念和理想，拼着热血和责任，奋战在疫情一线。17年过去了，我仿佛在两场不同的战役中看到了相同的眼神。我一直相信医学是有传承的，前辈对后辈的谆谆教诲，老师、师哥、师姐的实际行动，还有对生命的尊重。这样珍贵的精神值得被歌颂和传承，不是吗？

  相信师哥师姐们在投入战斗前已经接受了非常严谨的培训，但是还是拜托你们一定要小心小心再小心，保护好自己，我们等着你们回家！亲爱的师姐，也许在这一段征程中有悲伤，有忧郁，有痛苦，但要相信，疫情过后会有阳光，会有花香，还有您。

  祝平安！

师妹冯孟涵
2020年2月15日

后方无恙，待与你一起共战疫情沙场

写给淄博市中西医结合医院宿献周的书信

人物档案

收信人——宿献周
淄博市中西医结合医院肺病科主任、淄博市第五批援助湖北医疗队队员

写信人——贾福玲
淄博市中西医结合医院肺病科护士长

2月9日，淄博市第五批援助湖北医疗队队员出征，随队的有淄博市中西医结合医院肺病科主任宿献周。2月10日，这批队员进驻武汉江汉方舱医院，宿献周被选派为本次医疗队10个医疗组组长之一，带领28名来自各医院的医护人员组队，负责江汉方舱医院一个病区的救治工作。通过淄博市中西医结合医院肺病科护士长贾福玲写的这封信，我们得知，多年来，宿献周的牙齿一直不好，这次去湖北，为了全身心投入救治一线的病人，临行前，他先去拔了牙齿。宿献周说："这样就不会因为牙疼找麻烦了，省心！"

战"疫"面前，与宿献周一样，众多医务工作者大义凛然、奋勇向前。信中，贾福玲说自己也加入了赴湖北支援的预备队伍，随时准备着出征湖北，与众兄弟姐妹一起征战沙场。

宿主任：

作为和你搭档多年的肺病科护士长，在医院我们就是一家人。你作为全市第五批援助湖北医疗队队员，2月9日出征了。在送行仪式上，我有千言万语想跟你说，无奈你出征匆匆，都没能去现场送你一程。

从你发回科里的信息中看到，你已经于当天半夜落地武汉，随即就正式投入到抗击疫情的战斗中。作为一名科主任、一名共产党员，在国家和人民需要你的时候，你的义无反顾、你的勇气担当让我们敬佩不已，我们以你为傲！

国有难,召必回,战必胜!当医院向全院发起备战的号召时,你第一个响应报名:"我是党员、是科主任,关键时刻,我不上谁上!"当接到组建援助湖北医疗队的通知时,你又是第一个掷地有声地请命。在你的带动下,全科人没有一个退缩的,纷纷请战!我们肺病科作为救治肺炎的专业科室,是冲在一线的抗击病毒的狙击手,正如你临行前所说:随时准备着,为党和人民牺牲一切!

　　患难见真情,危急显英雄。未着白衣时你是家中的支柱,是父母眼中的儿子,是儿子眼中的父亲;换上白衣后你就是国家召唤、使命必达的冲锋战士。

　　你放心吧!家中八十多岁的父母,我们会帮你照顾!从你出发的那一刻,我们大家又多了一份遥远的牵挂!除了能给予你精神上的鼓励和支持,我们能做的就是帮你照顾好年迈的父母。你同样身为医务人员的爱人,知书达理,在国家危难时刻,舍小家顾大家,全力支持你赴一线战斗。我们肺病科和临床第一党支部在你出征后,都和你爱人建立了微信群,相互在群里支持鼓励,因为有你,我们也成了一家人。

　　你放心吧!肺病科的工作,我们一定会全力以赴。你是我们全科的榜样和力量,因为有了你,我们工作有了更多激情和干劲。你在前线冲锋,我们在后方守护家园。每天严格有序的疫情防控,保证收治病人的安全,我们尽心尽力,只是科里没有你,大家心里仿佛少了点什么,又多了份牵挂。

　　宿主任,你远在湖北抗"疫"一线,一定要照顾好自己!说心里话,对你业务上的能力我们都放心,相信你一定会不辱使命,完成党和人民交付你的重任!但是我们牵挂你的生活和安危。大家都知道,你是一个不操心家事的人,多少年来,你一心扑在医院,勤奋钻研,只为完成一名医者的责任,去尽力解除每一个病人的痛苦。然而,你却总是忽略了你自己。多年来,你的牙齿一直不好,这次去湖北,为了全身心投入救治一线的病人,临行前,你去拔了牙齿。你说:"这样就不会因为牙疼找麻烦了,省心!"可你拔了牙齿,吃饭怎么办?你说你爱人给你准备了牛奶、麦片等易嚼的食物。唉,你总是不把自己的身体当回事!答应我们,一定照顾好自己,才更有力量战斗。

　　尽管你刚刚出征,尽管你归期未定,但我们的心始终和你在一起。还要告诉你一个消息,我也加入了赴湖北支援的预备队伍,随时准备着出征湖北,和你一起征战沙场。

　　期待着春暖花开阴霾消散,期待着春和日丽云消雾散,唯愿,你平安归来,顺利凯旋!

淄博市中西医结合医院肺病科护士长贾福玲
2020 年 2 月 10 日

护士长的 7 条温情命令

写给齐鲁医院援助湖北医疗队同事的书信

人物档案

收信人——山东大学齐鲁医院援助湖北医疗队手术室同事们

写信人——翟永华
山东大学齐鲁医院第一手术室护士长

新冠肺炎疫情发生后,山东大学齐鲁医院先后派出多批医护人员到湖北支援,留在后方的齐鲁人一直牵挂着、时时关注着援鄂医疗队队员们,第四批援鄂医疗队队员马上就要进入实战状态,下面是第一手术室护士长翟永华写给手术室同事们的需要再次强调的问题。

2月20日下午,山东省第十二批援助湖北医疗队从济南遥墙机场集结,乘坐包机启程出征,欢送仪式上,队员们合唱《我和我的祖国》,提振士气。(卢鹏、王世翔报道)

亲爱的同事们：

马上进入实战状态，再次强调以下问题：

1. 一定按要求做好防护，不能走样，做好了防护就成功了一半！

2. 所有操作做好查对，不像在咱们手术间，就一个病人，一定一定三查七对，要做到零差错！时刻把患者安全放在第一位！

3. 操作时咱们不熟悉的，一定多向病房同事们学习请教！工作流程不同，但相信大家的实力！

4. 做好与患者的沟通，这是我们手术室的弱项，再加上地域不同、方言不同，难免会受委屈，多想想平时给大家说的，要换位思考，遇到问题时一定不要冲动，理性对待！

5. 大家一定团结一致，服从曹主任和护士长们的安排！多跟刘琳老师沟通！刘阿姨就要多多费心了！

6. 凡事三思而后行，发微信说话要体现正能量、正向的相互鼓励！

7. 身体不舒服要及时跟领导说，注意安全！我们需要零感染！需要大家安全健康地凯旋！

亲爱的兄弟姐妹、孩子们，感谢你们在国家危难之时挺身而出！感谢你们家人的大力支持！相信在党中央的坚强领导下，有齐鲁医院强大的后盾支持，我们一定会打赢这场没有硝烟的抗"疫"阻击战！大家加油！齐鲁医院等着你们凯旋！手术室等着你们回家！你们是手术室的骄傲！

山东大学齐鲁医院第一手术室护士长翟永华

想到抗"疫"一线的你们总忍不住流泪

致滨州医学院校友

人物档案

收信人——滨州医学院奋战在一线的校友

写信人——赵美
滨州医学院护理学院党总支书记

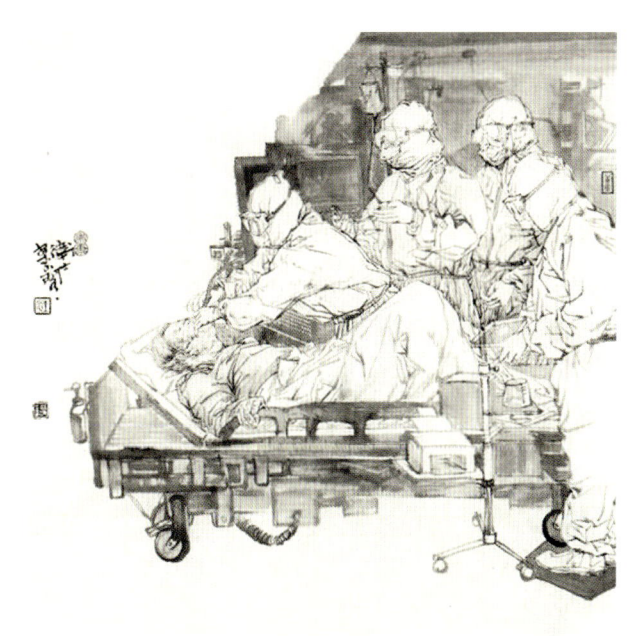

奋战在抗"疫"一线的滨州医学院护理学院的各位校友：

你们好！

我是滨州医学院护理学院的党总支书记赵美，在我35年的职业生涯中，打交道最多的人是护士，给我最大支持与关爱的是护士，现在最最让我牵挂的你们，还是护士。29年来，护理学院就像是我的家，在校的学生和已经毕业的你们就是我最亲的人。

各位校友，你们知道吗？自疫情暴发以来，自第一批驰援湖北的勇士出征以来，我的心无时无刻不处在紧张状态，似乎有一条线把我与远在前线的你们紧紧连在一起，我好像看得见你们的身影，听得见你们的声音，感觉得到你们的辛苦与疲惫，体味得到你们的坚强与勇敢，感受得到你们的担当与使命。你们用一腔热血和无声的行动践行着南丁格尔的永恒誓言，向你们致敬！

滨医附院有着26年护龄的91级学生王云文，在济南机场邂逅来自潍医附院的孙连美，两人相拥相勉；94级学生张玉红瞒着年迈的父母悄悄出发；毕业于学院第一届护理本科的韩娟毅然取消早已定好的亲子游行程，最早投入抗"疫"一线……你们都是我的学生，看到你们的名字，想起你们在校时年轻稚气的面孔，想到在疫情一线冲锋陷阵的你们，总是忍不住心疼地流泪，只能用微信和你们交流，不敢电话鼓励，因为听到你们声音的瞬间常常哽咽难言。

面对来势汹汹的疫情，你们毅然出发，义无反顾地成为最美逆行者。你们是先锋，是勇士，你们正用行动响应着"若有战，召即来，战必胜"，用逆行之姿展现着滨医学子的精神风貌。你们是老师的骄傲，是母校的光荣！

加油，我的亲人们！静候你们凯旋的佳音！

深深的拥抱给你们，保重！

滨州医学院护理学院赵美

2020年2月15日

古城不孤

献给战"疫"一线所有医护人员的诗作

人物档案

收信人——所有战"疫"一线的医护人员

写信人——张茜

古城不孤，
万巷空寂，万盏灯火，封锁的古城也不算孤独。
街无车迹，门窗紧锁。
当春节红被白衣大褂替代，
鞭炮被战鼓取代，
生活的主色调都被病毒搅和了色彩。
这座古城，喜忧参半，既过年关，也过难关。
武汉新冠肺炎疫情牵动全国人民的心，
每一个确诊新增病例备受各方关注。
疫情在新春时节肆虐，
很多人放弃了与家人团聚的机会，坚守在战"疫"第一线。
前线医护人员为抗击病魔而日夜坚守，
后方支援也在紧急筹措当中。
长夜将近，黎明将至。
互联网上与日俱增的感染数据牵动着医者的脉搏，
在口罩烙印的脸上留下来的勒痕扼住病魔的喉咙。
那扎入血管里的液滴，击碎病痛的枷锁，赎回原有的安康。
在那道凭借白色衣衫筑起的生命城墙背后，
不过是一群凡人身躯的医生学着天使的模样与死神抢人，
守护着人间的希望。
那一条漆黑的通道上，
黑暗把蜡烛藏在了病房里，
把声音藏在了会议室里，
把患者藏在他们未眠的夜里。
等天将亮时，
一切都来得及撑开眼睛。
我们相信，
爱和希望，总比病毒蔓延得更快；
信念和勇气，总能拨开笼罩着的阴云。
这是一场没有硝烟的战"疫"，
他们有着高度社会责任感，
我坚信这场战"疫"会成功！
世界很大，幸福很多。
希望如期而至的不止春天，
还有疫情过后平安的你！
武汉加油！中国加油！
无私的前线勇士们，
我们等您平安归来。

一段师生缘，一生师生情

写给东营市人民医院张玉红的信

人物档案

收信人——学生：张玉红
东营市人民医院感染科护士长

写信人——老师：张晓丽
滨州医学院教师

当在支援湖北一线的名单中看到自己学生的名字，是一种什么样的感受？滨州医学院老师张晓丽是自豪的、激动的，又是担心的。东营市人民医院的张玉红曾是张老师的学生，在得知学生前往一线的第一时间，老师就联系上学生多加嘱咐。在这封写给学生的信中，我们感受到了老师油然而生的自豪感和发自内心的关怀。老师说："玉红，你的精神不仅激励着我的女儿、家人，也影响着许许多多的人，我们以你为荣，以你为学习榜样。"

亲爱的玉红：

你好！抗"疫"第一线的你现在可安好？我是你的导师张晓丽。

玉红，记得那是2020年1月26日，从报道中看到你作为山东省第一批抗"疫"白衣天使前往一线，支援武汉，既高兴，又非常担心。高兴的是在国家危难时刻你挺身而出，不愧是我们的优秀学子。我第一时间把看到的微信转给咱们的赵美老师。担心的是你的安危，于是给你发了信息。

你抽空给我回了电话，你说："老师，我是科室护士长，在疫情发生的那一刻我就做好了去前线的准备，过年都是在病房过的。我在感染科工作了好多年，有一定的防护意识，老师你放心，我会注意安全的。"你也跟我讲了你们正在进行的工作和遇到的困难。

交流时，我的女儿正在旁边，你的精神深深地鼓舞、激励着她。她在作文中这样写道：

妈妈的一位毕业学生在东营市人民医院感染科担任护士长，她接到命令以后，立刻赶赴武汉第一线。我听见阿姨跟妈妈交流的电话："没告诉父母，怕他们受不了，能瞒一天是一天。""工作期间穿着成人纸尿裤,基本不喝水,在病房不敢上厕所,减少防护衣浪费,这样能救治更多的患者。"这几句沉重的话,她却说得如此轻松,在她的语气中,我能深刻地感受到她不顾个人安危,一心只为抗"疫"的责任感与使命感。

玉红,你的精神不仅激励着我的女儿、家人,也影响着许许多多的人。我们以你为荣,以你为学习榜样。玉红,你是一个善于动脑、勇于探索、不怕吃苦的好学生,记得你上研究生期间,由于临床工作忙,经常凌晨两三点把分析好的数据、写完的论文发给我。这次你去前线,也看到了不少战友们承受着心理压力,你就跟我探讨如何采用问卷调查的方法分析问题,解决问题。记得咱俩那天凌晨一点多设计了问卷初稿。你的那种处处发现问题、解决问题的科研精神深深地感动着我;你的每个选择,出发点都是如何更好地帮助身边的人。老师愿意在科研的道路上一直陪伴在你左右。

玉红,你刚去前线时,经常给我报平安,记得最后一次给我发微信是2020年1月30日,你是这样写的:"昨晚七点半出发上班,今天凌晨两点到宾馆,要求洗澡不少于30分钟。老师,一切安好。"之后我再给你发微信,你一直没回;实在担心你,就打电话,但你一直没接;问你同学王建,也联系不上你。是不是现在的你工作很忙,不是很方便联系外面?我们其实没有其他事情,就是惦记着你的安危,特别是这两天,看到很多医护人员感染新冠肺炎的报道。身体是革命的本钱,你在前线工作,一定要做好个人防护,工作起来要注意方式方法,要照顾好自己。期盼你们能早日战胜疫情,平安回家,回来咱们团聚,你来烟台我再请你吃海鲜。

最后,把我女儿作的一首小诗送给你和千千万万的白衣天使们。

感谢,有你们

李卓雅

有这么一群人,
一直默默付出,
却不求回报。
白色大褂是他们的象征,
救死扶伤是他们的职责,
天崩地裂,
打不垮他们的决心,
狂风暴雨,

浇不灭他们的信念,
他们就是这世界上最可爱的人
——白衣天使
白衣天使,
谢谢你们,
你们如蜡烛,
燃烧自己,照亮他人;
谢谢你们,

你们如太阳,
总会给予人们光和温暖;
谢谢你们,
你们如建筑师,
为人们架起一座座生命之桥。
你们永远是我们最美丽的天使!

担心你的老师:张晓丽
2020年2月14日晚

我们是你们的坚强后盾

写给济南市历下区人民医院王松、马腾的家书

人物档案

收信人——王松、马腾

济南市历下区人民医院护士

写信人——济南市历下区人民医院

王松、马腾:

你们好!

自你们离开济南驰援武汉已有半月,这半月,家中安好、医院安好、家乡安好,勿念!

你们在武汉一切都好吧?工作忙吧?饭菜还吃得惯吧?千里之外,疫情严峻,一定要保重自己,工作时做好防护,休息时调整好身心,以强大的心理、坚定的信心、健康的体魄和良好的精神面貌,完成好这次抗击疫情的任务。山高水远,关心切切。家人、朋友和历下医院全体职工都惦记着你们,请保持联系,常报平安,盼望一切平安顺遂!

你们出征之时,正是疫情最严峻之际,你们在这种情况下义无反顾地挺身而出,无疑为全院职工注入了一剂强心针,全院上下无不为你们的壮举点赞,为你们的勇气加油。继你们之后更有近百名同志向医院报名请战,在全院范围掀起了

赴武汉、上"疫"线的热潮。

在这场没有硝烟的战争中,医院全体职工坚守岗位、积极抗"疫",以我们的职业责任感和严谨的工作作风,在历下区乃至济南市的抗"疫"工作中发挥着重要作用。咱院承担了四处隔离观察点的医学观察任务,转运发热病人、密切接触者数百人,抽调医护人员一百多名。在这场战争中,我们将医务人员的大爱、大义、大勇表现得淋漓尽致,而你们更是全体医务人员的代表,是医院的骄傲。

希望你们在武汉认真工作,热情服务,将历下医院精神体现在为武汉患者服务上,将我们对武汉人民的关心和关爱传递给他们,展现历下医院"厚德精医、以人为本"的人文情怀,践行"健康所系、性命相托"的铮铮誓言!

你们身处这场疫情防控阻击战的最前沿,一定要注意自我防护,注重劳逸结合,请记住你们不是孤军奋战,你们身后有历下医院的700多名兄弟姐妹。我们会尽我们所能照顾好你们的家人,做你们的坚强后盾。

相信我们终将战胜疫情!待到山花烂漫时,鲜花迎木兰,煮酒待英雄,医院全体职工等待你们凯旋!

济南市历下区人民医院

2020年2月20日

你们是母校的骄傲、牵挂和榜样

写给驰援疫情一线的滨州医学院护理学院校友的家书

人物档案

收信人——驰援疫情一线的滨州医学院护理学院的各位校友

写信人——滨州医学院护理学院

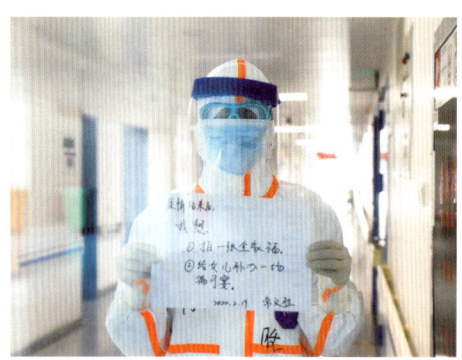 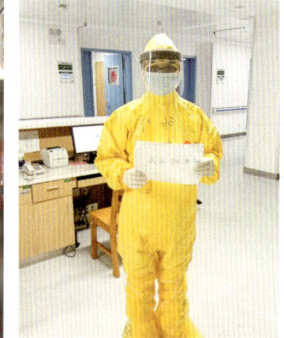

驰援疫情一线的滨州医学院护理学院的各位校友：

你们好！

新冠肺炎疫情发生以来，全国各地组建医疗队驰援武汉。在这场没有硝烟的战争中，你们身为滨州医学院护理学院的优秀学子，主动请缨，积极应战，奔赴抗"疫"最前线。你们有一个共同的名字——滨医护理人，你们用行动响应"若有战，召即来"，用一腔热血践行着南丁格尔的永恒誓言，用最美语言书写着滨医学子的"仁心妙术"，用战"疫"精神彰显着护理学院的育人本色！你们今天的壮举、今天的执着，是对我们最好的鼓励、最好的褒奖！你们是母校的骄傲、牵挂和榜样。

你们是滨医护理人的骄傲！在疫情面前、在人民安危面前、在国家需要面前，你们以精湛技艺护卫着人民生命安全，以忘我奉献彰显着职业价值，充分体现了"仁爱、博学、优雅、奉献"的天使情怀！你们用"不计报酬、无论生死"的无悔选择，赢得了备受疫情折磨的病友向你们竖起的大拇指、"我有这样的女儿该多好"的感叹。是你们让滨州医学院越走越远、越走越强！

你们是滨医护理人的牵挂！你们冒着生命危险，坚定地站在抗击疫情的最前线。护理学院的全体师生无时无刻不在牵挂着你们，牵挂着你们的工作，牵挂着你们的健康，牵挂着你们的家人，为你们祝福，为你们感动。请你们一定要做好个人防护，为战胜疫情、平安凯旋做最细致、最充分的心理、体力和技术准备。

你们是滨医护理人的榜样！疫情发生后，护理学院上下一心、迅速行动，第一时间通过微信公众号、学院工作群、学生班级群等向师生积极宣传战斗在疫情一线的你们英勇抗击疫情、不怕困难、不怕牺牲的先进事迹，把你们在关键时刻展示出的优秀品质传递给每一位师生，并发布倡议书，号召全体师生向你们学习，共克时艰。出征时孩子刚刚出生27天的常文胜，"要为五个月大的宝宝树立好榜样"的魏肖星……都已经是护理学院师生耳熟能详的响亮名字。

各位校友，你们的家人们用无声的语言告诉我们：有一种温暖叫理解，有一种给力叫支持，有一种亲情叫守候。家是最小国，国是千万家，勇士毅然前行的背后是家人坚定的支持。向你们致敬！向你们的家人致敬！期待你们平安凯旋！

滨州医学院护理学院

2020年2月11日

期待平安归来,再临环翠楼共赏东浦渔灯

写给威海市立医院曲涛、李金玲、全璟、周鹏诸同志的家书

人物档案

收信人——曲涛、李金玲、全璟、周鹏诸同志

写信人——全体威海市立医院人

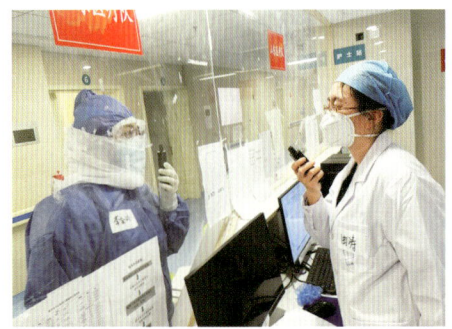
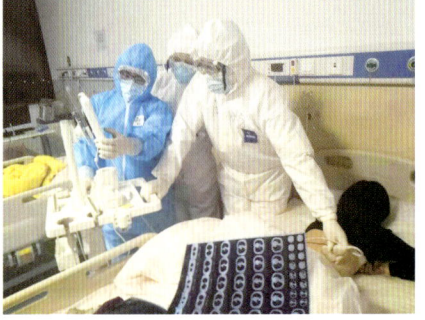

曲涛、李金玲、全璟、周鹏诸同志：

你们好！

自春节期间陆续送别你们赴湖北支援，转眼已经一个月了，全院同事都甚为牵挂你们。但为了你们的工作和安全，大家一直按捺着思念，尽可能少联系少打扰你们。你们在紧张工作之余传回的《援鄂手记》已经成为大家了解你们工作生活的重要渠道，一经发布便被迅速转发。大家都在为你们无怨无悔的付出而感动，也都在内心默默地祝福你们平安健康。

你们都是医院优中选优派出的高手，专业技术上我们都放心，这些天唯一让大家担心的就是你们过于劳累，毕竟是新疫情、新环境、新病区、新团队，面对的不可预测因素太多。但你们不负众望，以实际行动展现了威海市立医院人的风采。

我们从不同渠道了解到你们在一线的事迹：曲涛同志不仅履行好一个呼吸专业医生的职责，还主动联系医院多学科专家及时讨论病情，打造了自己的"远程会诊专线"；李金玲同志把年幼的孩子交给父母，克服身体上的不适坚持挺在一线，圆满完成各项工作任务；全璟同志发挥技术特长，在隔离区特殊环境下做到血管穿刺"一针见血"，精准的技术和优良的服务让患者赞叹不已；周鹏同志善于创新，与队员一起创造了"病区手语"，开展了呼吸康复等技术，大大提高了工作效率。作为家人和同事，我们为你们感到荣耀和骄傲！

你们在前方奋勇战斗，我们在后方做好保障。院党委始终关注你们和你们家庭的情况，医院建立了"一对一"联系机制，由院领导牵头分组，经常与你们和你们家庭保持联系，及时询问解决工作和生活上的问题，确保你们无后顾之忧。社会各界也给予了援鄂勇士极大的关注和高度的评价，每天翻看医院微信评论区的留言都会让我们感动、自豪。

这两天看到你们所在的黄冈终于出现日新增零病例的报道，我们深受鼓舞。威海也已经连续两周无新增病例了，相信在全社会的共同努力下，我们必将打赢这场疫情阻击战！

越是接近胜利，越不可掉以轻心，请务必注意营养、休息，规范谨慎操作，在治病救人的同时，做好防护，确保安全。

期待不久凯旋日，你们先登黄鹤楼辞别武汉三镇，再临环翠楼共赏东浦渔灯。

全体威海市立医院人
2020年2月26日

待到山花烂漫时，我们同在丛中笑

写给战斗在黄冈一线青岛市中心医院同事的家书

人物档案

收信人——战斗在黄冈一线青岛市中心医院的同事

写信人——青岛市中心医院全体职工

战斗在黄冈一线我们最敬爱的战友们：

你们辛苦了！医院党委代表全院所有的职工再次向你们致以衷心的感谢和崇高的敬意！

初心如磐，使命在肩。疫情就是命令，防控就是责任。自新冠肺炎疫情发生以来，你们以大爱为怀、以大局为重，舍小我顾大我，舍小家顾大家，用临危不惧的最美逆行和众志成城的火线出击，诠释着"敬佑生命、救死扶伤、甘于奉献、大爱无疆"的医者仁心。

惊涛骇浪从容渡，越是艰险越向前！你们义无反顾，向险而行，用生命和汗水守护着黄冈人民的生命安全和身体健康，在黄冈筑起了疫情防控的钢铁长城。

如今，你们已经在黄冈日夜奋战了二十多天。这二十多天里，你们同时间赛跑，与病魔较量，用精湛的医术治愈了多位患者，用暖心的服务收获了诸多感谢，用山东医者的担当赢得了黄冈市民"胜似亲人"的赞誉。看到从前线传来的一个又一个好消息，我们在青岛、在医院，由衷地为你们感到骄傲和自豪！

时下，疫情还未退去，战斗仍在继续。隔空不隔爱，隔空不隔心，全院职工的心将与你们同在，共一脉搏与你们一起跳动。

湖北黄冈一线的战友们，为了确保你们在前线没有后顾之忧，安心开展救治工作，后方各级党组织高度重视你们的工作、生活及家庭情况，社会各界也纷纷向我们的医护人员捐赠各类爱心物资，确保前线物资供给。院党委每周安排专人对援助湖北前线医护人员家属开展走访慰问活动，一并带去了全院职工的感谢与慰问。你们在前线争分夺秒护佑人民健康，我们在后方竭尽全力为你们保驾护航！请战友们放心，医院是你们的坚强后盾，我们会尽最大努力，最大可能解决好前线医护人员及家属的实际困难，让你们把更多的时间和精力留给黄冈那些最需要的病人。

在这场硬仗面前，拜托逆行的你们务必做好个人防护。我们在青岛为你们祈祷平安，期盼疫情早日退散，你们也早日结束战斗、平安凯旋，与家人团聚，与我们团聚！

待到山花烂漫时，我们同在丛中笑。

青岛市中心医院全体职工
2020 年 2 月 24 日

你们守护生命，我们守护你们

写给战斗在湖北疫情防控一线的齐鲁医院全体同事的家书

人物档案

收信人——战斗在湖北疫情防控一线的齐鲁医院全体同事

写信人——山东大学齐鲁医院党委及全体医护人员

战斗在湖北疫情防控一线的齐鲁医院全体同事：

你们辛苦了！

新冠肺炎疫情发生以来，你们临危受命，肩负着党和国家的信任与嘱托，肩负着齐鲁医院人的责任和担当，暂别亲人逆行驰援湖北，奋战在武汉和黄冈疫情防控第一线。你们初心于怀，使命在肩，舍小家为大家，为打赢疫情防控阻击战忘我工作、奋勇争先！我们谨代表医院党委和全院医务员工向你们致以崇高的敬意和诚挚的问候！感谢你们在抗"疫"一线做出的突出贡献，感谢你们的家人、亲友给予的大力支持！

凡我在处，便是齐鲁。百年齐鲁在灾难面前一直秉持"心系天下，服务社会"的家国情怀和"博施济众，广智求真"的人文理念，有着冲锋在前、使命为先的光荣传统。你们的努力和付出，也体现着齐鲁医院的责任和传承。自1月25日首批医疗队出征，至今已整整一个月，医院已向湖北派出4批共计150名医疗队员。

一个月来，大家视疫情如命令、视病房如战场、视病人如亲人，日夜坚守在临床一线。

一个月来，大家的一举一动都时刻牵动着全体齐鲁医院人的心。大家剪掉了秀美长发，克服了语言障碍，身着密不透气的防护服，习惯了面部深深的压痕与疼痛，坦然笑对不能正常饮食如厕的尴尬。有的同志为了节约防护服十小时水米未进，甚至回咽了呕吐物；有的同志为了安抚患者情绪，手拉手进行心理疏导，无惧风险；有的同志牺牲休息时间，为患者制作营养餐……

  一个月来，大家的工作受到广大患者、上级部门和社会各界的高度认可与好评，也受到中央及省市重点新闻媒体的持续高度关注。大家的战"疫"事迹两次登上了央视新闻联播，更是得到了全国亿万网友的点赞。

  大家用行动和汗水擦亮了"齐鲁医学"品牌，展现了"东齐鲁"厚重的历史积淀，提升了医院影响力与美誉度，为山东、为山东大学、为齐鲁医院争了光、添了彩。山东大学党委专门向全校师生医务员工发出向你们学习的号召，学习你们爱国报国、人民至上的家国情怀，学习你们迎难而上、不畏艰险的担当精神，学习你们救死扶伤、博施济众的仁心大爱，学习你们舍己为人、舍生忘死的奉献品德……

  同志们，你们在前方英勇奋战，我们在后方保驾护航。请记住，齐鲁医院永远是大家的坚强后盾。你们守护生命，医院守护你们和你们的家庭！医院党委建立了"点对点、一对一"的联络服务制度，为你们在一线的工作提供全力的支持和保障，为你们的家庭、为你们牵挂的父母和孩子提供全方位的保障服务，解决好大家的后顾之忧。希望你们始终牢记总书记嘱托，坚定信心、同舟共济、科学防治、精准施策，做好人民生命健康的守护者，坚决打赢这场疫情防控阻击战。更希望你们在全力以赴救治病患的同时，团结一心、互爱互助，并切实做好自身防护，守护好自己的健康。期待你们平安凯旋！

山东大学齐鲁医院党委及全体医护人员
2020 年 2 月 25 日

篇四

黄冈日记

人生最难忘的逆行

这个鼠年春节，对山东138名医务工作者及我个人而言，注定是一段难忘的日子。从除夕接到国家卫健委通知，山东省第一批援助湖北应对新型冠状病毒感染的肺炎医疗队整装待发，到1月25日21：30乘坐省政府包机航班，从济南遥墙机场起飞，奔赴疫情肆虐的武汉，又于1月26日凌晨2：00左右，辗转到达国家卫健委指派援助地——湖北省黄冈市，一种责任、使命始终在心中澎湃。

守护平安，逆向而行。138名医疗队员，短短二十几个小时，在强大的组织力量保障下，迅速完成集结，开启最美逆行，投身抗击疫情前线。每个队员身上都演绎着不止一个动人的故事：有的从老家驱车返回，有的终止休假旅程，有的放弃团聚……组织一声召唤，个个义无反顾，勇往直前。

"不为荣誉，不为光环，只是觉得为了一份责任和担当，也想给自己的人生留下难忘的经历！"山东医疗队重症救护护理组长、山东省立医院重症医学科护士长丁敏，在发给医院护理部主任杨丽娟的微信中写道："今早一睁眼，看到朋友圈里各省市奔赴武汉支援的消息，心情很激动。我已在ICU工作29年，有着丰富的护理重症肺炎和管理ICU的经验。我志愿加入与疫情斗争的队伍中去，随时听从组织的召唤和安排，与全国人民一起，众志成城，共同抗击！"

"头发长了不利于消毒隔离病毒，先剪了！"26日上午，重症5组医疗队员、来自济宁市第一人民医院重症医学科的杨晨和郭兆霞，为便于做好防护，更好地护理患者，她们相互剪去了秀发。

激情点燃力量。138名医疗队员，带着省委、省政府的嘱托，带着1亿山东人民的深情厚谊，毅然投入这场没有硝烟的战争。刚刚入住黄冈市新型冠状病毒感染的肺炎防控工作指挥部提供的宾馆，山东医疗队就不顾旅途劳顿，马上进入工作状态。凌晨2：40，召开各医疗组组长会议，部署安排各项工作；上午10：00，稍做休整，又全员整体进入规范操作集中培训阶段……

（大众日报记者王凯）

黄冈"小汤山"的第一夜

1月28日23:00,黄冈版"小汤山医院"——大别山区域医疗中心正式启用。随着首批转移确诊患者的陆续到达,山东省第一批援助湖北应对新型冠状病毒感染的肺炎医疗队,全面投入阻击疫情的战斗。

山东省立医院感染性疾病科主管护师林辉,1月28日20:00到病房,知道晚上就要收治病人,就跟大家一起抓紧熟悉病区情况,并与当地医务人员密切配合,做好各项准备。

林辉接收的大多数患者病情较重,呼吸困难,乏力,憋喘明显,咳嗽咳痰。一位刚转来的患者一直抱着氧气袋吸着氧,即便是氧气管切换到床头氧气管道的间隙,也憋得很厉害,有明显窒息感。林辉赶紧调大氧气流量,才使症状有所改善。

由于没有陪护人员,患者缺乏信心,有气无力,极度紧张焦虑,全身瘫软,几乎处于半瘫痪状态。林辉主动给予心理护理,进行疏导安慰,因为语言的障碍,要通过放慢语速、多重复几遍才能有效。当患者听明白"我们是山东医疗队!是来这边支援医院的,你们放心,很快会康复!"就像见到了救星一样,连声说:"谢谢!谢谢!你们辛苦了!"焦虑感明显减轻。

病房温度低,穿上隔离服后,雾气成了工作最大的障碍。防护镜、近视眼镜两层叠加,完全处于模糊状态,看不清楚,又没法擦拭,只能等到雾气变成水珠流到脸上……

一整夜不停地来病人入院,从安排他们戴防护帽、鞋套、引导安置病床,到对生命体征、自理能力、压疮、跌倒风险等进行病情评估,健康宣教,遵医嘱给予吸氧,心电监护……直到凌晨5:00左右,林辉才得以到医生值班室坐着暖和会儿,整夜没能合眼。

经过一夜的忙碌、坚守,1月29日中午,林辉在日记里写道:"全副武装,一个班下来,累到腿软;大楼刚刚使用,还没有供暖,小腿冻得几乎没了知觉,回到酒店直到中午才暖和过来……医者仁心,比起病人的平安来说,这一切都不算什么!唯有用自己的辛勤和努力,来为黄冈加油!为湖北加油!"

(大众日报记者王凯)

千里之外的黄冈"小汤山",山东医疗队的队员在隔离病房度过了一个特殊节日

奔忙中,她忘了今天是元宵节

2020年2月8日,正月十五,注定是个不一样的元宵节。新冠肺炎疫情仍没有丝毫减弱的迹象,对远离家乡与亲人、坚守在抗击疫情前线的山东医疗队队员们而言,这个元宵节有着特殊的意义和感触。

来到黄冈十几天,日复一日在千头万绪中奔忙的山东第一医科大学第一附属医院重症医学科护士长查子慧,只记得每天上什么班次、应该从几点上到几点,根本没有了日期的概念。若不是经人提醒,她也早忘了今天本是万家团圆的元宵节。

查子慧在湖北度过了4年的大学生活,这里也是她心中的第二故乡。1月24日,得知山东援助湖北医疗队召集,她立马报了名,并于25日夜间随队来到黄冈,全身心投入到抗击疫情的战斗中。

临行前,5岁多的儿子感冒尚未痊愈,查子慧告诉他:"妈妈要去'杀病毒',要离开家很长一段时间……"儿子立马冲她伸出大拇指:"妈妈你太棒啦!你把病毒'杀'完就可以回来啦!"也许在小朋友的想象中,妈妈的工作就像动画片里消灭怪兽一样简单,妈妈也像超人一样强大。

"工作的时候不会去想孩子,下了班也尽量不看他的照片,更不敢跟他视频……"查子慧说着,泪水已情不自禁地流了下来。

在黄冈的这些日子里,查子慧兼管院感防控,配制高浓度消毒剂时挥发出的化学气体,常常呛得她剧烈咳嗽喘不过气来,连续多日的干咳,让她晚上都很难睡个安稳觉。

其实,参加工作17年来,查子慧早已习惯了在岗位上度过大大小小的节日,然而今年这个元宵节却完全不同于往年。

2月8日,查子慧排的是总值班,负责处理医嘱及病房里的各种事务,早上7:00从驻地乘班车出门,处理了两个复杂重症病例,一直忙到18:00下班,连中午饭也没顾上吃。回到驻地,20:30才跟家里视频报平安,没想到儿子拿过手机不说话,也不让挂断,只让妈妈陪着"看电视",母子二人在手机屏的晃动中"观看"了40多分钟的元宵节晚会。

"我们就是来救治病人的!虽然不知疫情什么时候结束,也不管未来病房会由谁接管,

都要细致地做好每项工作,建立治疗标准、流程和规范,保证让每一位患者来了,都能接受安全规范的治疗,早日回家团聚……"查子慧在日记里写道。

几天来,随着一批批治愈患者出院,隔离病房里好消息频传:又有几位患者核酸检测已经是阴性了,并且CT结果显示病灶在逐渐变小,病情将进一步好转,如无意外,很快就可以痊愈出院。

对于查子慧和队友们来说,今年的这个元宵节,更加忙碌、充实、难忘。

(大众日报记者王凯)

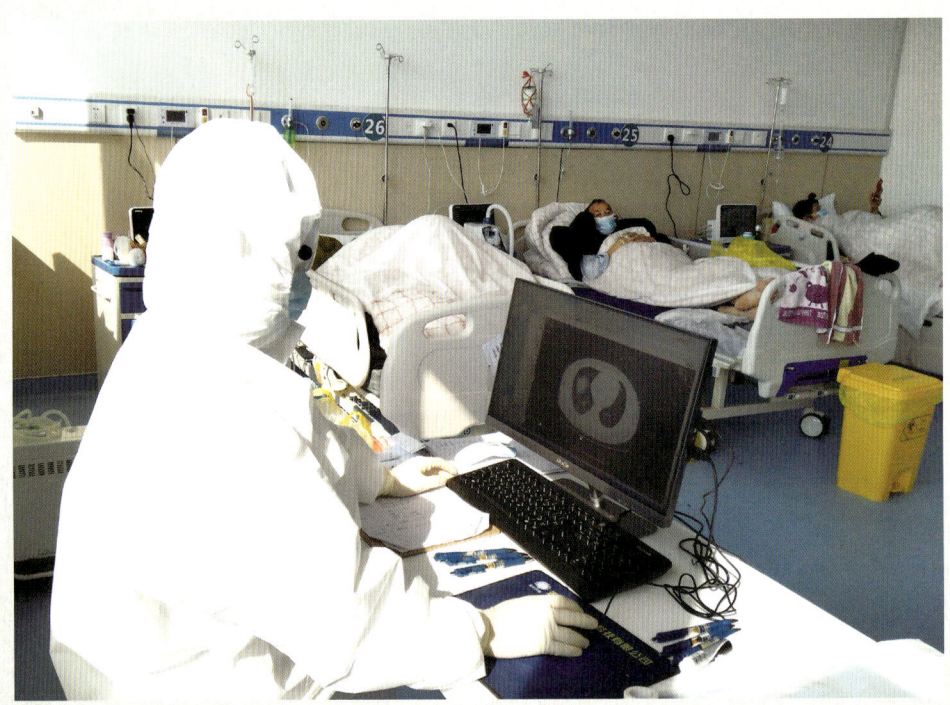

2月21日,黄冈大别山区域医疗中心,山东第二批援助湖北医疗队队员、山东大学第二医院郝学喜在病房查看患者病历资料。(卢鹏、王厚江报道)

一个微笑，对患者都是莫大的安慰

2月11日，大别山区域医疗中心，又有12位新冠肺炎患者经山东医疗队治疗康复出院，近十几天来医护人员及各方努力的成果正一天天显现。

其实，在此次疫情中，患者内心的孤独、恐惧，并不亚于躯体的痛苦。山东医疗队队员、单县中心医院呼吸科主治医师郝敬林，随时关注着每位患者的心理状态。隔离病房内没有陪护家属，病人除了跟医护人员相处，几乎处于与外界隔绝的状态，再加上躯体不适，普遍存在着无助、恐惧、焦虑甚至绝望等负面情绪，给治疗、康复带来不利影响。

身心并治，让患者早回家。医疗队专门设立暖心热线，开通医护、病人、家属多方沟通平台，为患者、家属提供专业知识解读和心理咨询服务，排解恐惧情绪。两部智能手机，号码一内一外，分别放在病房区和护士站，由专人接听患者、家属来电，开展各种咨询答疑及心理疏导支持，抚慰患者的心灵；同时，也方便给患者拍照、录像，与家属分享。

2月7日一早，电话开通的消息在病房宣布，正在与家人通话的患者李阿姨，一句"我这边有非常重要的事"就挂断了电话，转身连问医护人员两遍，确认电话号码无误后记下："这样家里人就能随时了解我在这里的情况了！"

进病房就主动跟每位患者打招呼，已成为山东医疗队队员、滨州医学院重症医学科护士张家栋的习惯："晚上睡得怎么样？""感觉好点了？""有什么需要吗？"甚至还有意识地跟病人开开玩笑、拉拉家常……近10年从事ICU护理的工作，让他更能理解，医护人员日常工作中，看似简单的一句问候、一个微笑、一个动作，对患者都是莫大的安慰和鼓励。

躯体和心理的双重治疗，正在让患者很好地康复。又有十几个病人做了胸部CT检查，这个消息让大家都很高兴，在走廊里溜达、聚在一起聊天的病人也慢慢多起来。28床的孙奶奶，从得知要去做CT，不到20分钟就连续问了四五遍，激动得连午饭也不吃，等着集合排队去，生怕落下了自己。大家心里都明白，去拍CT就意味着离出院更近了。

26床张大爷，病情相对较重，输液量大，看到邻床病友每次都比自己早输完拔针，就找护士，要求"能不能调快点"。得到"输液有速度要求，不能太快"的回答，又急切地要求："能不能剪开，让我喝掉行吧？！"

令人啼笑皆非的话语，既透露出大别山区人的朴实无华，也增添了病房里的活力和温度，更传递出向上的积极氛围。

（大众日报记者王凯）

抗"疫"前线再出征

2月13日一早,闻知山东第九批援助湖北医疗队的100名医护人员即将出征黄冈五县(市),记者特地赶到医疗队驻地为他们送行。

第九批医疗队共107人,2月11日晚到达黄冈,经过一天多的严格防护培训演练和各种准备,共33名医生、67名护士,按当地实际需要分组下沉到黄冈市所属的浠水、黄梅、团风、武穴、蕲春5个县市,分别到所在地医院、病区,协助开展医疗救治工作;7名疾控人员留守黄冈,开展确诊病例监测、流行病学调查、疫源地消毒等防疫工作。

2月11日下午,济南遥墙机场,山东省第九批援助湖北医疗队出征。(卢鹏摄)

"黄冈加油!""山东加油!""中国加油!"10:00,出发前夕,整齐高亢的壮行声,此起彼伏。

"我是心内科专业的,对患者会有更大帮助!"此次出征,医疗队队员、山东第一医科大学附属第三医院心内科护士姚婕信心满满。新冠肺炎对有基础性疾病的患者威胁大,有了呼吸专业以外医疗力量的知识和经验,对提高治愈率、降低病死率更有意义。

"注意休息!保证安全!"山东省第九批援助湖北医疗队队长、山东耳鼻喉医院副院长韩其政一边嘱咐姚婕和队员们各种注意事项,一边指挥将防护服、口罩、医用手套、酒精等物品清点装车,并在手中的记录本上记下各组的相关信息。

目前,在山东、湖南两省四支医疗队的大力援助下,大别山区域医疗中心疫情防护区高效有序运行,黄冈市城区的医疗救治工作已经平稳展开。随着山东省对口支援黄冈市工作的全面启动,对县(市)的援助力度也将进一步加强,山东与黄冈并肩战斗的格局正逐步形成。

团风县常务副县长丁永忠专程赶来,对山东医疗队的无私援助表达感激之情。团风县是1996年黄冈撤地建市时设立的新县,现有累计确诊病例144例,累计临床诊断病例8例,医疗资源底子薄,技术力量相对较弱,自身抗击疫情的能力有限。"现在有了山东医疗队的有力补充和大力支援,相信一定能打赢这场抗击疫情的阻击战。"丁永忠说。

目送着白衣战友们奔赴新的战场,记者作为1月25日随山东第一批医疗队出征的"老队员",一种崇高、神圣感也油然而生。心中唯有默默祝福:"平安归来!"

(大众日报记者王凯)

请原谅，谢谢你们！

"我对原来的态度说一声对不起，恳请你们原谅再原谅……"2月19日，大别山区域医疗中心南楼七层感染隔离病房，一封来自患者请求原谅的感谢信，让山东医疗队的白衣天使们收获了满满的感动。

2月19日凌晨4点左右，在病房走廊巡视的山东医疗队队员、青岛市中心医院急救中心副护士长孙晓，看到过去脾气不好的龙大爷，还在来回走动，就主动上前询问情况，没想到老人要求"给我查个血糖吧"。

检测结果出来，孙晓给他讲了些健康常识，并再次劝老人早点上床，结果老人又说："能不能给我张纸，我得给你们写封感谢信！"

老人拿到白纸，回房间待了大约几十分钟，就把一封手写的感谢信交到了孙晓手中。信中写道：

尊敬的山东二队医生、护士：

我是黄州区人。儿子在山东服役，儿媳也在山东工作，老伴2016年患病去世，家中只有我一人。自从患有此病，自己情绪非常失控，入院后没有配合你们治疗，对你们使性子。通过20多天的所见所闻，我感触非常大，看着一批批病友康复出院，也看到了病魔是可以战胜的。你们的高超医疗技术让我看到生存的希望！特别是你们一流的服务态度，和我们认真谈心，令人感动，我的情绪有所改变，由悲观变为乐观。后来，我主动配合你们治疗，自己将测糖、打胰岛素时间制订时间表，完成后主动报告护士站。饭食上按医生、护士安排，治疗效果非常好。你们的高超医疗技术，使我们患者看到生存的希望。

最后，我对原来的态度说一声对不起，恳请你们原谅再原谅。

据山东医疗队队员、单县中心医院重症护理室副主任护师张如梅介绍，龙大爷今年63岁，黄冈当地人，复查核酸后近日将出院。

2月2日，老人住进大别山区域医疗中心，病情较重，有精神紧张、焦虑、恐惧等心理状况，医护人员就对他格外体贴照顾，并通过跟他拉家常、聊天，开展心理安慰治疗，帮他克服孤独感、陌生感，让老人树立战胜疾病的信心。随着病情的好转，老人被医护人员的真心付出深深感动，从拒不配合治疗到真诚恳请原谅，态度发生180度的大转弯。

（大众日报记者王凯）

病人持续减少,资源进一步整合,山东第一批医疗队撤离黄冈"小汤山"异地休整……

别了,我们的第一个"战场"

2月24日,黄冈市卫健委公布的新冠肺炎疫情最新速报显示,新增确诊病例为0,累计病例2904例;出院病例119例,累计出院病例1659例。

大别山区域医疗中心病人量持续减少,医疗资源进一步整合。由山东医疗队(第一批)率先开辟的南楼四层病房关闭,全体医护人员撤离,有序异地安置休整,现有32名住院患者全部转至其他病区继续接受治疗。

山东省立医院呼吸科护士长冀赛,23日接到撤离通知,下午便召集大家安排转运病人的各项分工,几乎涉及所有的步骤、细节和内容。

24日8:00,冀赛乘班车到医院,又将昨天的流程核对一遍,和队友一起进入隔离病房,开始转运病人。先转病情轻的,由护士引导着,一趟2-3人,拎着脸盆、暖瓶、衣物等生活用品步行。冀赛第一趟送的是两位女患者,她们一边走一边夸赞山东医疗队技术好,感谢山东人,说着禁不住流下泪来。最后转重症的,几位队友一起用床推着。

1月28日晚,大别山区域医疗中心收治第一批病人,冀赛当班。下午4:00进场,为接收病人做最后的准备。一切事情都要靠自己的双手来完成,大到建章立制、设计流程,小到物品搬运、打扫卫生,都是跟队友们一起一点点"施工"。

病人入住后,又是各个环节、流程的磨合对接、相互适应……第一天的兴奋、紧张、担心加上忙碌,冀赛整整一夜没有合眼,始终处于亢奋状态,直到29日8:00才出病房。

把病人全部送走,冀赛又跟队友们一起,对整个病房进行全方位的打扫规整,全面消杀。

作为护理小组长,冀赛一直等大家都出去了,自己又把病房检查了一遍,才最后一个出来。轻轻关闭缓冲间防护门的那一刻,泪水溢满了她的眼睛。

病房又回归"空荡荡",完成了它的使命。这里留下了队员们的汗水和喜悦、热血与激情。

截至2月23日,大别山区域医疗中心山东医疗队累计救治患者385人,治愈177人,目前在院92人,重症8人,危重7人;山东援助黄冈市五个县市累计救治患者224人,治愈68人,目前在院155人,重症45人,危重4人。

(大众日报记者王凯)

篇五

武汉传真

赵丰
——
大众日报赴湖北省武汉市特派记者

图战疫情

拿笔的人一样可以上战场，因为他们的前辈扛过枪

赵丰
大众日报赴湖北省武汉市特派记者

吴磊《责任——赵丰同志》

隔窗看到"战场"进入临战状态

下了飞机，卸下从济南带来的医疗设备等，2月9日晚上7点，我省派往武汉的又一批医疗队——来自山东大学第二医院的医生及护理人员坐上了从武汉天河机场开往入住酒店的大巴。

路程很长，大巴车内很安静。晚8点，车内突然"骚动"起来，医疗队队员们齐齐望向窗外，一排高高的霓虹大字"华中科技大学同济医院光谷院区"在夜幕下很显眼——这里便是他们今后一段时期的"战场"。

根据安排，这批医疗队要与来自全国的医疗队一起，整建制接管华中科技大学同济医学院附属同济医院光谷院区的16个重症病区和1个重症监护室。

除了知道"战场"在哪里，医疗队员对其他情况并不清楚。飞行途中，一位队员表态：不管遇到什么困难，保证完成好任务。

与他们一路行来，很难想象这是一支临时组建的战斗队：2月8日晚8点，山东大学第二医院接到国家卫健委通知，要求组织一支由131名队员组成的医疗队。当晚即迅速响应，组建完毕，整装待命。

医疗队中，有不少人接到正式通知时已是8日晚上10点，有的医护人员当夜还在值班中；未值班的医护人员接到通知后，赶忙回到医院交接、安排工作。再赶回家中，收拾好行装，已是凌晨2点了。还没来得及好好休息，9日中午12点又随队出发赶往济南遥墙机场，踏上前往湖北抗击疫情的征途。

了解了医疗队队员们的"时间表"，就会明白大巴车内的安静不是没有原因。养精蓄锐，全力备战，是医疗队队员们的共同选择与心愿。如同出征仪式上他们的誓言：同舟共济，众志成城，不辱使命！

走出武汉天河机场时，看到出口处的宣传牌上写着"感谢全国人民的关心！武汉加油！"不少医疗队队员跟着喊出："武汉加油！"

仅2月9日一天，我省即有多批医疗队赶往湖北，奔赴疫情防控一线。他们的战斗，即将打响。

（大众日报记者 赵丰）

同心战"疫"：前线有你，家里有我

"亲爱的，你在武汉保重身体，不要太劳累。春暖花开，等你回家。"2月14日，山大二院援助湖北抗"疫"国家医疗队队员高妍收到了丈夫发来的视频。朴实的话语，爱意满满。

"家里双方老人都需要照顾，我们还有两个可爱的女儿，正是有他的支持、信得过他，我才放心离开他们，来到武汉参加这场没有硝烟的战斗。"高妍说。

这批医疗队是每队整建制接管一个病区，对于医疗队来说，从设备安装、物资调配、护理排班、工作内容和流程都要尽快重建。每个班次6个小时，上班时提前一小时准备，下班交接工作、脱防护服又得花上一个小时。根据防疫要求，下班回到住处也要遵照规范防护办法消毒、洗澡，又得忙活一个小时。

在抗"疫"一线，医护人员工作紧张，又面临较高的风险，家人的关心支持，给他们带来不少慰藉和动力。

山大二院援助湖北抗"疫"国家医疗队队员张珂鑫随队出征后，丈夫陈晓光更新了自己的微博："你是我的天使，也是病人的天使。你没想当英雄，但披上战袍你就是英雄！"

作为火车司机，陈晓光平时工作忙，疫情发生后更顾不上家里。妻子出征后，他不多的休班时间都用来陪伴1岁半的宝宝，只为让妻子放心。平时值乘时，他更加全神贯注，消毒、防疫一丝不苟。

2月14日上午9点，青岛援助湖北抗"疫"医疗队、青岛市市立医院东院呼吸科医生王宁下了夜班，看到新婚妻子发来的视频，忍不住流出了眼泪。

"宁哥，首先祝你情人节快乐。我们俩从相识到现在已经9年了。所有的爱和深情都埋在心里。你在前线好好工作，好好保护自己，家里有我呢！"

王宁和妻子是校友，同在青岛市市立医院工作，去年年底两人刚刚结婚。结婚后，因为工作繁忙，他们没有去旅行。按照习俗，结婚第一年该回老家过年。但从1月17日医院发热门诊开诊到来到武汉，王宁一直没有离开抗"疫"一线，妻子也在科室值守。两人约定，等疫情结束后，一定补过一个蜜月。

（大众日报记者赵丰）

大众日报记者赵丰(前一)随山东大学第二医院医疗队员飞往湖北。

本报记者李振疫情期间一直在一线采访,她的爱人侯新国成为齐鲁医院医疗队一员驰援湖北,李振到现场采访,为丈夫送行。(卢鹏摄)

一根皮筋的抗"疫"

一场大雪过后,武汉天晴得格外好。

这几天,山东医疗队微信群里,时常有队员发消息说:"大家把盒饭上的皮筋留一下吧。""来上班的同志们拿点皮筋过来。"

盒饭上的皮筋?对,就是最常见的、最普通的那种皮筋。看似和抗"疫"一线的工作完全不沾边,其实不然。它被队员们攒了下来,在抗"疫"一线,发挥了独特的作用。

2月11日下午,山东大学第二医院援助湖北抗"疫"国家医疗队队员、急诊护理主管护师李兴国和队友进入病区,这是他们的第一个班。

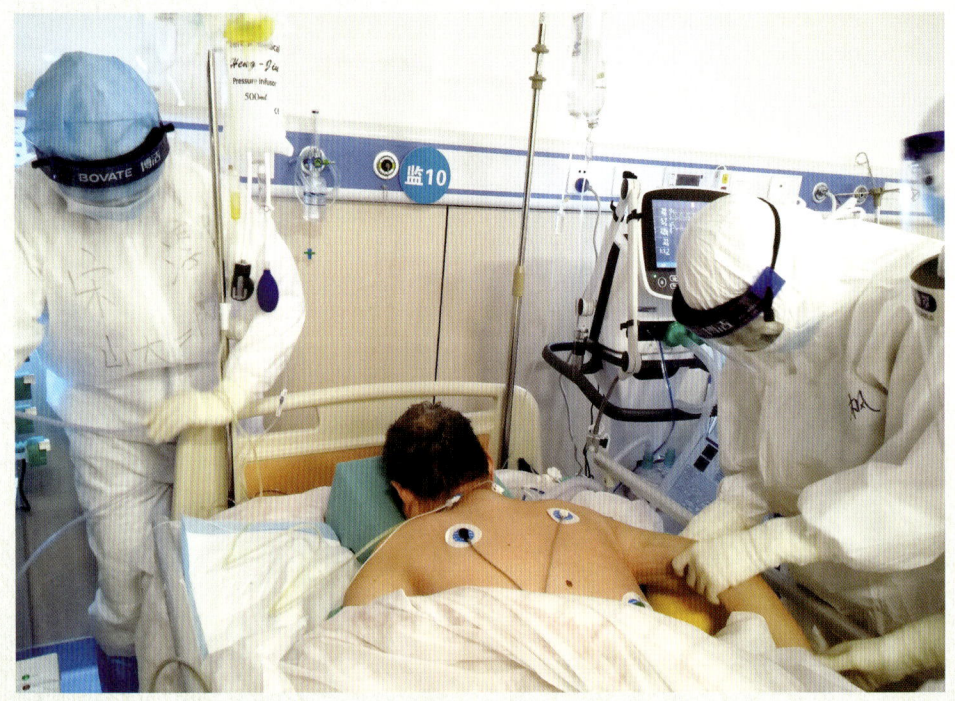

2月28日凌晨,黄冈大别山区域医疗中心,山东第二批援助湖北医疗队利用专利器具,第一次成功实施卧位通气治疗救治病情危重患者,患者最终转危为安。(卢鹏、王厚江供图)

首先，要按病区规定顺序穿防护服。戴手套的时候，几位主任鉴于前两组队员穿脱的经验，在李兴国和队友的手腕处又加了根皮筋，这样手套与隔离衣不容易分开。

记者了解到，有的女队员手臂细，手套不加固不行。甚至有些患者心里急躁，不配合医护人员，言行都有激烈之处，一旦手套被扯落，就会发生职业暴露，风险很大。

"但时间一长，皮筋就像箍在手腕上的一圈止血带，整个手掌开始充血，然后膨胀，继而麻木，最后疼痛。"李兴国说。

李兴国和队友把最外层的皮筋取下，情况稍好了一些，但内层手套的皮筋还在起作用。李兴国硬撑了4个小时后，毕志超医生建议他先撤出去。等忙活完手上的活，交完班，请示护士长后，李兴国撤出了病区，皮筋在手腕上套了5小时20分钟。

"即便提前出来了40分钟，两个手腕还是勒出了两道深深的印记，右手疼了两天。"李兴国告诉记者，"赵丽娟护士长最后一个出来，出来的时候手腕上两道深深的勒痕，鼻梁上被护目镜压出了两个水泡。我们心疼地问她疼吗，她笑着说'没感觉到'。"

经过几天的"试验"，队员们总结，皮筋套手是一种错误做法，很快进行了改变。

但皮筋不是没有用了。

队员王玉灵说："系带式的口罩用完了，皮筋就派上了大用场。把口罩两边的带子使劲往后拉，用皮筋穿过两根带子，系在头后，挂耳式口罩就变成系带式的了。"

李兴国等队员告诉记者，最近一直这么用，一般两根皮筋就可以了，暂时没有遇到断掉的情况。这几天，又攒了几根皮筋，准备上班时带过去。

皮筋用在口罩上是没有办法的办法。虽然也会有形成面部勒痕、耳朵压得疼等副作用，但队员们并不太在意。他们的目标很明确：防护好自己，救助更多的人。

（大众日报记者赵丰）

一夜无眠，换来病人安眠

2月21日晚11点左右，病区27床患者突发憋喘、烦躁，心率血压快速升高，血氧饱和度下降，情况十分危急。

患者病情变化快是新冠肺炎的一个显著特征。即使有了心理准备，但重症患者病情变化之快还是会让人猝不及防。奋战在武汉抗"疫"一线的十几天时间里，山东大学第二医院援助湖北医疗队已对多位病情突变的重症患者进行了成功抢救。

队员张亚萍医生迅速赶到患者床旁，了解患者情况后，与组长孔德晓共同分析病情。经分析，患者憋喘、烦躁可能与气管内痰液较多有关。在立即给予密闭吸痰后，患者憋喘明显改善，躁动情况有所缓解。

然而，由于患者之前的躁动，气管插管固定的胶带松动，张亚萍迅速用手扶住气管插管，并指挥护士重新固定。但由于穿着防护服，行动很受限制，平日里的常规操作此时显得很困难，加上患者仍有躁动，固定并不容易。

"我就一边扶着气管插管，一边安慰病人，病人躁动有所减轻，护士也趁机成功固定。"张亚萍说。

其实，与白班医疗队交班时，27床和25床患者就属于重点交接的危重患者：病情危重，刚做了气管切开，目前给予呼吸机辅助通气，夜间需注意生命体征和呼吸机参数。

交接完毕后，孔德晓医生专门对25床和27床的病情、生命体征、呼吸机参数以及各项化验检查结果做了更加详细的了解，并交代夜班医师密切监测、预防病情进展。

"重点交接的危重患者病情，我们是要牢记于心的。"孔德晓说。

随后，结合患者病情及变化，医护人员加强了镇静治疗，给予积极密闭吸痰。同时，针对患者血压、心率情况给予了相应的对症处理。

经过4个多小时的治疗，患者病情终于稳定，所有队员都松了一口气。

谁知，不到1小时之后，短暂的平静又被打破。"25床患者腹泻，脉氧下降到60%。"病情就是命令，医疗队队员张振医生等立马投入到战斗中。好在经过对症处理，病人病情得到了改善。

接下来，队员们还要继续观察、处理患者的不适。同时还要记录好夜班情况，以备交接清楚。

一番忙碌下来，抬头看时，已是晨光熹微，又一个不眠之夜，但这也是患者生死交汇的关键一夜。队员们觉得，一夜无眠换来病人安眠，病情也趋于稳定、改善，这是对他们最好的安慰！

（大众日报记者赵丰）

接力守护生命的希望

27床、25床两位患者的病情,这几日一直牵动着山大二院援助湖北医疗队队员们的心。

21日深夜到22日凌晨,两位患者病情变化,虽然紧急抢救后各项生命体征趋于稳定,但接班队员丝毫不敢大意,深夜里继续接力守护。

从凌晨5点至上午9点,是赵丽娟护士长带领的护理组值班。由于穿防护服需要半个小时,酒店到医院还有10分钟车程,医疗队规定,要提前1个小时出发。因此,这个时间段上班的队员一般把闹铃定在3点半左右,以便准时上岗。

队员李兴国是组里唯一一名在重症监护病房工作过的队员,组长赵丽娟就将27床、25床患者交给他负责。

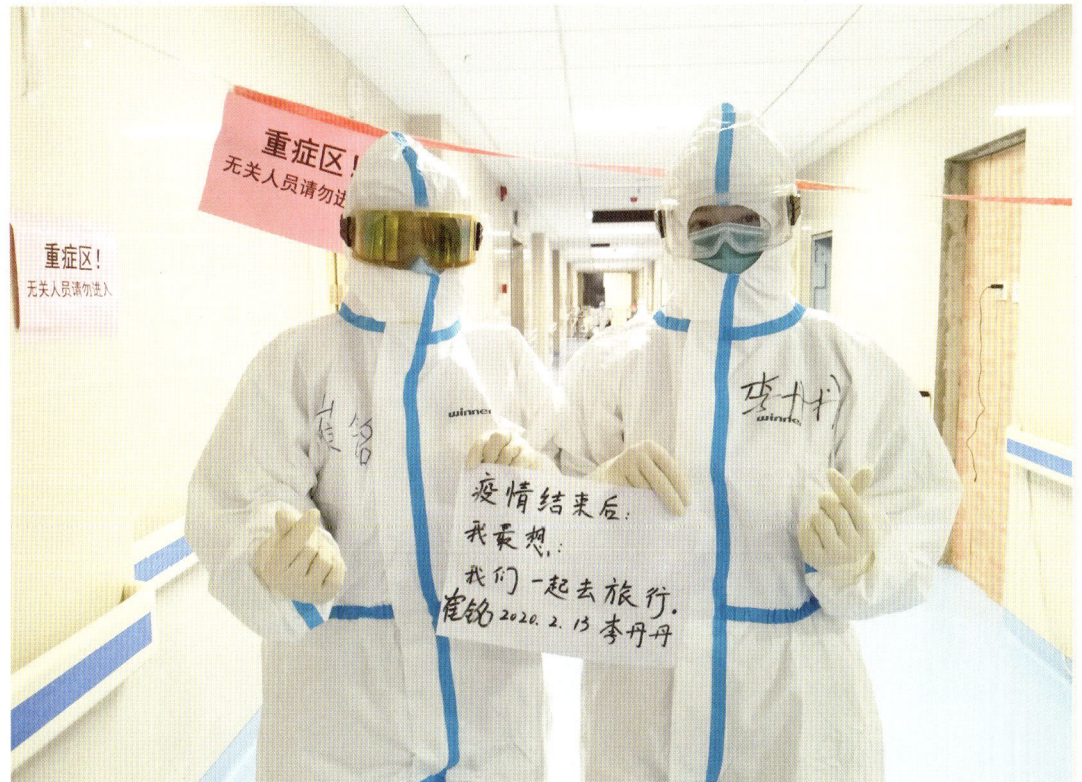

2月13日夜,大别山区域医疗中心南楼四层感染隔离病房,山东医疗队队员、聊城市第二人民医院护士李丹丹与同事崔铭,亮出疫情结束后的共同心愿。(李善超、王凯报道)

两位患者在同一病房，之前已进行气管插管。接班时，病房被两台呼吸机、两套吸引装置、两台监护仪、三台静推泵占满了，3个护士、1个医生围着两位患者仔细观察，27床患者在呼吸机给纯氧的前提下，指脉氧也只在88%左右。25床患者情况相对好些。接完班，队员们逐一排除了一些常见原因，给27床患者进行了吸痰、拍背，吸出一些血性痰后，血氧饱和度慢慢开始往上升。

　　"气管插管患者的护理风险很高，特别是吸痰。操作过程中病人会出现咳嗽反射，这样深部气管的痰液会更容易吸出来，产生气溶胶的概率很大，需要格外小心谨慎。而且，吸痰伴随患者插管后的整个治疗过程，1个病人保守估计每天10次左右。"李兴国说。

　　要为27床患者更换尿不湿、翻身了，赵丽娟担心李兴国一个人忙不过来，就赶来帮忙。本以为已经适应了穿防护服工作的状态，但仅更换尿不湿就把两人憋得上气不接下气。他们只好扶着床缓了几分钟，才继续为患者翻身、摆舒适体位。两人一人一边弯腰抬病人，第一下没抬动，再用力往上才挪动了一点。

　　25床患者在肠内营养液的作用下出现了腹泻，两人又是一通忙活。好在患者虽然用着呼吸机，但意识清楚，多少能配合一些。两人干一会儿歇一会儿，终于收拾干净了。

　　"患者嘴里插着管子，说不出话来，但从他眼里我们能读懂他的感激之情。"李兴国说。

　　交班时，两位患者生命体征保持稳定。

　　一天一天，都是这样。截至26日，两位患者仍属危重患者，一直接受着相应治疗、护理。就这样，队员们持续接力守护着他们，守护生命的希望。

（大众日报记者赵丰）

"想抢回每一个重症患者的生命"

截至3月5日,我省第七批援助湖北医疗队青岛二队已接管重症病区24天,负责51张病床,收治81人,其中重症患者72人,危重症患者9人,治愈出院30人。

最令队员们感到欣慰的是"病例零死亡"。作为医务工作者,他们"想从病毒手中抢回每一个重症患者的生命"。

重症尤其是有基础病的患者病情复杂,变化快,需要及时更新认识、调整诊疗方案。每当最新版诊疗方案发布,医疗队领队、青岛市市立医院副院长李永春就立即带领医护人员共

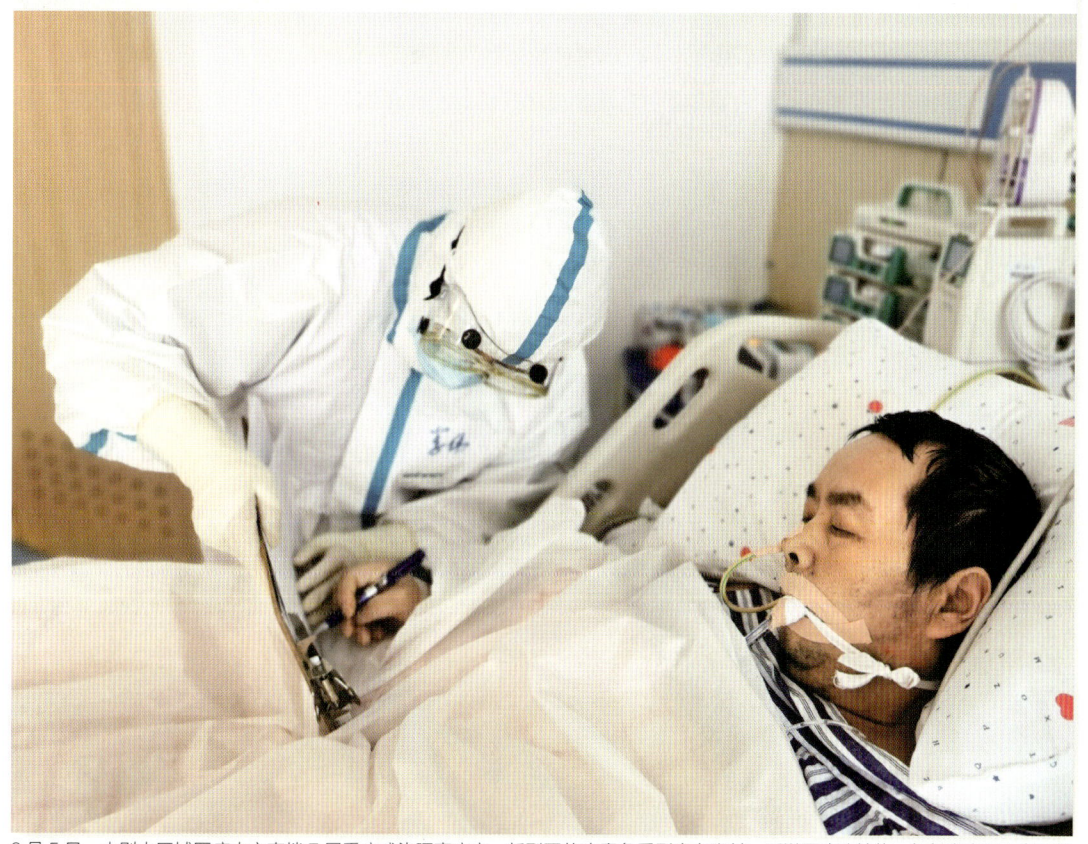

3月5日,大别山区域医疗中心南楼7层重症感染隔离病房,新型冠状病毒危重型患者张某,听说医疗队轮休,颤颤巍巍写下自己的电话号码,要跟队员们保持联系。(丁敏、王凯报道)

同学习、参考，展开疑难危重病例讨论，多学科协作，为患者制订精准的个体化治疗方案。常态化的培训、疑难危重病例讨论，如今已是医疗队的日常制度。

3月4日，医疗队专门分析、总结了患者金某的诊疗过程。金某，女，66岁，2月10日，因"发热伴咳嗽2周余"入院，被确诊为新冠肺炎重症患者；2月19日，咳嗽、活动后胸闷、心慌症状加重，脱氧后指氧饱和度可低至81%；2月20日，胸部CT显示双肺感染，病情较前有明显发展。患者症状较前加重，肺部CT较前明显进展，血常规淋巴细胞计数进行性下降，病情加重，告病危。

"根据病情变化，针对性调整治疗方案，加强抗感染，予以清热化痰、凉血利湿、止咳等对症治疗，高流量吸氧……同时联合心理干预治疗。"李永春说。

3月3日，金某复查胸部CT显示双肺感染，较2月20日明显吸收、好转。目前咳嗽、活动后胸闷、憋气较前明显减轻，活动耐力增加，精神状况明显好转。

李永春总结："要持续关注病情变化，早期识别，不断调整治疗方案，精细化管理是治愈康复的基础；多学科综合治疗，包括中西医多学科、医护多学科协作是康复的重要因素。"

为实现早期识别，使危重患者得到及时救治，实现重症病区患者"零死亡"，医疗队进一步完善、开展了"清单制"管理，强调"纵横网格化管理"机制及评估病情的"三个三"原则。即每位医生掌握病人的三个基本情况、三方面变化趋势、三方面基本治疗措施；CT和核酸"目视化管理"，医护一体化早交班，值班医生共同阅读每一位危重、新入、出院患者的CT，分析讨论重点病人的病情。

（大众日报记者赵丰）

拿笔的人一样可以上战场，因为他们的前辈扛过枪
——大众报人战"疫"报道扫描

刘江波

2020年春节，一场突如其来的疫情，打破了阖家团圆的温馨氛围。

在这场没有硝烟的战争中，有一群人逆向而行，冲在一线。他们，是这个时代的最美逆行者。

在这支队伍中，大众报人的身影不时闪现，就像无数前辈一样，义无反顾，奔赴战场。

面对疫情，大众报人牢记习近平总书记对大众日报创刊80周年重要批示精神，坚决贯彻落实总书记关于疫情防控工作重要指示要求和党中央决策部署，像战士一样前行，用"无畏"表明了态度，用"请战"做出了选择，用"逆行"彰显了力量。

这一如80年前，大众报人一手拿笔，一手持枪，战斗在沂蒙山深处，迎着枪林弹雨，血染山河。80年来，家国情怀、激情梦想、奋斗精神、使命担当，在大众报人中薪火相传，融入血脉。

疫情发生后，大众日报编委会第一时间启动应急响应机制，成立专门工作小组，统筹策采编发、网上网下、前方后方，压缩指挥层级、减少中间环节，编委会靠前指挥、一线调度、无缝对接，确保反应迅速、运转高效、执行有力。

大众日报全员进入战时状态，召之即来，来之即战。

大众日报记者王凯是一位跑医疗口十多年的"老卫生"。当得知选派记者随山东首批医疗队援助湖北的消息时，他毫不犹豫地站了出来。大年初一晚上，他匆匆和家人告别，踏上征程。感染的风险、陌生的环境、寒冷的天气……顶住重重压力，王凯通过一篇篇报道，见证和记录着山东医疗队在黄冈的每一个关键时刻。

还有大众日报的年轻记者赵丰，中午11点半接到任务，下午5点落地武汉，随即进入战斗状态；还有大众日报高级记者逄春阶，作为一名新闻"老兵"，多次请战，如愿奔赴战"疫"一线。

更多的大众报人用无畏逆行，写下了未来的历史。

除去奔赴湖北战"疫"一线的大众报人，坚守在山东省内的还有更多响亮的名字：

李振，大年三十在疫情定点医院采访的是她，乘高铁赴青岛报道全省首例确诊患者出院的是她，三次请战上前线的也是她。尤为让人动容的是，她的爱人赶赴湖北一线时，采访的记者队伍中还有她。

常青、于新悦、卢鹏、王世翔……在疫情发展的关键节点上，这些记者的名字总会高频出现在大众日报上。山东出现第一例病例时，山东启动重大突发公共卫生事件I级响应时，送行齐鲁逆行者援助湖北时……在疫情防控的每个一线，大众报人都在。

从春节开始，大众日报奋战在报道一线的采编人员有210余人，三名记者随山东医疗队奔赴湖北。

有这样一个插曲。在战"疫"正酣之际，一件关于大众报人的新媒体作品《拿笔的人一样可以上战场，因为他们的前辈扛过枪》甫一推出，便成为网络"爆款"，引起强烈反响。不仅山东的新闻朋友圈纷纷转载，为战"疫"一线传递正能量，也引发了社会各界的共鸣，网络大V"传媒茶话会"以专题的形式进行了推介。

一幅大众报人的自画像，何以打动人心？学着前辈的样子勇往直前，如同一场跨越时空的对话，变的是时代，不变的是初心。

从发布会现场到医院病房，从果蔬大棚到企业车间……在战"疫"一线，大众报人同医生护士、基层干部并肩战斗，用心用情践行"党的立场，群众的报纸"办报宗旨，用手中的笔、镜头和话筒，记录温暖瞬间，讲述战"疫"故事。

在战"疫"报道中，大众日报全面准确及时报道省委、省政府贯彻落实习近平总书记关于疫情防控的重要讲话和指示批示精神、党中央国务院决策部署做出的安排部署和务实举措，深入宣传齐鲁儿女积极响应党中央号召驰援湖北的大爱义举，深入挖掘医护人员和防控一线干部群众的典型事迹，鼓舞斗志，传递力量。大众日报不惜笔墨不惜版面，《启动Ⅰ级响应后，山东做了这些事》《战"疫"冲锋 大省担当》《齐鲁大地上处处党旗高扬》《山东350吨免费爱心菜捐送武汉》……一篇篇报道凝心聚力，回应关切，唱响了万众志成城战"疫魔"的壮歌。

《出征》《拥抱》《驰援》《坚守》《希望》《旗帜》……一段时间来，大众日报客户端推出的战"疫"系列短视频广为流传。"一幕幕感人的故事，一串串生动的细节，一个个独特的发现，我被深深打动了。感谢记者坚守在一线，记录下这些宝贵的历史瞬间。"有读者如此留言。

家书纸短，牵挂情长。2月13日，"发往前线的家书"在大众日报客户端上线，在战"疫"最吃劲儿的关键时刻，为一线医护人员，尤其是山东省援助湖北医疗队队员带去家乡人民、亲人朋友的祝福和思念。一封封来自医护人员家属、亲朋、同学、同事、战友、单位等饱含深情的"家书"，诉说着小家与大爱，展现着勇气和力量，在全国范围内引发强烈关注。

全媒体传播是大众日报疫情报道的一个突出特点。大众日报聚合报纸、客户端、微信、微博等平台，充分释放全媒体一体化生产和传播的力量，创新话语表达，持续壮大主流声音，多件作品被省委网信办全网推介，中央网信办向全国推了大众日报利用新媒体进行舆论引导的做法。

文字、图片、短视频、H5……一件件精心打造的作品，让读者在第一时间了解疫情发展，知晓大政方针，感知奋战的激情，坚定必胜的信念。也正是透过这些作品，描摹出了在这场战"疫"中大众报人的战士本色。

"万家灯火，奔来眼底；百姓忧乐，激荡胸怀。"

从80年前的烽火中走来，有的记忆如同火种，永不熄灭，越是在关键时刻，越能迸发耀眼光芒。当冲锋号吹响的那一刻，冲向一线就是大众报人的选择。

风雨同舟，众志成城，大众报人将同全国人民一起努力，战胜疫情，拥抱春天。

后 记

李海燕

大众报业集团（大众日报社）党委常委、副总编辑

在几乎不再有人写信的互联网时代，在一个多月的时间里，我们收到了566封家书——发往前线的家书。

从2月12日至3月22日，从冬到春，566封家书，跨越千里，把齐鲁大地和荆楚山水紧紧相连。我们每天睁开眼就是打开邮箱，在每一次翻阅中体味见字如面的温情，在每一次展读时收获泪盈于睫的感动，在每一次发布后迸发勇往直前的力量……

此刻，大明湖春波荡漾，武汉的樱花开了又落。

目光穿越醉人的春景，回望两个多月前。湖北告急！武汉告急！黄冈告急！驰援、驰援、驰援……从大年初一开始，山东先后紧急派遣12批医疗队1775名队员奔赴湖北。在机场、在医院、在送别的队伍里，我看到了一幕幕难分难舍又英勇坚毅的画面：那是剪落一地的长发，那是画在防护服上的漫画，那是孩子抱着妈妈想要再亲一下，那是年迈的父母拉着儿女的手不肯放下，那是眼泪过后挥舞着战旗，那是举拳宣誓不获全胜决不收兵。

在这个全民战"疫"的历史性时刻，所有党媒人与民同在。我们见证，我们记录，我们书写，我们讴歌。我们像习近平总书记在大众日报创刊80周年重要批示中要求的那样，以鼓舞大众、团结大众、服务大众为己任。2月12日，大众日报客户端联合山东省卫生健康委、学习强国共同主办的"发往前线的家书"（以下简称"家书"）正式上线。"家书"专栏，只是我们抗"疫"报道的一部分，但无疑是其中最动人心弦的部分。"烽火连三月，家书抵万金。"线上线下，前方后方，一封封家书，字字千钧，纸间心上，是牵挂，是关怀，是思念，也是承诺。

一封家书就是一个故事，让我们读懂了平凡中的伟大。一位母亲因为担心前线的儿子，急得满嘴起了燎泡，却说什么也不让儿媳妇告诉儿子。一位母亲抛下即将高考的女儿奔赴战场，直到十多天后女儿才理解了妈妈。一位哈佛归鲁博士后医生，家中五代从医，父亲写信鼓励他：这是学以致用报效祖国的时刻……

一封家书就是一首情诗，让我们读懂了深情与大爱。"妈妈，我想你身上的味道了。""老婆，你在武汉还好吗？""叔叔，长大后我要成为你！""国有难，召必往。"……

当一封封家书通过大众日报客户端传递给前方战士，通过各大媒体平台、社交平台在人们中间传递，温情、感动、正能量，像水上的波纹，一圈圈向外叠推。

文字、信件自有它的魔力，它让人们放下腼腆，把平时无法面对面说出的心里话诉诸笔端；让人们远离快节奏的挤压，给心灵和情感多一点儿空间。在全民战"疫"的高强度、快节奏大战中，在各媒体拼尽全力的战"疫"报道中，"发往前线的家书"像一曲节奏舒缓的"从前慢"，以慢取胜，以情见长，在艰难悲壮的时刻传递着温情，传递着信心，传递着力量。

真情无疆界，家书越古今。"家书"栏目推出后立即引发了全国关注。腾讯新闻主动联系到我们，提出在全国范围共同开展"战'疫'家书"大型公益征集活动，从全省到全国，大众日报联合腾讯新闻、人民视频共同发起，携手全国30家媒体，在全国范围内共同讲述战"疫"一线家书的故事。

经紧张筹备，2月18日，《战'疫'家书》在腾讯新闻上线，首期上线前线家书、家乡来信、战"疫"日记、视频故事四个内容板块，并同时在腾讯新闻30个省级页卡专区推荐。从2月19日起，在全国主流媒体的踊跃参与下，每天有200余封家书向全国分发。

2月22日，山东籍明星郭晓东哽咽朗读《发往前线的家书》短视频成为刷屏之作，郭晓东亲自选稿、朗读和录制，深深感动了父老乡亲，也感动了在一线的白衣天使。青年演员韩栋也加入朗读家书的录制中，再次刷屏。

除了文字家书，大众日报客户端还采集制作视频家书、音频家书等系列产品，在高校师生中发起同读家书的活动，并特约音乐家创作专属歌曲《纸短情长》。

"发往前线的家书"获得了从主管部门到社会各界的高度赞誉，全网点击量达1.5亿。数字背后是主流媒体在抗"疫"期间的担当与责任，中国记协、中国新闻出版广电报撰文点评：《发往前线的家书》不仅让读者看到了一群群医务工作者迎难而上、百折不回的英雄气魄背后的感人故事，更看到了在全民战"疫"的宏阔战场上，你的心、我的心，汇聚成万众一心，你的力、我的力，凝聚起千钧之力。

写家书，读家书，唱家书，出家书。就在我们紧张筹备《发往前线的家书》图书出版工作时，山东省援助湖北医疗队相继凯旋，山东人以最高礼遇迎接归来的英雄。在此，我们向所有驰援湖北和坚守一线的战"疫"医务工作者及家属亲朋表示崇高的敬意，向所有参与活动积极投稿的每一位朋友表示衷心的感谢，也请包涵我们在这项工作中的不足和遗憾。限于篇幅和时间，我们从各角度各方面选取了部分家书结集出版，希望用这样一本书，记录这段历史，记录这场战"疫"，记录人生中最难忘的"纸上相逢"。就如我们在《纸短情长》歌词里写的那样：

一场战疫，你我同扛；

一封家书，纸短情长。

等你，功成归故乡，明湖波暖，东湖樱芳，

相伴相守到地老天荒……